遇见你陪伴你

MEET YOU
ACCOMPANY YOU

孙俪 著

北京联合出版公司
Beijing United Publishing Co.,Ltd.

目 录

CONTENTS

004　PART - 1
我与它们的美好时光
I Had A Great Time with Them

086　PART - 2
陪流浪的灵魂回家
Go Home with the Wandering Soul

CHAPTER - 01 088　新生儿 ✕ 豆豆　安定的力量
CHAPTER - 02 100　弄堂阿破 ✕ 大头　互相嫌弃，冷暖共享
CHAPTER - 03 110　孕妇雪梨 ✕ 七夕　有娃有狗，这就是我们期待的美好生活
CHAPTER - 04 124　人造衣工作室张娜 ✕ 道奇　万物有灵，尊重生命
CHAPTER - 05 136　三米 ✕ 吉米 + 辣条　我想给你一个家
CHAPTER - 06 149　舅公 ✕ 团绒　陪伴是生命中最温柔的爱
CHAPTER - 07 158　流浪动物福利组织——TA 上海囍时光 ✕ 狗狗们
　　　　　　　　救助行为本身只是救助的开始
CHAPTER - 08 172　台湾小琬 ✕ 水果皮　在一起的时光才是最重要的
CHAPTER - 09 182　楷羚 ✕ 瘫痪猫　善念、智慧、勇气
CHAPTER - 10 196　马来西亚大杨 ✕ 11 郎　我只喜欢中华田园犬
CHAPTER - 11 208　瑞士老外沃特 ✕ 橘子酱　如果深渊没有尽头，那我们只能创造更多的美好
CHAPTER - 12 218　两位阿姨 ✕ 百只流浪猫　所有的动物都值得被善待
CHAPTER - 13 227　骏哥、菜菜 ✕ 狗肉节的嘟嘟　所有相遇，既是偶然也是必然

240　PART - 3
　　每一个灵魂都应该被尊重
　　EVERY SOUL should be RESPECTED

282　附录 - 1
　　中国同日领养日：关注牵绳的重要性
　　ADOPTION DAY on THE SAME DAY:
　　PAY ATTENTION to THE IMPORTANCE of KEEPING on A LEASH

290　附录 - 2
　　心怀善念总能收获更多美好
　　KINDNESS ALWAYS can OBTAIN MORE HAPPINESS

PART - 1

我 与 它 们 的
美 好 时 光

I Had a Great Time
with
Them

从左到右依次为：毛团、叶子、丫头、奶牛 ↑

遇见你，陪伴你　　　　　　　　　　　　　　　　PART - 1　我与它们的美好时光

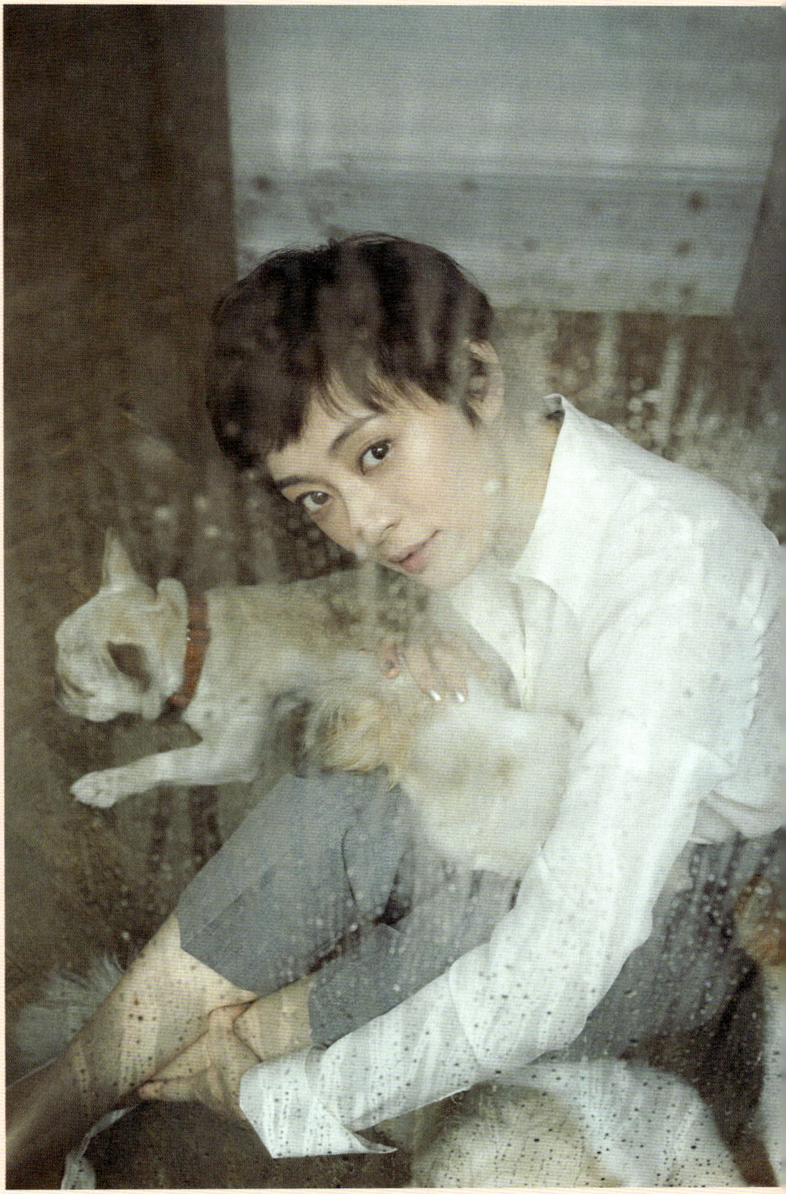

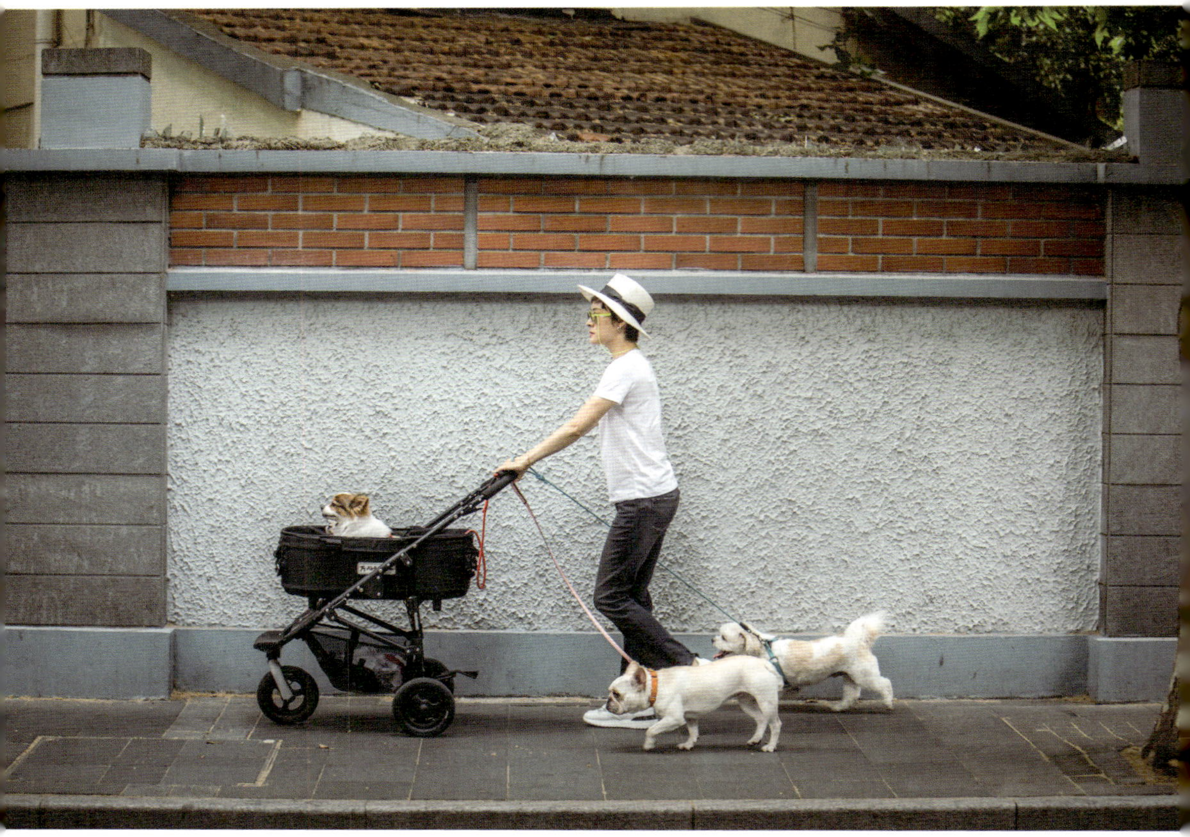

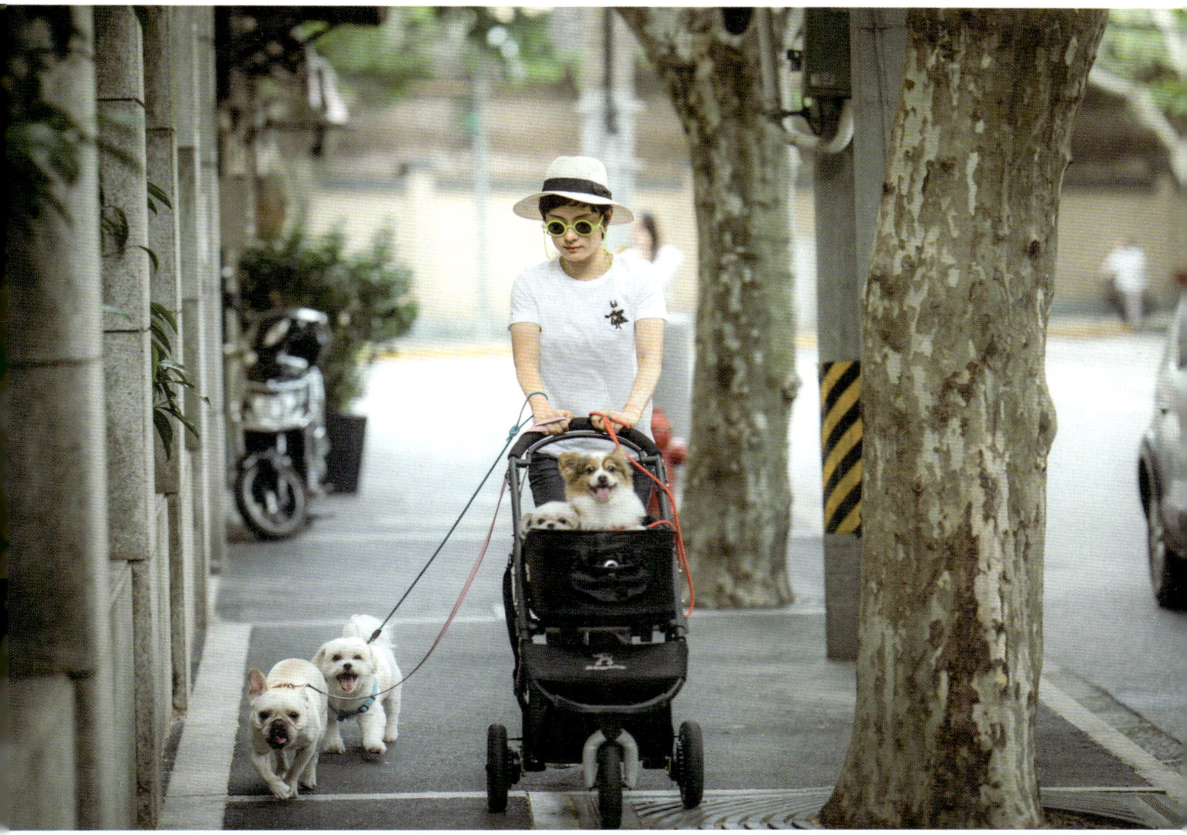

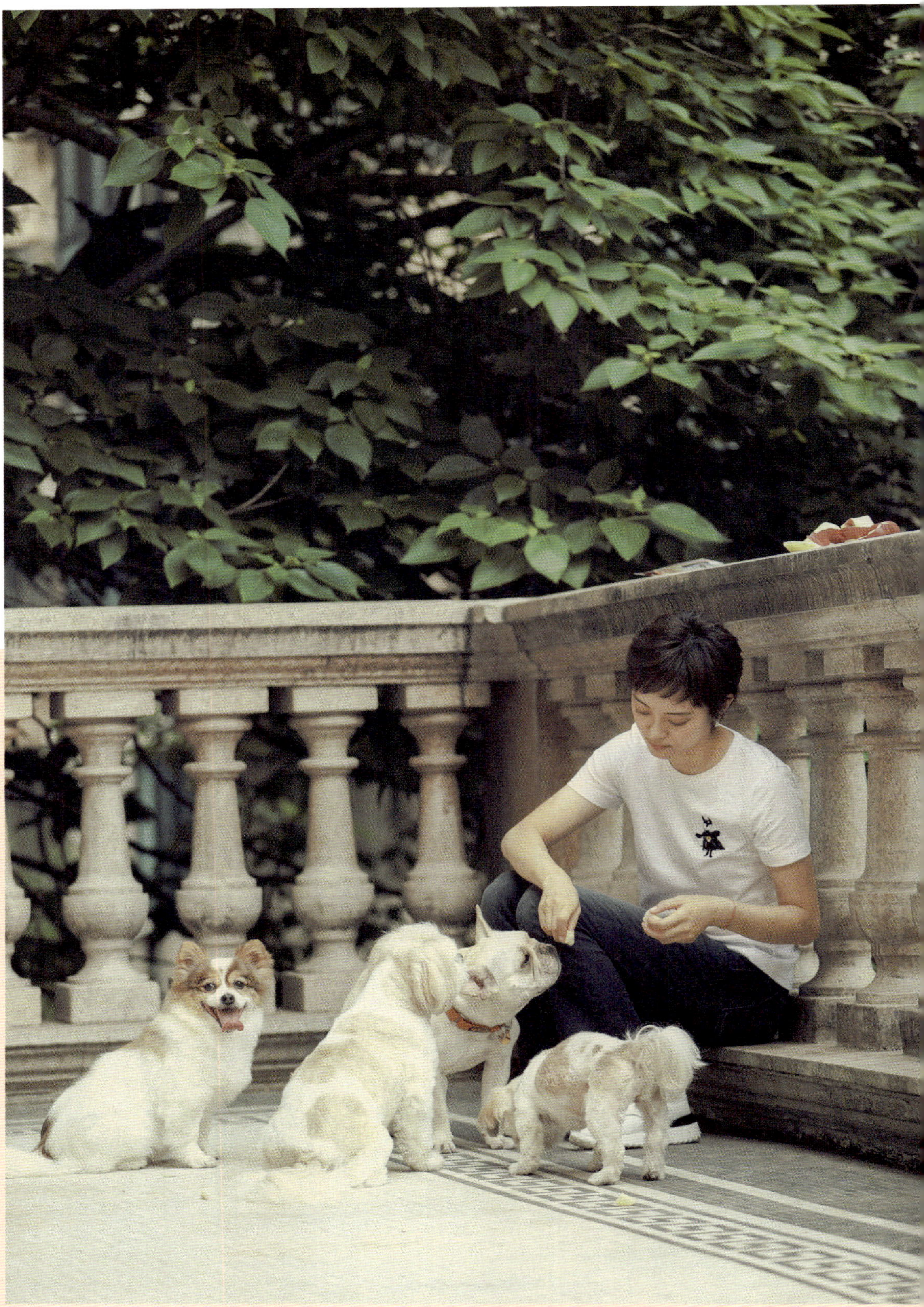

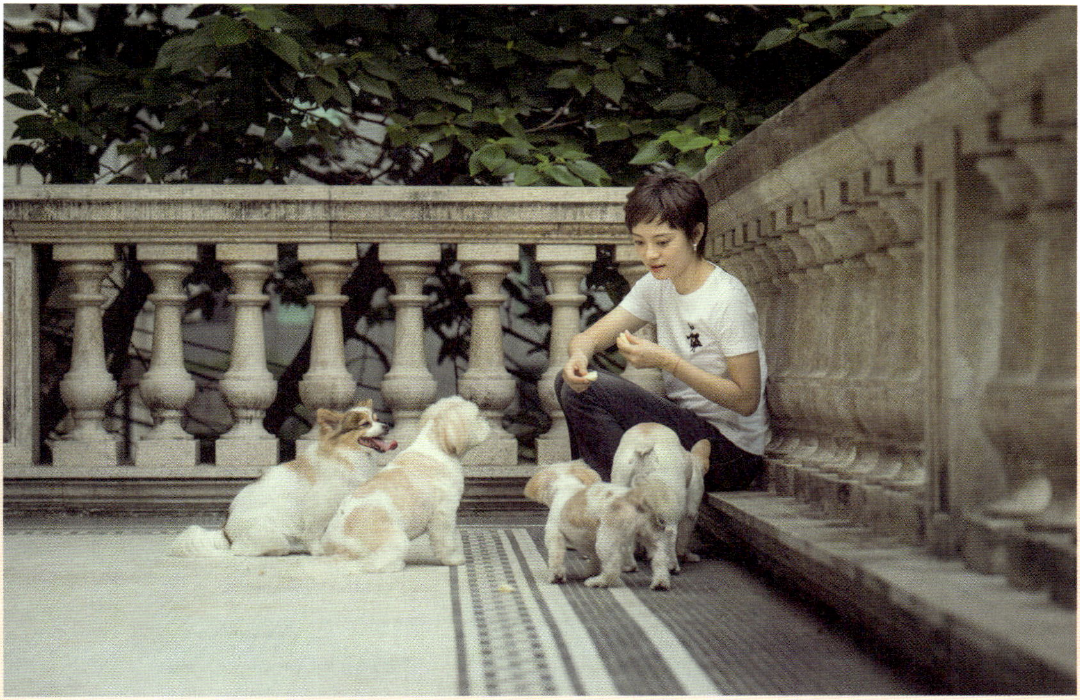

遇见你，陪伴你　　　　　　　　　　　PART - 1　我与它们的美好时光

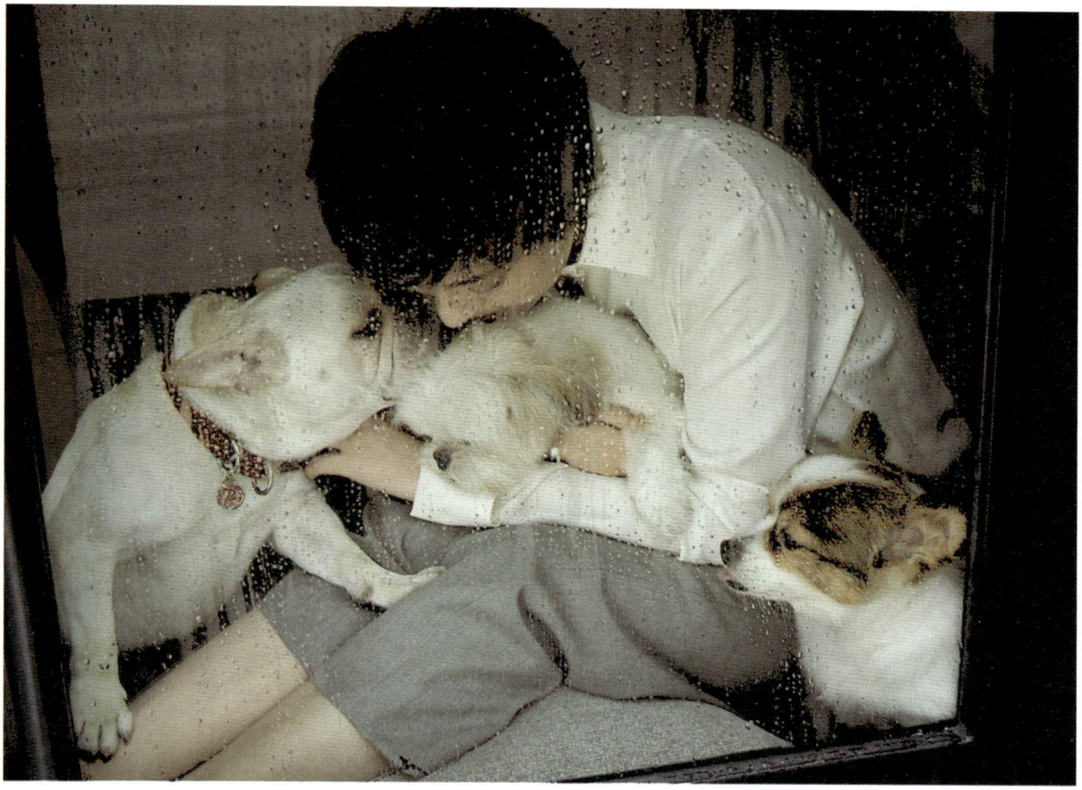

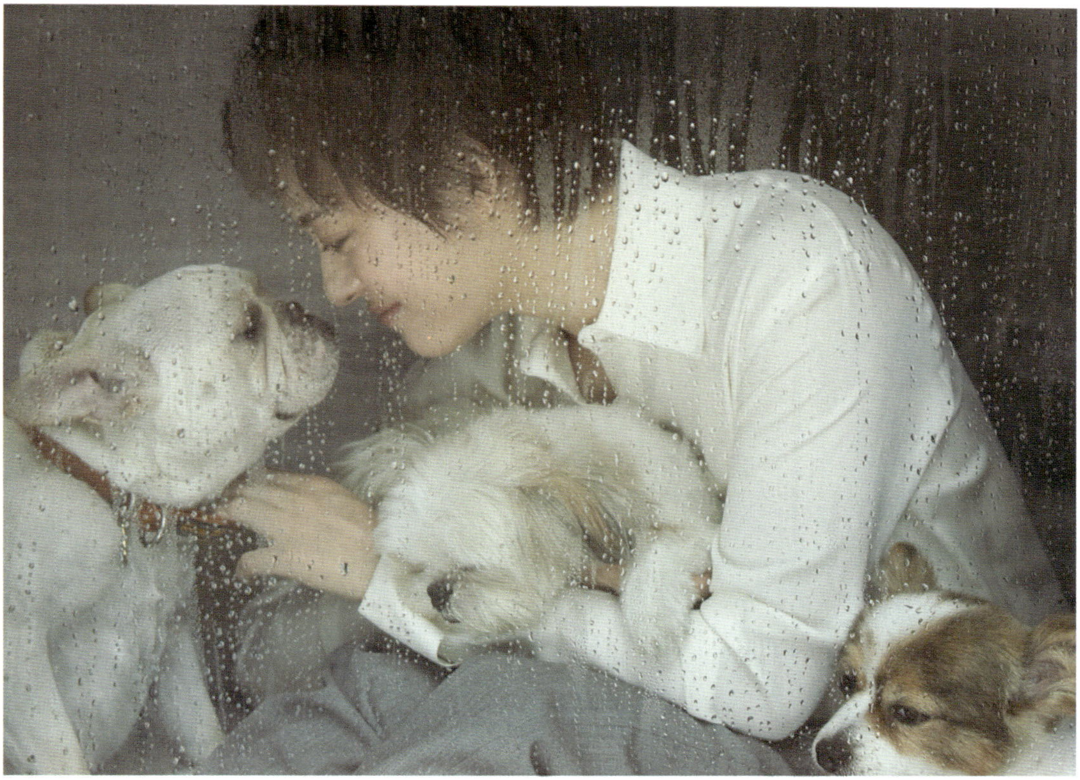

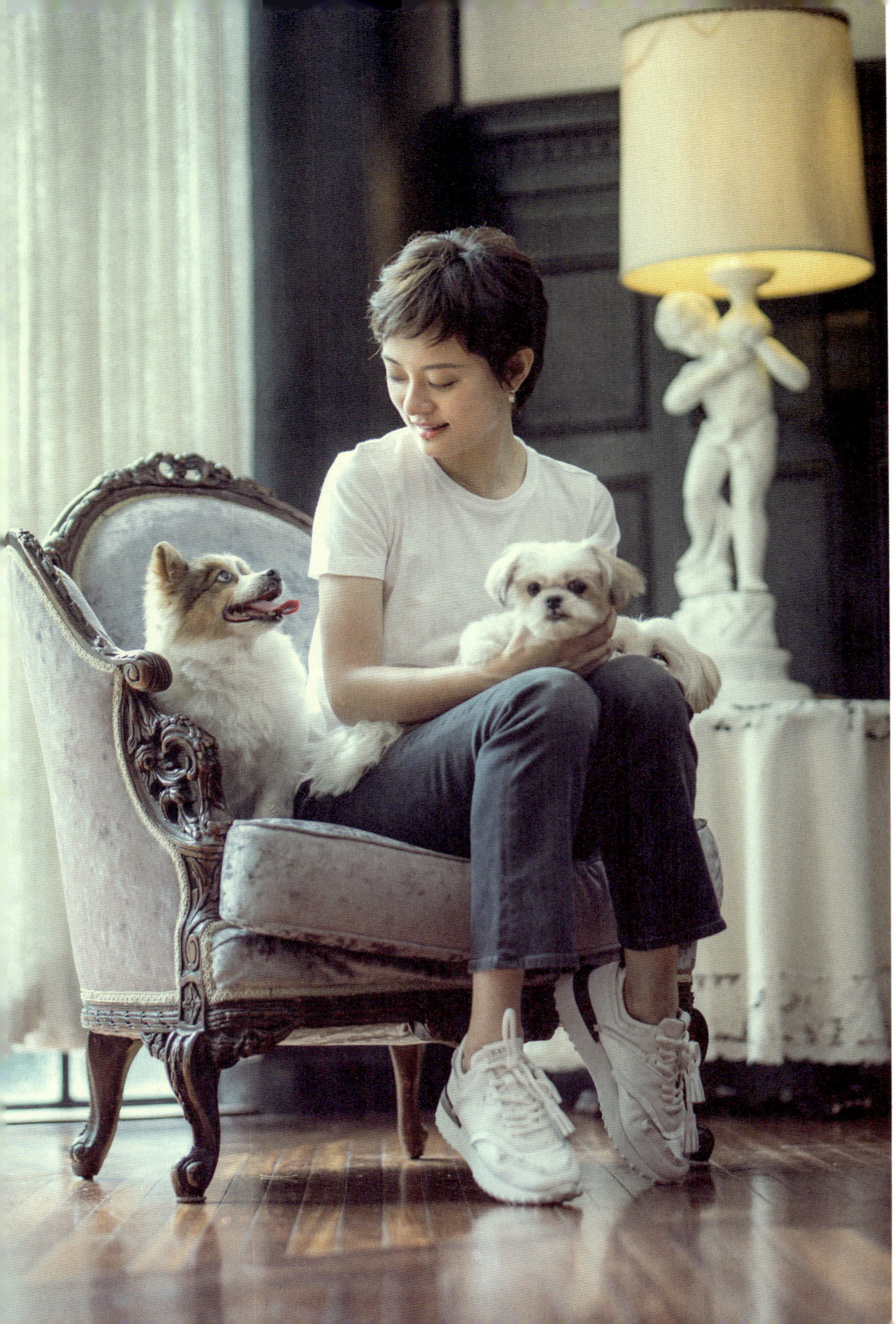

1#

我和它们
缘分的开始

人世间所有的相遇，都是一场美丽的缘分。与你、与他，或与"它"。

我有时觉得，我跟小动物之间有一种莫名的磁场，互相吸引。

从小到大，我养过各种各样的小动物，从校门口最常见的小鸡、小鸭、金鱼，到乌龟和兔子，甚至松鼠、蝈蝈都是我小时候的好朋友。那时的夏天，我们家晚上总是开着窗或房门乘着凉睡觉，而蝈蝈"唧唧，唧唧——"的叫声此起彼落，非常热闹。

因为它们，我记忆中的童年充满色彩，丰富而有趣。

我第一次近距离接触狗狗，是因为大姨家里有一只长得很漂亮的可卡。那只可卡的脸长长的，鼻子大大的，耳朵上还有卷毛，长得就像连环画里的小狗一样，我蹲在那里仔细地"研究"了它一番，觉得它特别有意思，我一下就喜欢上了眼前这个迷人的小家伙。那时候，我觉得可卡就是世界上最可爱的小狗，它满足了我对狗狗所有的美好想象。

有时候，我们与小动物的一场偶然相遇，仅仅只是眼神交流，心里就会产生一种莫名其妙的喜欢，不由自主地想多看它一眼，而它或许也会在茫茫人海中，选择你、认定你，对你从一而终。

就像我与我的第一只宠物——西西的感情一样。

西西是一条被主人遗弃的流浪狗，也是我与流浪动物结缘的起点。

很早就渴望有一条属于自己的小狗的我，一直到退伍后，遇见西西才算圆了这个小小的梦想。

还记得大姨刚把西西带到家里的时候，它就像一团又脏又臭的小灰球，身上的"气味"隔着老远都能闻到。它可怜兮兮地躲在冰箱后面，唯一明亮干净的是它单纯又无辜的眼睛。当我给它洗完澡后，它把自己团成像棉花糖一样的毛球，缩在我的怀里，一副流浪了很久终于找到归属感的样子。

当时我的心里一下子有了一个决定，于是还没等到妈妈的首肯，就"自作主张"地让西西成了我的第一个动物家人。西西也像是认准了我才是它的主人一样，每回一见大姨来，生怕被她带走，总是拼命把自己藏起来，等到大姨离开后，才肆无忌惮地撒开它的四条小短腿，向我飞奔而来。我想，这大概就是我们之间的一种缘分吧。

在所有被我饲养过的小动物里，与我最"晚熟"的是猫咪。我喜欢猫，却很少与它们靠近，这绝对与我的"天敌"老鼠有着关键性的"连带关系"，毕竟我光听到那两个关键字，浑身的鸡皮疙瘩就不断冒出来了。人们总说"猫抓耗子"，这让我在靠近猫咪的时候，心里难免会有些"阴影"。

但是人生中很多事情都像是上天故意安排好了一样，当缘分降临，你怎么挡也挡不住。

也是在我大姨家。有一次，大姨帮我梳头，我乖乖地坐在那里，忽然有只白猫"噌"的一下跳到了我的腿上，尾巴翘得老高，四处张望，也不看我。其实就是拿我的腿当个跳板，或者想要登高望远一下，可是当它的肉垫扎实地踩在我身上时，那种软软的、暖暖的触碰，瞬间让人卸下了所有防备。印象最深的是它毫无戒心地吐着像沙皮般的舌头，一脸呆萌的样子，从那一刻起，我心里的那道屏障似乎自动消失了。

就这样，这些小动物出现在了我生命中不同的时间轨迹里，成为我生活中快乐的来源之一。也因为西西，我开始关注流浪动物这个群体。相较于出身名门的"品种宠物"，它们的心更加细腻、敏感，因为做过"流浪汉"，所以更懂得珍惜眼前的一切。我想只要领养过与自己投缘的动物，相处后就会发现，出身或外貌都不重要，重要的是它们的内心。

因为这些小动物的感情很单纯，是蠢蠢的也是纯纯的爱。只要我们展开双臂、敞开心扉，它们就会用尽一生的陪伴来回报。

遇见你，陪伴你　　　　　　　　　　　　　　　　　　　PART - 1　我与它们的美好时光

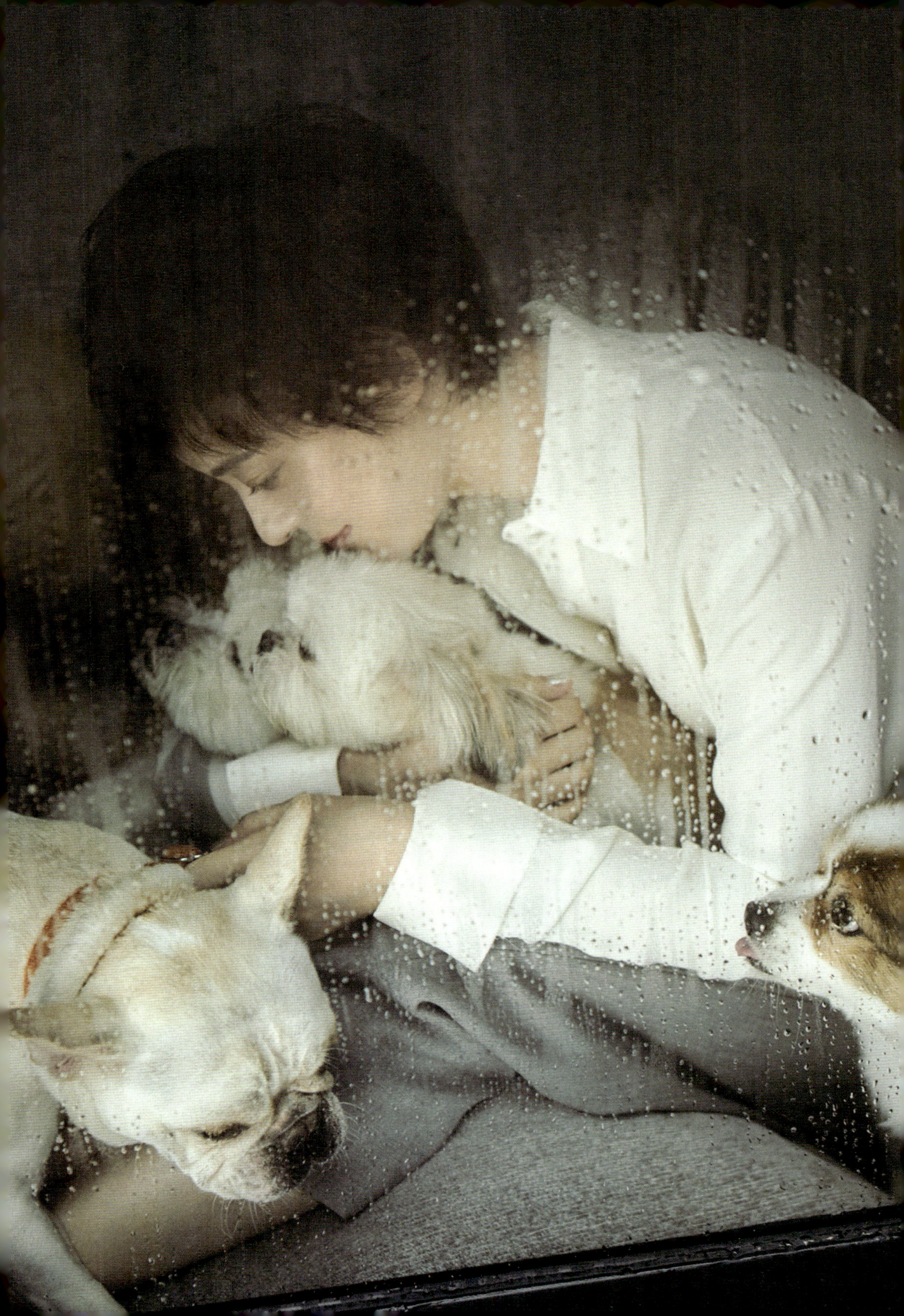

2#

西西：
15年的陪伴
美好却短暂

↑ 西西

　　2001年，也就是我从部队退伍的那一年，西西成了我的家人。它跟我是一辈，我虽然是它的姐姐，但是她的姓随我，大名"孙小西"。

　　它是一只身体不大好，却乖得让人心疼的小京巴，刚到家里时，不只患有肠炎、癫痫、皮肤病，腿还受过伤，身上有一大堆肉瘤。

　　西西的肉瘤开一个就要上百块，全身大大小小几十个肉瘤割下来，怎么都得几千块。当时刚从文工团退伍的我，根本没有能力一下子拿出这么一大笔钱来，只能让医生先挑大的开。每过一阵子，开工攒了钱，我就第一时间带西西去开刀，这也成了我努

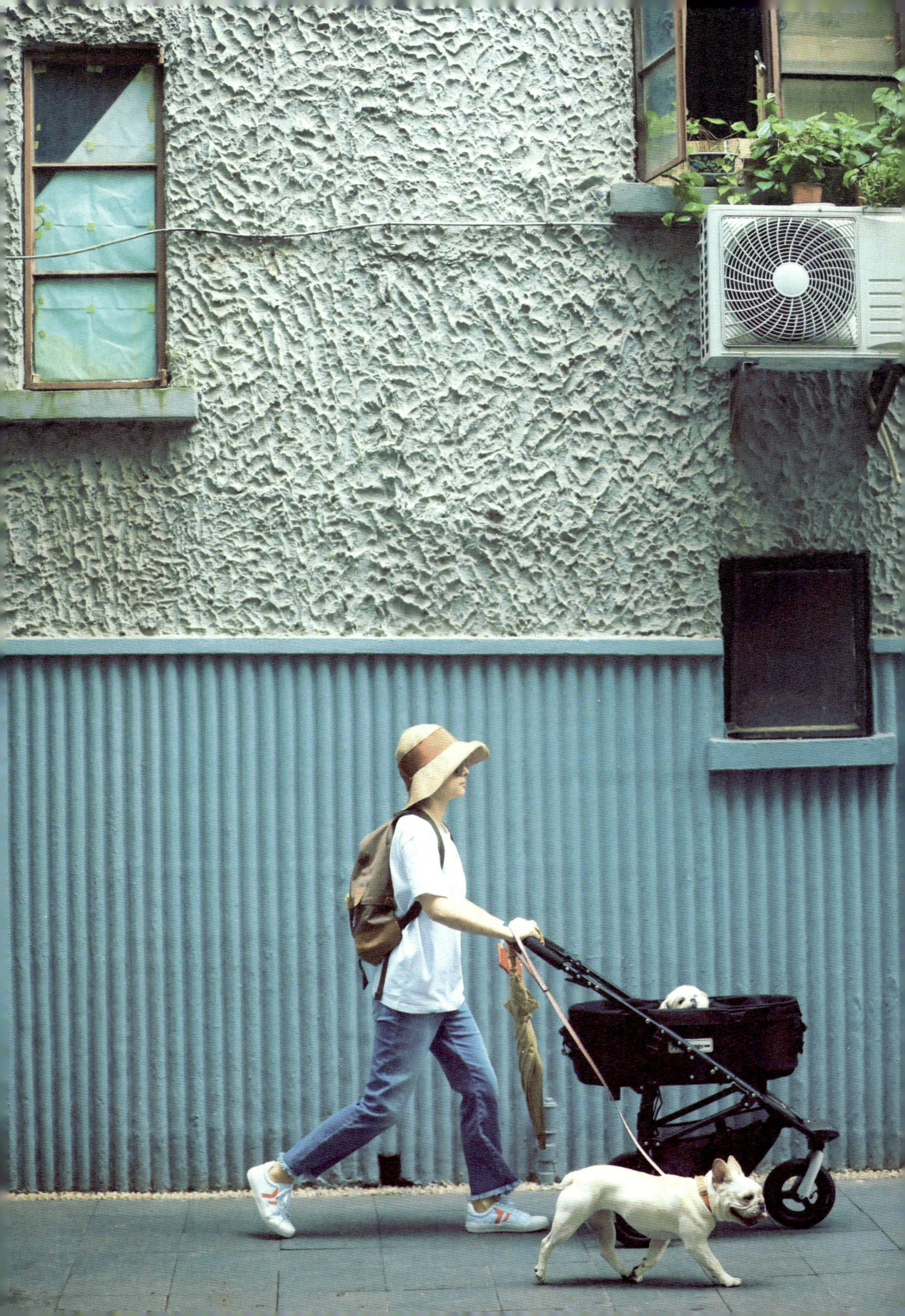

遇见你，陪伴你　　　　　　　　　　　　　　　　　PART - 1　我与它们的美好时光

力工作的动力之一。

　　大概过了半年光景，西西身上终于恢复到"平滑如初"的状态。慢慢地，毛也重新长长，风吹过来的时候很是潇洒，活脱脱一个"白狗王子"，还会时常照照镜子，自己显摆一下。这时候妈妈就笑它，说它是只"摆拍精"。

　　这几年，我还会陆续收到网友们给我的留言，问我，西西过得怎么样了？它还长肉瘤吗？见到大姨还会紧张害怕吗？

　　没想到，这个小家伙，除了被我记挂在心上，还收获了那么多人对它的爱和关心。如果让已经回到汪星球的它知道，我想它一定会像从前一样，开心兴奋得在沙发上跳上跳下。

　　是的，西西离开我们已经三年了。

　　它的照片一直在我的手机里存着，有时候想它了就拿出来翻看一下。那些跟它一起度过的点点滴滴，经常会在我的脑海中浮现，就像昨天才发生过一样，就像这个"小尾巴"从不曾离我而去。

　　西西来到家里之后，妈妈宠它的程度，简直可以用"溺爱"来形容。每到饭点，怕它不吃饭会饿着，妈妈就把它抱在怀里，一口一口地喂着吃，时间一长，乖巧温驯的西西也被宠出了坏习惯，不喂饭就不肯吃东西。

　　我想这再不立规矩，就不行了！后来有一次妈妈生病了，交代我记得喂西西，结果它吃了两口就开始不安分，我可不能这么娇惯它，就把食盆往它跟前一放，一走了之。

　　果不其然，过了一阵子，小伙子玩累了就自己低着头走了过来，不一会儿就把食盆舔得盆底朝天。狗狗和孩子一样，需要立点规矩，不能太宠着，在这一点上，老母亲觉得还是有必要坚持的。

尽管我这个姐姐很严格，有时候还会假模假样地凶它一下，可西西还是只认我。只要我在家，无论我走到哪里，它都会寸步不离地跟着我。

因为西西特别喜欢出门"溜达"，所以只要我有空，就会经常牵着它在小区里散步，遇到和它同类的狗狗，西西也不像其他的狗狗那般兴奋，反而是一副不太搭理的高冷样子。它只认我，总是紧紧地跟在我的身边。它和所有的弟弟一样，是姐姐的"跟屁虫"，这给了我很大的满足感。

妈妈说，我不在家的时候，西西就会在我常坐的位置趴着"闻味思人"，大概是闻到熟悉的味道，就觉得是我一直陪在它身边。通常等我结束工作要回家的那天，妈妈都会提前告诉它，那一整天它都会很兴奋，跳上跳下，时不时就跑到门前转两圈，好像生怕会错过我推门而入的那一刻。

神奇的是，西西也真的没有一次错过我，无论多晚，只要我推开家门，西西就会立马扑上来，就像我第一次见到它那样，热情得毫无保留。

西西陪我走过了十五个年头，我从刚退伍时的迷茫，到后来演了甄嬛，幸运地拿了奖。妈妈总说西西是我的福星，为我带来了好运。想想好像还真是这样，有西西在身边的那些日子，每天都是快乐的，就算有时候难免有些不顺和压力，但在看到它的那一刻，烦恼也会瞬间消失得无影无踪。

可它用尽一生的陪伴，美好却也短暂。

在我拍摄《甄嬛传》的那年，18岁高龄的西西已经走不动路了，精神也变得很差，跟我在一起的时候多半是趴着或挨着我。那时的它就像蜡烛燃到了尽头，我眼看着它的生命一点一点地流失枯竭，我心里隐约知道，我和它这一生的缘分即将画下句点，西西快要回到属于它的汪星球了，可我不愿意想，也不敢想这件事。

在我因《甄嬛传》而领奖的那天晚上，西西走了。

直到最后，它还是那么懂事，它知道如果我们当面道别，我一定会悲痛得不能自已，所以它选择了悄悄离开，把所有美好留给了我。

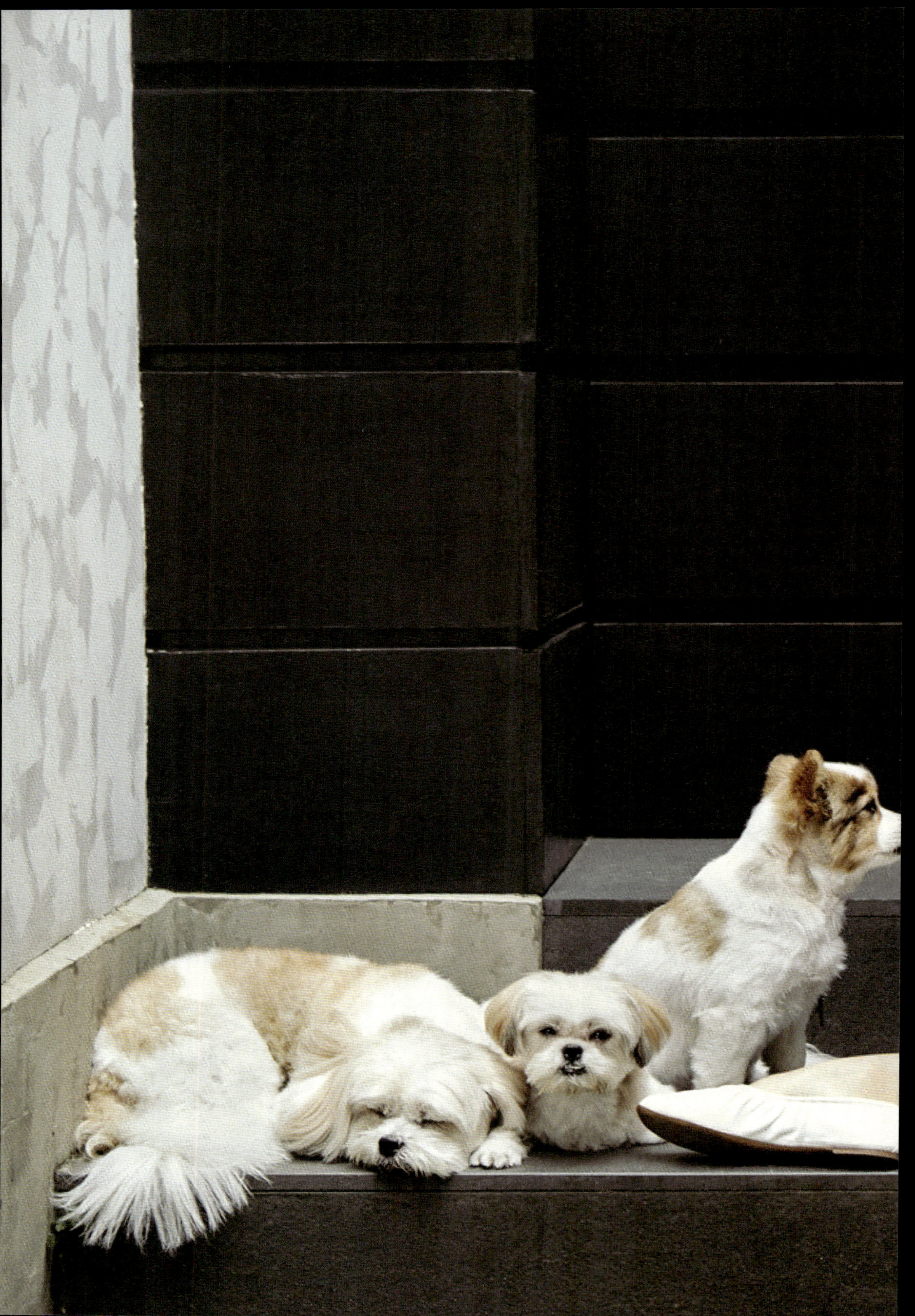

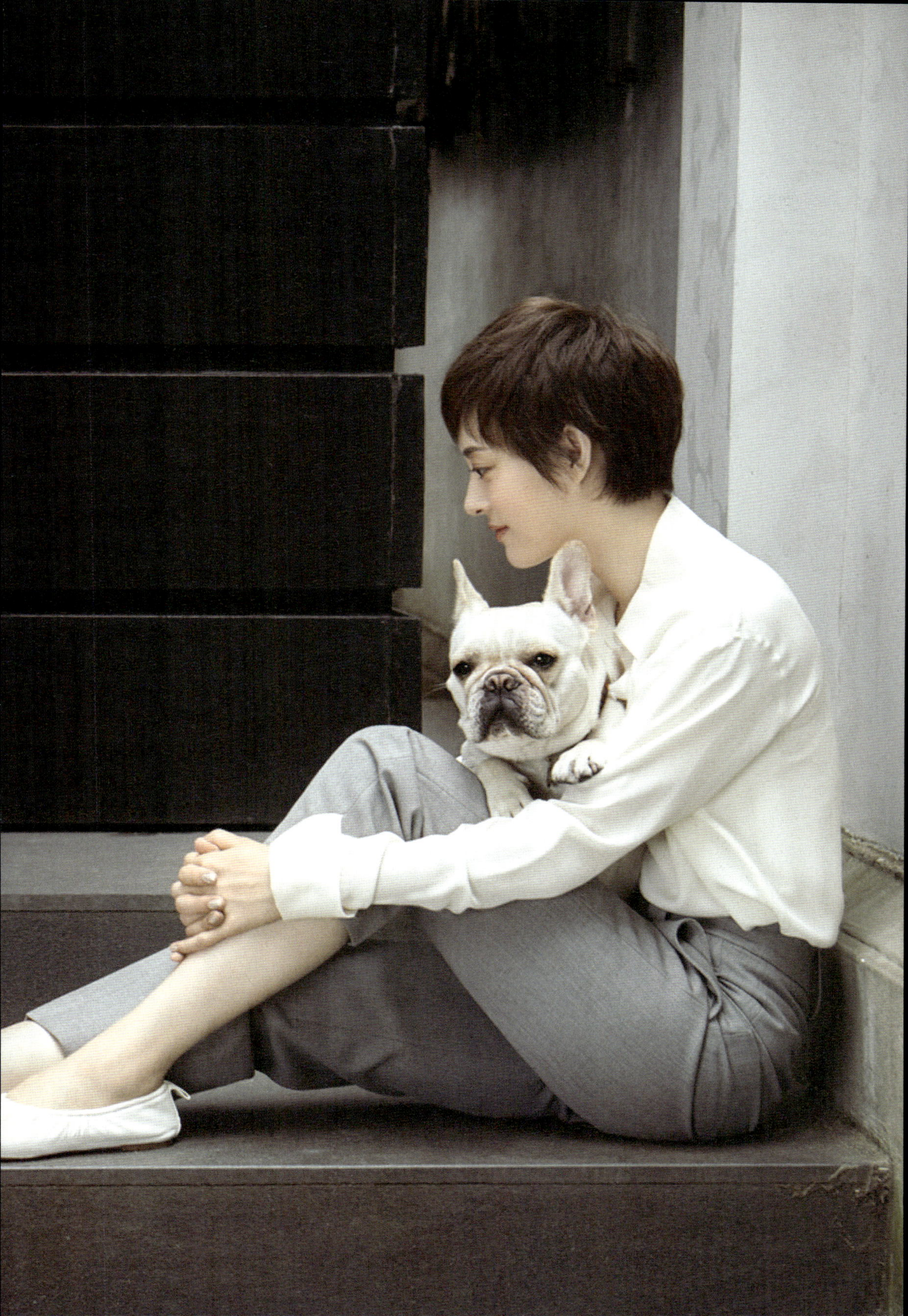

3#

折腾：
如果有来生，
我一定会
好好保护你

↑ 折腾

在西西离开的前几个月，我第一次经历了与动物家人的生离死别，那一次差点把我推向了崩溃的边缘，直到现在，我都不敢轻易想起。

这个故事的主人公叫折腾，在西西之后来到了我家，排行老二，是西西的弟弟。它是一只超级可爱的金色小博美，出生在海岩老师家里，当时老师为了奖励我演好了《玉观音》，把它作为礼物送给了我。这个出身不凡的"小贵族"是天生的好脾气，高情商的万人迷，一来到家里，就有本事让全世界的人爱上它。

即使面对西西这位先来的高冷"老大哥"，折腾也是昂着头，一副天不怕地不怕的样子，它迈着优雅的小步子，让西西这个没见过什么世面的傻小子，愣是流了三天的哈喇子，后来硬是跟它成了最好的朋友，就连自己喜欢的玩具，也肯让折腾先玩。我常笑说，折腾来了，西西的春天也来了。

家里来客人的时候，相较于如同绅士般静静待在角落里的西西，折腾总是主动担起招待的职责，第一个冲上前去"迎宾"。在它的字典里，恐怕没有"怕生"这两个字。不管是不是初次见面，它都能热情地在人家身上蹭来蹭去，歪头眨眼，使出浑身解数来卖萌，就为了"博君一抱"。

据我观察，通常撑不过十秒，大部分客人的心就会拜倒在这个小家伙的萌样下了。就算偶有失手，小折腾也绝不轻易罢休，大有"不喜欢我就别想走"的架势，接着开启各种发嗲招式，撒手锏一出，简直无人能敌。

不过，折腾可不只是靠卖萌为生的小花瓶，它非常聪明和机敏，甚至救过我们一家的性命，是妈妈口中的"救命恩狗"。

以前，妈妈总是习惯在夜晚为我煲上一碗汤，让次日出门工作的我能带着在路上喝。

那天晚上，我们都睡了。妈妈有点头痛，但还是不停地在厨房忙活，汤在炉子上熬着，飘散出淡淡的香气，也许是身体不太舒服，妈妈等着等着不小心就睡了过去。不知道过了多久，我的耳边隐隐约约传来折腾一阵阵着急又猛烈的叫唤，它用小爪子不停地抓门，直到把我们弄醒，当时只看见折腾一路往厨房跑去，我们这才发现，灶上的汤早就沸腾满溢出来，把煤气浇灭了，如果折腾叫得再晚一点，后果将不堪设想。

这件事情让妈妈念叨了很久，幸好那晚折腾机灵，才保住了我们一家人的平安。

可意外总是来得突然，这样让人捧在手心里疼不够的小折腾，说没就没了。

折腾的去世是一起医疗事故，至今想起来，我都无法释怀。

遇见你，陪伴你　　　　　　　　　　　　　　　　PART - 1　我与它们的美好时光

那天，我在剧组拍戏，刚有休息的空隙就看到妈妈的十几个未接来电。当下我莫名感到心慌，赶紧打电话回去，妈妈在那头哭得撕心裂肺，她一直在喊："折腾走了，折腾突然就没了呀！"

这个噩耗来得太突然，原本我们都以为折腾生的只是一场小病，没想到却因为医生用错了药的剂量，让它永远地离开了我们。这件事发生在小体形、弱心脏的折腾身上，瞬间就夺去了它的性命，连抢救的机会都没有。

听到这个消息，我整个人都是蒙的，愣住了，一句话都说不出来。过了许久，我说让医生接电话。当时我多想听医生跟我说，是我妈搞错了，折腾没事，可我等来的却是医生不停地道歉。即使如此，我依旧无法谅解他，因为一个小小的失误，一条活生生的生命就这样没了，说再多的对不起也挽回不了一条生命，最后我默默地把电话挂了。从此我的折腾，再也不会扑到我的怀里撒娇了。

从这件事发生之后，我跟妈妈说，如果以后没有特别重要的事，直接留信息给我就好。

因为看到一连好几个未接来电，我就会紧张，害怕再听到妈妈哭喊着告诉我一个我无法承受的消息。

遇见你，陪伴你　　　　　　　　　　　　　　PART - 1　我与它们的美好时光

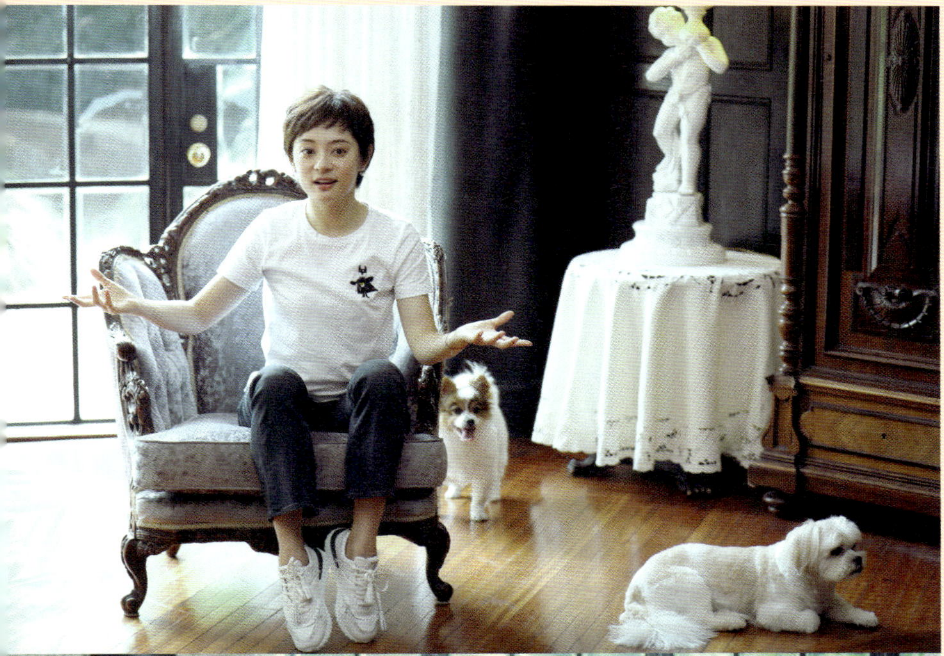

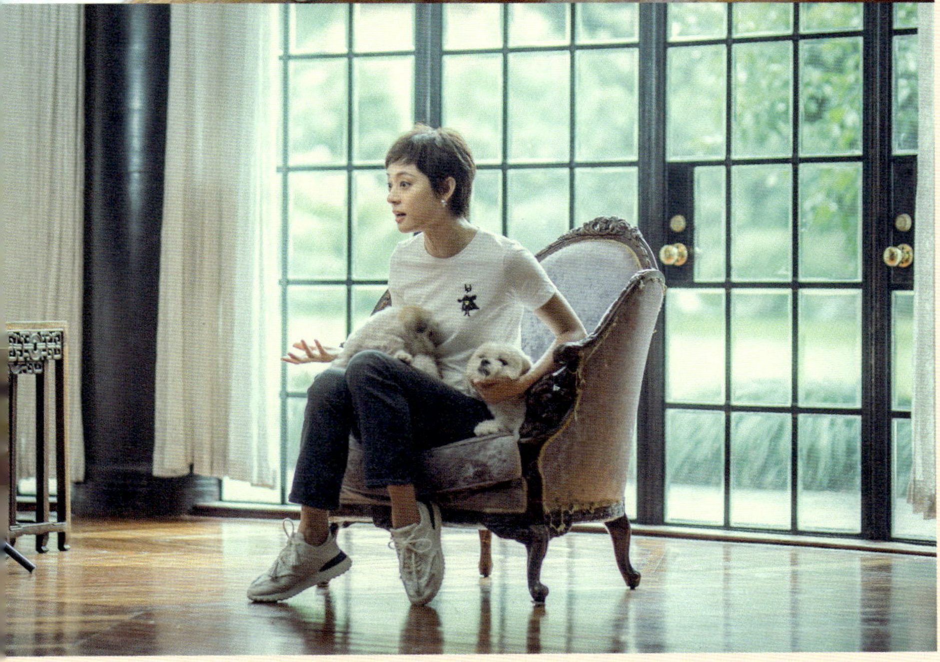

4#

小公主叶子：
我的第一次
领养经历

折腾走后，妈妈一度说，再也不养新的狗狗了。这话被我大姨听到了，她立马就说："这哪成啊，还有这么多无家可归的小动物呢！它们生病的时候可能连被医治的机会都没有，更别说平时挨饿受冻了。如果可以的话，给它们一个家才是对折腾最好的纪念。"

大姨的这番话，让我开始留心关注起"流浪动物"这个大群体。

一次机缘巧合让我走进了张阿姨的基地——北京人与动物环保科普中心。

在这个满载了爱心的地方，我遇见了我的叶子，完成了第一次真正意义上的领养。

我第一次在基地看到小叶子的时候，不知怎的就泛起了很多"母爱"，可我那时候还没当上妈呢！

和叶子一起被救回来的是一窝小奶狗，一共四只。它们眼睛都还没睁开，就被零散地遗弃在了北京的一个公交车站台，连个纸盒子都没有，这无疑是让它们自生自灭。当它们被发现的时候，有一只小奶狗已经被不幸地轧死了，其他四只也奄奄一息，只剩一口气了。

看到它们的时候，几个体形稍大点的精神还不错，在窝里爬上爬下，嗷嗷地叫着。唯独小叶子，被兄弟姐妹们挤在角落里，趴着一动不动。因为它太小了，先天不足，加上没能喝到母亲的奶水，个头儿比其他几个兄弟姐妹还要小上一圈，一副弱不禁风、惹人疼的样子，让人忍不住就想要保护它。

我伸出一根手指轻轻地摸了摸它，它仰起头看我，泪眼婆娑。就这一眼，我整颗心都被揪起来了。我想给它一个温暖的家，想好好地去呵护这个惹人怜的小生命。

就这样，叶子来到了我家。

为什么给它取名叫叶子？是因为带它回家的时候，车上刚好放着《叶子》这首歌。怀里的它太小了，给我一种飘零的感觉，总觉得好像捧在手心里，风一吹就会飞走一样。

这个小可怜还很爱哭，完全符合了一个娇弱小姑娘的设定。刚来家里的时候，大概是害怕陌生的环境，小叶子就半窝在沙发缝里呜咽呜咽地哭了几回。它小的时候，在家里犯了错，我只要说两句，它就无比委屈地自己趴在角落里，一副"全世界都欺负我"的样子。瞬间我就心疼了，好像犯错的是自己一样，赶紧过去哄哄它，暂停"说教"。从此，小叶子成了家里的小公主。每当得知我要出门工作，几天不能回来，小叶子的脸就变得比天还快，小脸一皱，鼻子一抽一抽的，"三秒落泪"对它来说绝对不是难题。

因为小叶子是个小短腿，所以"体育"一直是它的短板。虽然平时看到它傻笨傻笨的样子，我总会不给面子地大笑它一番，可每当小公主取得一点点进步的时候，我又会欣喜若狂地为它开心。"叶子会上楼梯了""叶子会下楼梯了""叶子会从沙发上跳下来了"，这时候，家里还会出现一个比狗狗还要兴奋的身影，拿着手机拍照、拍视频，生怕错过任何一个细节。

就这样时间长了，娇惯着长大的叶子，竟然渐渐学会了"争宠"的本事。

平时这一窝小狗，相处起来倒也算相安无事，其乐融融。但是每当我回家，想要抱抱它们的时候，气氛可就微妙了。这时候，抱的顺序对于叶子来说可就是头等大事了，偏偏这个小短腿，很少跑得过别人，往往都慢好几拍才能挤到我跟前。这时只要我先抱了别的狗狗，这个小家伙就会不依不饶地汪汪直叫，以表示它的抗议，然后使出耍赖神功，赖在我的脚背上不肯下去，或是在地上滚来滚去，直到占据有利位置，成功博得关注，等到我放下手中的狗狗，把它抱在怀里才肯作罢，实在让人哭笑不得。

真要认真说起来，我们家叶子大概天生就是公主命，除了爱哭、爱撒娇、爱"装可怜"，还体弱多病。它的健康一直是我心弦上的一根刺，稍有不适，就搞得我心绪大乱、紧张不已。

叶子小时候，因为先天不足体质差，所以面临的第一关就是营养，必须尽快把它缺少的补回来。那时候的我也不太懂，一心想给它吃好的，又担心它吃得太多不容易消化，反而会产生其他问题。纠结了半天，最后还是采取了保险的方案，配方狗粮加上每天不同的营养补充，今天加一点牛奶，明天给一点鸡蛋，后天是胡萝卜……摸着石头过河，一点点从饮食上帮它"调理体质"。

就这样，叶子好好地长大了。但是它的底子终究不如其他健康的狗狗，年轻的时候还扛得住，到了这两年年纪上去了，问题也就随之显现了。

去年，已经一把年纪的叶子去鬼门关走了一圈。那段时间，我的一颗心老是随着叶子病情的好坏七上八下，明知道生老病死是常态，却仍然希望我们这一生相处的时间，能够长一点，再长一点。

因为叶子的年纪大了,所以我们平时总是会特别关注它的身体状态。最先是细心的邓先生及早发现了叶子的不适,他说叶子好像精神很萎靡,饭也没吃几口,平时都是时不时翻个肚子,完全不顾形象地四仰八叉地躺着,这两天居然很淑女地乖乖趴着。他这样一说,我浑身细胞都开始紧张起来,二话不说就抱着叶子冲出门去了医院。

检查结果显示,叶子目前患有严重的肾功能衰竭。医生说,叶子肾脏指标很高,呕吐严重、精神状态十分萎靡,再加上它年龄已经很大了,医生婉转地表达了"叶子很难扛过这一关"的意思,并表示自己对于这个病例,没有继续治疗的信心。

遇见你，陪伴你　　　　　　　　　　　　　　　　PART-1　我与它们的美好时光

这样的结果让我一度慌了,脑海中不断闪现第一次见到叶子时的样子,小小的毛茸茸的一团,虽然弱小却生机勃勃。如今眼前气息奄奄的小叶子看起来是那么虚弱毫无生气,我很害怕,怕留不住叶子,就像留不住西西、折腾一样。

最后实在没有办法,我求助于张阿姨,在进行基础治疗的同时悉心观察,而后又约了信任的医生为叶子做更为严谨、详细的检查,结果比我们想象的更为严重,除肾衰外,肾结石、膀胱结石、胰腺炎、低血钾症……情况很糟、很危险……叶子的病情来势汹汹,甚至一度被低温综合征困扰,每日24小时不间断地输液,每日做血气离子检测,详细记录尿量及尿液情况、呕吐情况、排泄情况及精神状态,以及时掌握病情发展,调整治疗方案。

慢慢地,叶子的眼睛开始变得有神,呕吐情况也得到了改善,叶子终于度过了急症期,进入恢复的阶段。考虑到胰腺炎和肾衰的实际情况(这是一个缓慢的恢复过程),咨询了食品科学和营养工程的老师,为叶子制定了严格的饮食结构与范围,帮助它获得合理的能量补给以继续和病魔做斗争。

在那段漫长的抢救叶子的时间里,我和邓先生、张阿姨建了一个群,方便及时掌握叶子的病情和治疗进度,张阿姨也会多拍些叶子的视频和照片传给我们看。

在视频里,叶子总是蜷缩在一角,闭着眼睛,很虚弱的样子。大概是出于对张阿姨的信任,又或许是"为母则强"吧,我虽然心中对叶子不在身边很是不舍难受,但反而也坚强了许多,绝大多数时间可以冷静、理智地参与讨论叶子的病情,只想要快点把它治好。但作为爸爸的邓先生,心理承受能力却没有那么强了,只要看到叶子有一丁点难受,他就难过得眼泪拼命往下掉,反复拜托张阿姨一定要把叶子治好。等到我得空去探望叶子,而他偏偏去工作的时候,他总要千叮万嘱,让我带话给叶子,爸爸相信它会很快好起来的!

所幸，在张阿姨和义工们四个月的救治和照顾下，叶子总算是从鬼门关抢回来一条命，接下来只需要每天输液，好好调养就可以回家了。当我们去基地看望它时，叶子就如同在那里初见到我时一样，泪眼蒙眬，即使看起来仍然虚弱不堪，它还是努力地想移动身子，想更靠近我们一点。我知道，它是想我们，想家了。

于是我当下就决定，把叶子带回家照顾。

总算，在这个生死关头，叶子坚强地闯过去了。我在感恩老天的同时，对它的健康状况也加倍上心，丝毫不敢大意。患有胰腺炎的它，没办法吃荤食，每次看到其他小伙伴啃得津津有味时，它虽然会眼巴巴地望着，却不吵不闹，然后乖乖地回去吃自己的配方鲜粮和红薯。现在的叶子，大多数时间都是静静地趴在地上，一睡就会睡好久，脾气也比之前大了点，不知道是不是手术输血的"后遗症"，还是"更年期"到了，但是在我眼里，它依然是那个爱撒娇的小公主。

只要它健健康康，这一生我都愿意这样宠着它！

5#

毛团：
低调佛系，
随遇而安

毛团和叶子，其实是同一窝被救到基地的小狗。

叶子在很小的时候就被我领回了家，而毛团则在基地里长大，过了五年的集体生活。这两兄妹在外表上看起来一模一样，只不过毛团比叶子大了两号，我老开玩笑说毛团是叶子 PLUS。这两只长得极为相似的"孪生狗"，性格却是南辕北辙。

如果说叶子是一个傲娇敏感的小公主，那毛团就是一个佛系低调的老实人。

这或许跟毛团一出生就待在基地有关，比起小时候就被我们收养的叶子，它更知足，随遇而安。想来我们不经意的一个小小的决定，却足以影响狗狗的一生。

最初，我在基地见到这窝小奶狗的时候，毛团的精神还不错，活泼好动，看样子是个很阳光的小伙子。我当时想，这么健康的小家伙肯定很快就能被领养，拥有属于自己的家，于是我只带走了体弱多病、看起来相对娇小的叶子。

遇见你，陪伴你　　　　　　　　　　　　　　PART - 1　我与它们的美好时光

五年后的某一天，我在社交平台上发了一个关于叶子的现况。有个基地义工看到后就联系了我，我这才知道，原来当年那窝小奶狗，就剩下毛团还待在基地里。现在它的年纪也大了，很难找到愿意领养它的人，这一生恐怕感受不到家庭的温暖了。

　　我想这是什么样的缘分，或许早已注定我们终究会是一家人，那么我来领养它吧。

　　就这样，叶子的哥哥毛团也成了我们家的一分子。

　　时隔五年，这对失散多年的兄妹，终于团聚了。

　　从到家里的第一天开始，毛团不争不抢，无论做什么，它永远都是"一让再让"的那一个。

　　吃饭的时候，其他的小主争先恐后地想占据"好位置"，唯独毛团总是默默地晃到最边上的食盆旁，只给自己留一块小小的空间，腾出身边的位置给其他的兄弟姐妹。

　　出门散步，它也很少和其他小伙伴追逐、打闹，从来都是自己自发地靠边走，完全不需要人担心。这几年，它们年纪大了，出门的时候，我会把它们几个放在手推车里，拉上一半顶篷，让它们可以一边遮遮阳一边看看风景。

　　毛团上车后就直往后面钻，有时候在顶篷的夹角边上探出半颗头，想呼吸一下新鲜空气，可是只要叶子它们几个一动，它又马上缩回去了。我有时候真的看不下去，就把毛团抱到"最佳观景位"，小家伙就很老实地站在那里，直挺挺地一动不动。

　　这样懂事的毛团，在家里的闯祸率趋近于零，我有时候会觉得，如果家里只养了毛团一只狗，大概会像没养狗一样，因为它乖得几乎没有存在感，套句时下的话来说，就是一条特别"佛系"的狗。这跟叶子形成了强烈的反差，我之前还跟家里人开玩笑说，这两兄妹在一起的时候，叶子就成了甄嬛，毛团像是欣贵人，永远默默地待在一边，对所有的安排都很知足。

看来性格与成长环境还真是有着密不可分的关系。

即便基地的条件很好，但是义工们要同时照看上百只狗狗。我想这无形中也把毛团养成了"先来后到"和"分享"的概念，于是来到家里，它就把"最晚来"的自己放到了一个很低很低的位置，当别的小伙伴都在求"优"的时候，它只要"有"就可以了。

为了避免这几只小狗的"宫斗"戏码天天在家里上演，又担心毛团这只乖到快要隐形的"老实狗"老是吃亏，老母亲跟老父亲商量后，决定要好好平衡一下这群小毛头之间的关系，当然这是需要一些小伎俩的。比如每回我们在家，它们总要靠上来抱抱的时候，这时不管先来后到，我通通一股脑儿地把它们都揽在怀里，邓先生干脆就躺在地上，和它们玩成一团，雨露均沾。

在我们的努力之下，毛团总算意识到自己也是有家有人疼的孩子。和之前相比，现在的毛团已经"放松"了好多，尽管和妹妹叶子相比，它还是低调得很，可至少在我坐着的时候，它也开始鼓起勇气摇着尾巴，过来要我抱一抱它了。

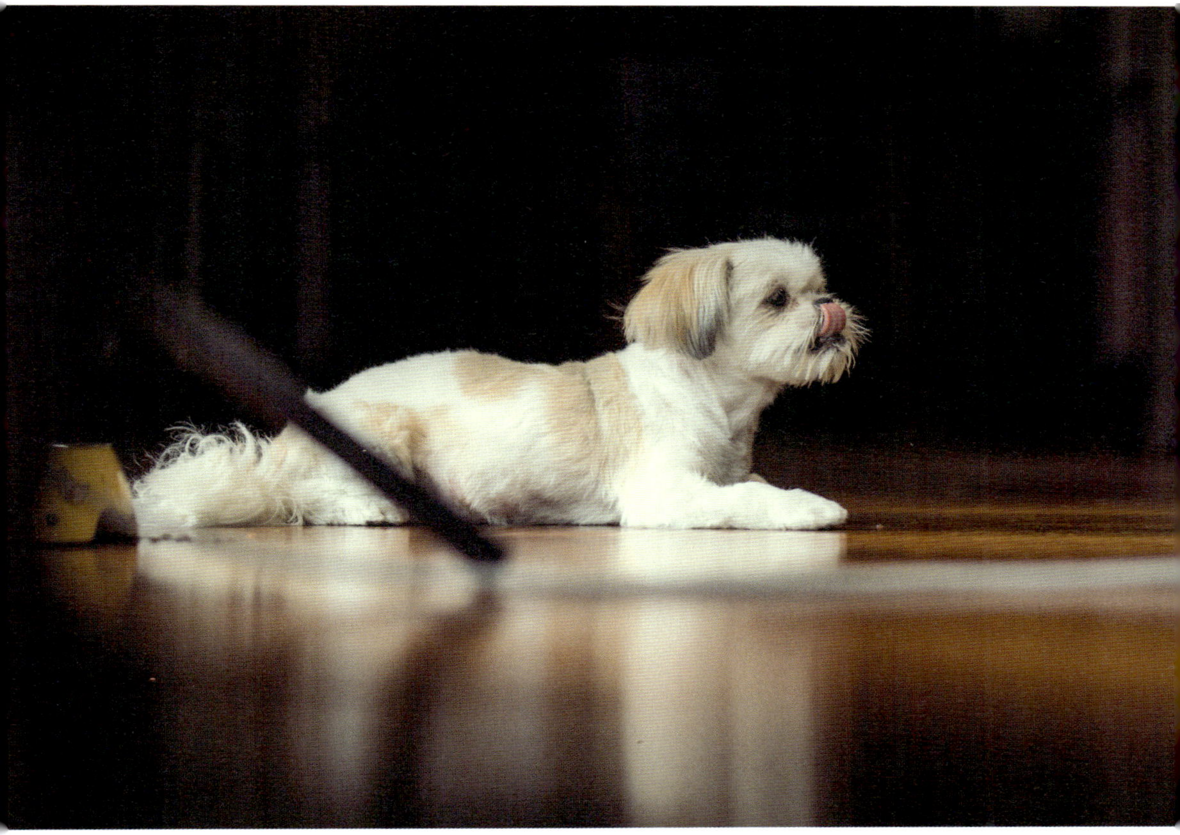

遇见你，陪伴你　　　　　　　　　　　　　　　　　　　　PART - 1　我与它们的美好时光

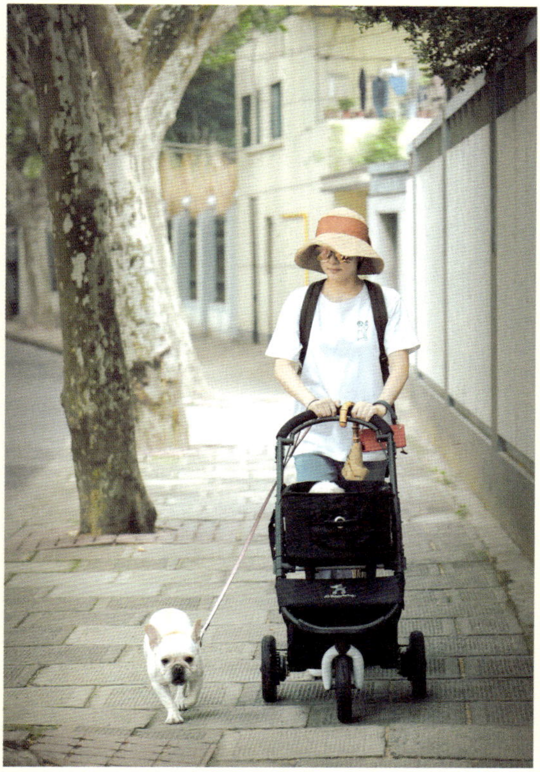

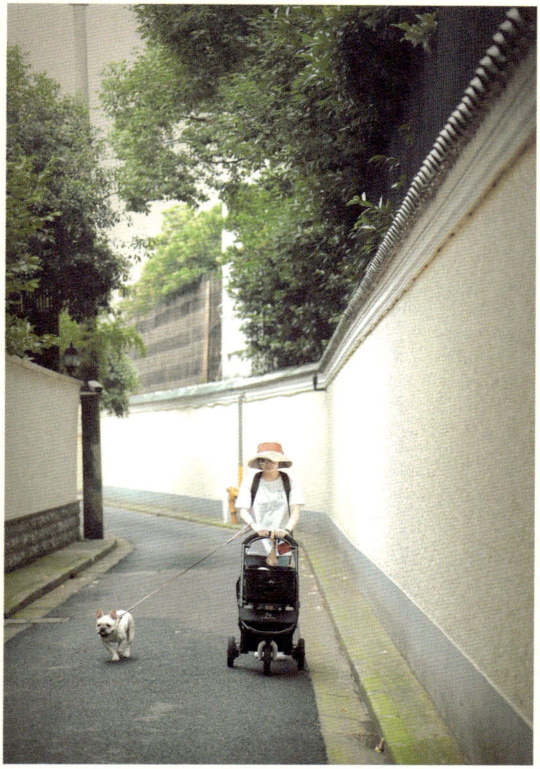

6#

丫头：
混过老北京胡同的
霸气老大

在毛团之前，家里还来了另一个家人，那就是丫头。

丫头是邓先生拍戏时，在中戏旁边的鸦儿胡同里捡到的小狗，所以取名叫丫头。

发现它的时候，北京已经是寒冬腊月。小小的它躺在一个公厕门口的牛奶盒里，身上没有任何遮盖，缩成一团，已经被冻僵的它，好像连哆嗦的力气都没有。邓先生当下就赶紧把它带去医院做了全身检查。

因为当时家里已经有了叶子，想得十分周全的邓先生担心丫头身上或许有细菌会传染，于是让丫头先在外面住了三天，做完检查后才带回家，正式成了家里的一分子。

为了让初来乍到的丫头习惯家里的环境，邓先生每天晚上都会躺在地上陪它玩一会儿,有时候还跟它"谈心",而丫头也真的很有耐心地当一个好听众,聊到好玩的地方,耳朵也会前前后后转动几下,代表它的认真回应。

不过,我想邓先生当时应该压根儿没想过,这个在江湖上混过的"胡同串子"最后会成为我家狗狗的领袖吧!是的,丫头刚来我们家不久,就展现了它高超的手段,成功降服了叶子,成了叶子的大姐大。

丫头可以说天生自带一股王者风范的气场,聪明机灵中带着一点闯荡江湖磨炼出来的强势与滑头。"先来后到"这个观念对它来说是不存在的,刚来家里的时候,它会使小手段把叶子从食盆前挤走,性子十分狂野,简直就是名副其实的"野丫头"。明明给它准备了专属的垫子,可它偏偏要霸占叶子的窝来睡觉,仿佛在宣誓主权,让大家认清谁才是老大。叶子这个娇生惯养的小公主,哪里是老江湖丫头的对手呀!通常是丫头一过去,叶子就自己乖乖地退下了,委屈地躲在一边。

但是叶子好歹是我一手拉扯大,捧在手心里的孩子,有时候看到叶子可怜兮兮的样子,老母亲实在不能忍,只好跳出来主持公道,好好教育一下丫头,可不能让它养成吃着碗里看着锅里,样样都要一把抓的坏习惯。

其实我是懂丫头的,所谓的争宠、争地盘,都只是在掩饰它内心的不安。因为过去那样一段坎坷的经历,让它的性格除了强势以外,还有些微微的孤僻。即使到了我们家,它不用再流浪;即使三餐丰盛,它还是十分敏感和谨慎。一开始,我们抱它的时候,虽然它不会抵抗,一副乖顺的样子待在我们腿上,可是仔细观察后就会发现它也很少转过头与你交流,视线甚至有点刻意躲避,更别说像叶子这样撒娇了。我能感觉到,丫头一直都是小心翼翼的,即便是在玩耍的时候,只要一有风吹草动,它马上就会竖起它的大耳朵,像侦察兵一样,眼观六路，耳听八方。

其实丫头很漂亮，有点蝴蝶犬的血统，耳朵上的毛长长的，如果它的性格跟叶子像一点，愿意稍微"示弱"，一定也会勾起大家的"保护欲"。可它偏不干，反而把自己武装成一个女军官，我们看电视，它的头就朝外趴着，像门卫上岗一样；我们出门，它冲在最前面，为大家确认前方安全。

我们给了它一个家，它好像就把守护这个家、守护我们当成了自己的责任。之前有一次，我接受采访，把它们都带去了，丫头就趴在我跟摄影机的中间，眼睛炯炯有神地观察着房间里的每一个人。

只要有它在我身边，我总是觉得特别有安全感。

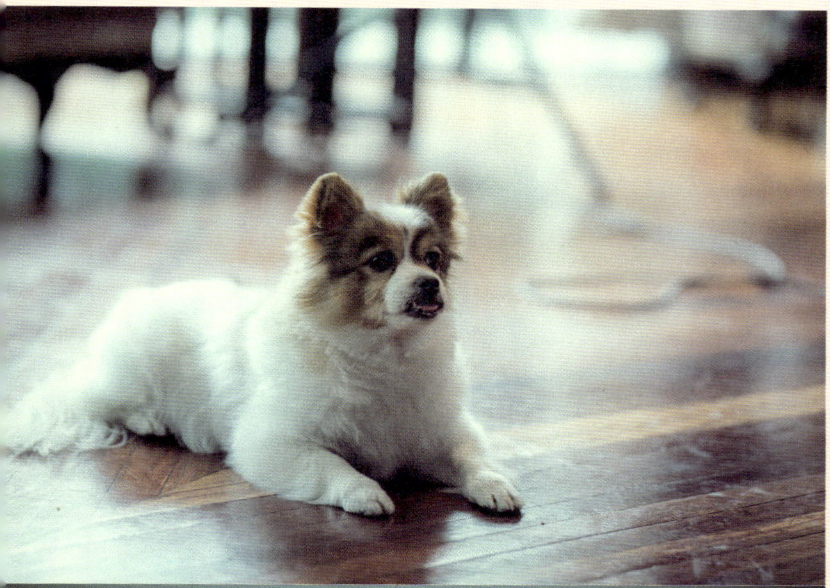

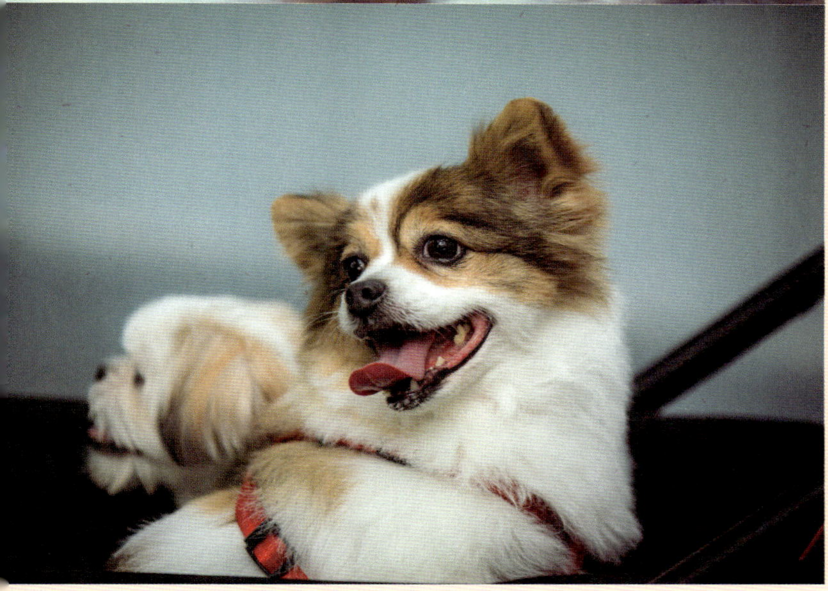

遇见你，陪伴你　　　　　　　　　　　　　　　　　　PART - 1　我与它们的美好时光

7#

奶　牛：
被　排　挤　的
热　血　青　年

现在我们家里一共住着四只狗狗：丫头、叶子、毛团，还有最晚加入的奶牛。

丫头、叶子、毛团，原本是住在北京的家里。因为工作关系，我们时常不在家，幸好有充满爱心而且值得信任的朋友，一直帮我们悉心地照顾着它们。每次到了我要离开北京的时候，叶子都会一脸不舍地到车库来送我，满眼是泪。

后来，我们长期定居在上海，加上它们的年纪都大了，为了给这几个"老人家"一个更完整幸福的晚年，当下决定把它们接到上海，跟我们一起生活。原本我还一度担心，"背井离乡"的它们会不会"水土不服"？结果证实老母亲想多了，这些根本不是问题，因为"它们只想和你待在一起"。

奶牛，从小就跟着我们生活在上海的家里。它是朋友家的狗妈妈生了一窝小狗后，送给我的一只小法斗。奶牛还是小奶狗的时候，浑身的毛短短的，没遮没挡的婴儿肥明目张胆、毫无掩饰地显露在外，看上去就肉乎乎的，非常可爱。它的鼻子上总有两道皱皱的皮褶子，从小就有一种憨厚小老头的气质，长得非常喜庆，"笑"果十足。

小时候，家里有个跟奶牛一模一样的工艺品，表情和动作都非常生动，一直摆在我的床头。那时的我总想，这个塑像要是活的就好了，一定是只特别好玩的狗狗。等奶牛来到家里，我就在想，老天爷是不是听到了我的心声，圆了我童年的一个梦呢？

等奶牛长大了，我才明白，什么叫作"精分少女"是老母亲的噩梦。

相较于"林妹妹"叶子和"高冷女王"丫头，以及"佛系范儿"毛团，奶牛这个年轻气盛的彪悍少女，没有一点女孩子的样子，跟我想象中的岁月静好，大概差了十万八千里。

它每天总有用不完的力气，简直像个多动症患者，在家里横冲直撞，不小心就把自己撞得眼冒金星。有时候，撞疼了还知道暂停下来自己嗷一声，嗷完了再继续发疯似的撒欢，让我这个老母亲往往都要不顾形象地追在它后面大喊："奶牛，坐下！""奶牛！！你回来！！！"

除了精力充沛，拆家捣乱也是这位精分少女的拿手好戏。对它而言，最有趣的事情就是猛地一扑，把房间里的垃圾桶扑倒，其实就是嘴馋想找吃的过过嘴瘾，等垃圾撒了一地，我们急急赶来收拾的时候，小家伙又好像知道自己闯了祸，马上屁颠屁颠地逃走了。本来以为扑空过一次应该知道这里面没有它想要的美食了吧？嘿！这个傻大姐下次还是会趁我们不注意的时候，弄得一地狼藉。

有一次，它又要开始"作案"，恰巧被我看见它从厨房门边露出肉嘟嘟的屁股。我打算以声服狗，当下大吼一声："奶牛！你又要干吗？！"傻大姐被我一吓，顶着张纸巾就从厨房里一溜烟地逃窜出来。那傻样，真是让人又好气又好笑。

像这样的熊孩子，自然是入不了其他三位"德高望重"老人家的法眼。也难怪，如果说年纪颇大的它们，已经迈向养老院的生活，那奶牛就是还在幼儿园上蹿下跳的野孩子，其中的代沟可不止一个辈分那么遥远。

在奶牛"发疯"的时候，丫头、叶子和毛团往往就是趴在那里，思考自己的狗生，也不会主动搭理它，几乎无视奶牛一次次发出的邀约，对它冷眼相待。我想它们大概心想："哼，这小屁孩疯疯癫癫的，千万不要来烦我们。"就连一向具有老大风范的丫头，看到奶牛，也有些绕道而行的意思。家里往往就是这么三静一动的架势，也挺有点小社会的意思。

不过，不是我要帮三位"老人家"说话，奶牛那种"热情"的邀约方式，换了谁都是有点难以消受的，它老是爱伸出爪子去撩它们，下爪没轻没重，这一撩反倒像"家暴"。在它幼小而懵懂的心灵里，这大概就是一种跟人家亲近的方式，只是至今它也没想明白，为什么大家都不大搭理它？

前段时间，我在领养日上遇见了一只非常可爱温驯的长毛兔，它撅着嘴蜷缩在我怀里，可爱得要命。当下我就想把它带回家，可又担心它会不会跟家里的狗狗无法和谐相处，反而造成伤害，心心念念想了好几天，我最终决定向义工申请了一周的"试用期"，想给彼此一次机会。

没想到，也就三到五天的工夫，我就宣告失败，灰溜溜地把兔子还回去了。因为事实证明，奶牛和兔子根本无法"和平共存"。

其实，丫头、叶子和毛团对小兔子都十分和善，顶多就是好奇地凑近看看，不会轻举妄动。但是奶牛大概是从没见过兔子，对这个"新玩具"表现出了极大的兴趣，于是奶牛成为兔子在家里最大的"敌人"。

兔子只要一被放出笼外自由活动，奶牛就开始上演疯狂追逐的戏码。追上了不打紧，还要用嘴去含人家，这可把兔子给吓坏了，那逃得叫一个惨啊！就算把兔子安置在笼子里，奶牛也不安生，非要隔着笼子跟人家"说话"，把爪子挤在缝缝里想要撩人家，可怜的兔子在笼子里吓得直哆嗦。我讲也没用，骂也不听，最后演变成了兔子和奶牛只能有一个在外面，必须"隔离"。

托奶牛的福，我想养一只兔子的愿望落空了。没办法，谁叫我已经先对奶牛许诺了一生，如果不能和平共存，那么就让它们各自安好吧。

每一份爱，都是一份责任。

8#

为了小动物的健康，必须忍痛带它们做绝育

在我们家，所有的狗狗都要经历一次"成年礼"，那就是绝育。

叶子两岁的时候，我就想着必须得把叶子绝育这件大事给办了。

送叶子去医院的那天，邓先生正好有工作，于是我自己陪着小叶子去动手术。

一路上，小叶子还以为要去玩，到了医院，我把叶子抱到手术床上，它居然乖乖地坐在那儿一动不动，完全不同于往日去医院检查又哭又闹的样子。医生很顺利地给它戴上了麻醉面罩，不到两秒，这小东西就吐出了粉红色的小舌头，咻的一下在我眼前倒下。

叶子的手术很顺利，为了方便术后照顾，张阿姨建议最好等

拆线了再把它带回去。于是，我在床边一直等到叶子醒来，摸摸它的头说，我过两天就来接你。

说完了再见，准备回去的时候，不知道是不是麻醉的作用还没完全过去，叶子就这么呆怔怔地目送我离开。我还没完全出大门呢，它就自顾自地趴下睡了，完全没有我想象中撒娇舍不得的画面。

回家后，我把叶子麻醉的视频拿给邓先生看，心很大的我还一边打趣说："这麻醉面罩可真厉害，你看叶子一下子就昏过去了！"

没想到，我身旁这位男子汉大丈夫拿过我的手机，很认真地把视频看了两遍，表情微妙，过了一会儿，心思一向细腻的他居然扶着墙哭了……

这一哭，把我哭得一头雾水，好言好语地连声安慰，问他是怎么了。

他说："这么健康的一只小狗，怎么说昏就这么昏过去了呢？！"

那天，我很不厚道地笑了很久……

可是，等丫头去做绝育的时候，又是另一种画风了。

一向高冷倔强的它，居然把我俩都惹哭了。

丫头也是在基地做的绝育手术。出发时，我隐隐约约感觉到丫头有点沮丧的情绪，一路上小脑袋瓜一直低低地耷拉着，跟它讲话，它好像也提不起劲。

丫头手术顺利结束了，还没等到拆线的日子，我跟邓先生就按捺不住先去看它了。看到我们出现在门口的那一刻，原本静静趴着的丫头瞬间就兴奋了起来，尾巴摇得都快看不见了。我从来没见过丫头这么明显地表达出自己的开心，那种感觉就像它原本有点阴郁的世界突然出现了彩虹。

那个时候，我们并没有特别注意到它情绪的巨大转变与变化的原因，只是想着等它拆完线，再赶紧把它接回家。

可是就在我们准备离开，跟丫头说完"拜拜"，把它交到义工手上的时候，丫头突然就崩溃了！它开始撕心裂肺地挣扎，发出的哀鸣声尖锐到不像是狗狗能发出的叫声，基地的义工都被吓到了，更别说我们了。

我都蒙了，反而是一旁的邓先生很快就意识到了丫头的恐惧及情绪变化，一边马上接过它就往外走，一边回头跟张阿姨说："不行不行，今天一定要带它回去，不然它会有心理阴影的，真的以为我们不要它了。"

回到我们怀里的丫头，果然很快镇静下来，可是身体还是忍不住地微微发抖。这时候，我跟邓先生的眼泪哗地就下来了，原来这小家伙以为我们把它送回基地，是不要它了。所以看到我们，它觉得我们应该是后悔了，想来接它回家的，才会出现那异于寻常的兴奋。没想到我们再度转身离开的时候，居然又没带上它，它以为自己又要被抛弃，心急之下，才会发出那样让人痛彻心扉的哀鸣，当时它该有多么悲伤和恐惧啊！直到这时候，我才看出平常一副什么都不在乎的丫头，原来这么在乎这个家。

许多不太清楚节育重要性的朋友，可能会觉得"动刀"断绝了它的"性"福之路，是一件很残忍的事，却不知道绝育后，狗狗体内的激素水平才会稳定下来，等它们年纪大了之后，才不会被前列腺和子宫相关的疾病所困扰。同时可以预防它们患睾丸癌等生殖系统疾病，过度的生育活动反而会使身体器官加速老化，缩短它们的寿命。

别害怕，节育没有想象中的恐怖。

做好准备，陪它一起健健康康迎接新的生活。

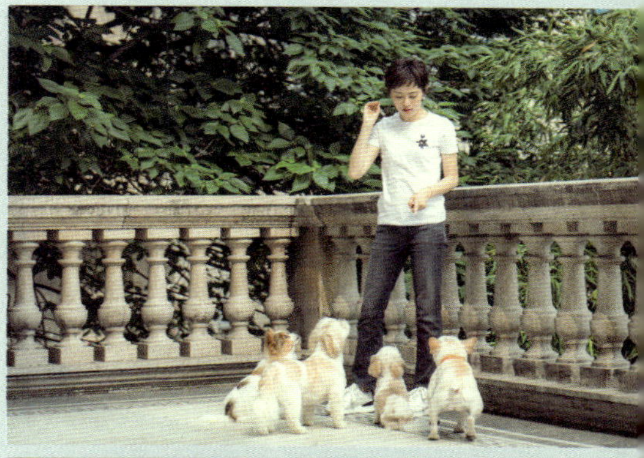
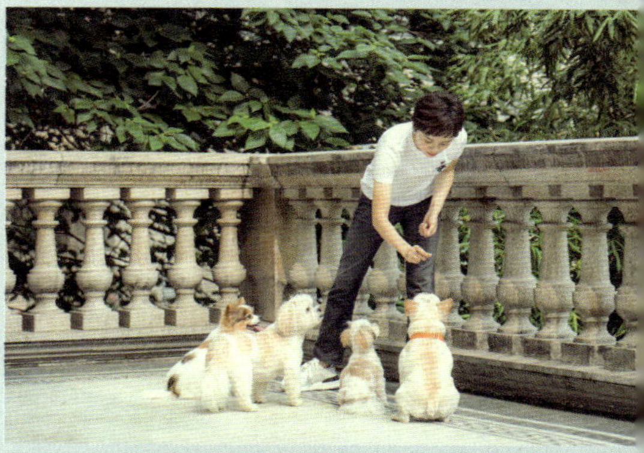
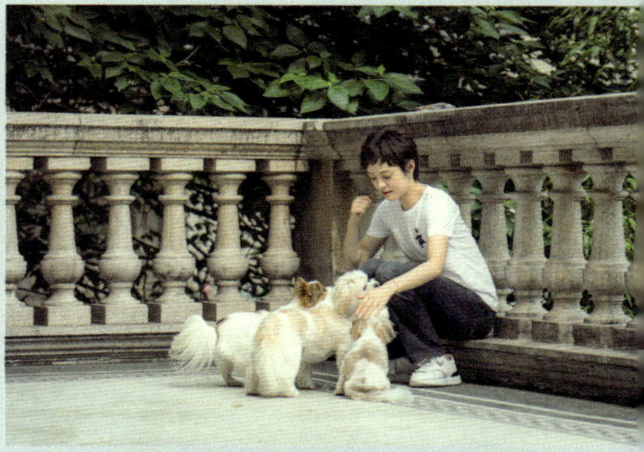
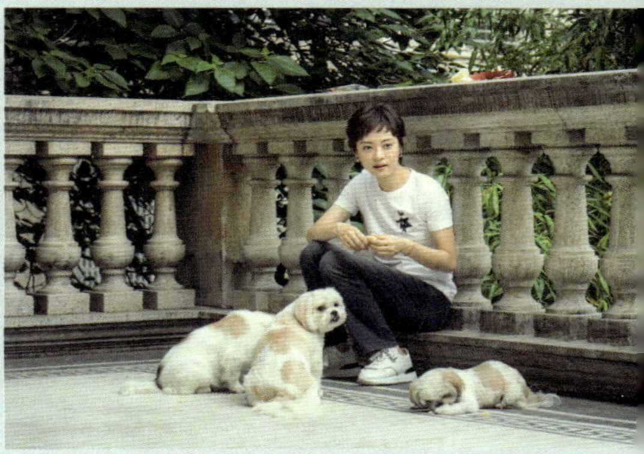

遇 见 你 ， 陪 伴 你　　　　　　　　　　　　　　PART - 1　　我与它们的美好时光

9#

互相尊重，
才是爱的前提

2011 年的时候，等等出生了。后来，我们又有了小花妹妹。

有了孩子之后，怎么教育孩子们爱护这些不会说话的兄弟姐妹，又怎么让狗狗接纳家里的小主人，让他们之间能和谐相处，成了我新的课题与挑战。

不过很快我就发现这根本不难。狗狗护主是天性，孩子从小跟小动物一起长大，会让他们变得更温柔、有爱心，更懂得照顾与陪伴。

有一次，家里人在路边偶遇了一只流浪狗，等等比谁都高兴，瞬间和它成为小伙伴，不停地自我介绍："狗狗你好，我叫等等。"还把自己的玩具和狗狗分享。每次回家后，要给它们喂零食了，或者买新玩具了，等等总会问：叶子吃了吗？丫头有吗？毛团在哪里？就像电影里的那句台词一样，一个都不能少。他们很容易玩到一块儿，我唯一能做的，就是让他们知道，彼此之间互相尊重，不能伤害到对方，才是爱的前提。

在等等和小花年纪还小的时候，我们就有过几次"成熟"的交流，他们知道有些禁区不能去触碰，即使想和狗狗玩，也不可以直接用手去拉扯它们的尾巴。因为这样的动作会伤害他们的这群狗朋友，狗狗疼了也会误以为他们有恶意，可能会表现出不友好的态度。

时间久了，他们会学着慢慢站在狗狗的角度去判断自己的行为是不是恰当，也就是己所不欲，勿施于"狗"；他们会明白同样的行为，如果放在自己身上会不开心的，那么狗狗可能也会觉得不舒服。

等等就是最好的例子。大概是受了老母亲和老父亲的影响，等等生来跟小动物就没有丝毫的距离感，他发自内心地喜欢它们。

他刚出生还不会说话的时候，看到家里的狗狗跑来跑去，常常会开心得乐呵呵地笑出声来。那时候，常常是邓先生抱着叶子，我抱着等等，两个小家伙就开始互相瞅来瞅去。等等对毛茸茸的叶子充满了好奇，总想伸手去摸一摸它，可是他还不懂"摸"这个动作，小手一抓一抓的，我生怕他一不小心把叶子给揪疼了，就牵着他的手，轻轻地一遍遍地抚摸叶子。

等等最爱做的事情，就是用他的玩具堆成一个圈，然后跑去把狗狗抱起来，放在那个圈里。他说，那是他为狗狗们搭建的城堡，它们住在里面会很快乐。于是，老实的叶子和毛团成了那个城堡的"常客"，可每次被请进城堡的它们，看起来并不是很情愿。

可这就是等等表达爱的方式，他把自己认为最好的东西给它们，也很天真地以为它们会喜欢。

后来我告诉等等,叶子它们最喜欢的是你的陪伴,如果把你一个人关在城堡里,你是不是也会觉得有点孤独呢?同样,城堡太小了,狗狗们会觉得不自在,但如果你可以牵着它们,带它们去外面的公园走一走,那妈妈相信它们会很开心的!

一次见效!自那次之后,牵狗狗们去散步成了等等幼儿园放学后的任务之一。每天放学回家,小家伙就会屁颠屁颠地跑去拿绳子,细心地给每只狗狗系上,再催着狗狗们到门口集合。如果有哪只偷懒不肯动,等等还会轻轻拍拍它的背,很耐心地劝导它们要多运动,简直就是一个小牧童了!

如果我和邓先生在家,我们就牵着丫头、毛团和奶牛,等等负责叶子。后来,妹妹也加入了我们,我觉得这份爱是会影响跟扩散的。就在一年前,妹妹还怕狗,看到就哇啦哇啦地直哭,但是因为等等特别喜欢小动物,妹妹出于对哥哥疯狂的崇拜,只要哥哥喜欢的一切,她都无条件接受。加上我们把容易过于热情的奶牛送到宠物行为训练师那儿,帮它改掉"扑人"的习惯后,妹妹现在已经特别爱它们了,还会因为家里狗狗比较喜欢哥哥而吃醋,老是问我:"妈妈,为什么奶牛喜欢哥哥,不喜欢我?"甚至,女汉子奶牛已经变成妹妹最忠实的"坐骑",小腿一跨就往奶牛身上一屁股坐下,精壮的奶牛也不喊累,驮起妹妹就走,一副"千山我俩独行,不必相送"的样子,画面虽然好笑,但是充满了爱。

希望每个孩子的童年都能有它们相陪。

它陪你长大,你也会陪伴它变老,愿你们的一生因为拥有彼此而灿烂。

遇见你，陪伴你　　　　　　　　　　　　PART - 1　我与它们的美好时光

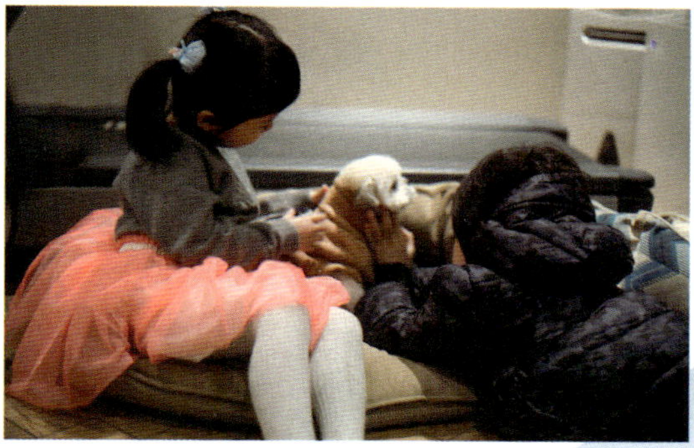

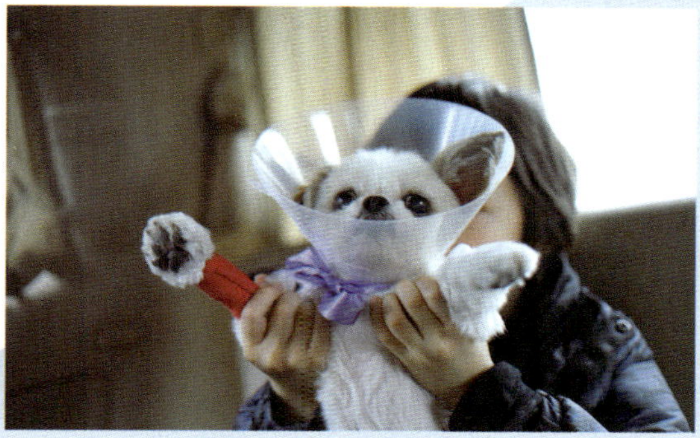

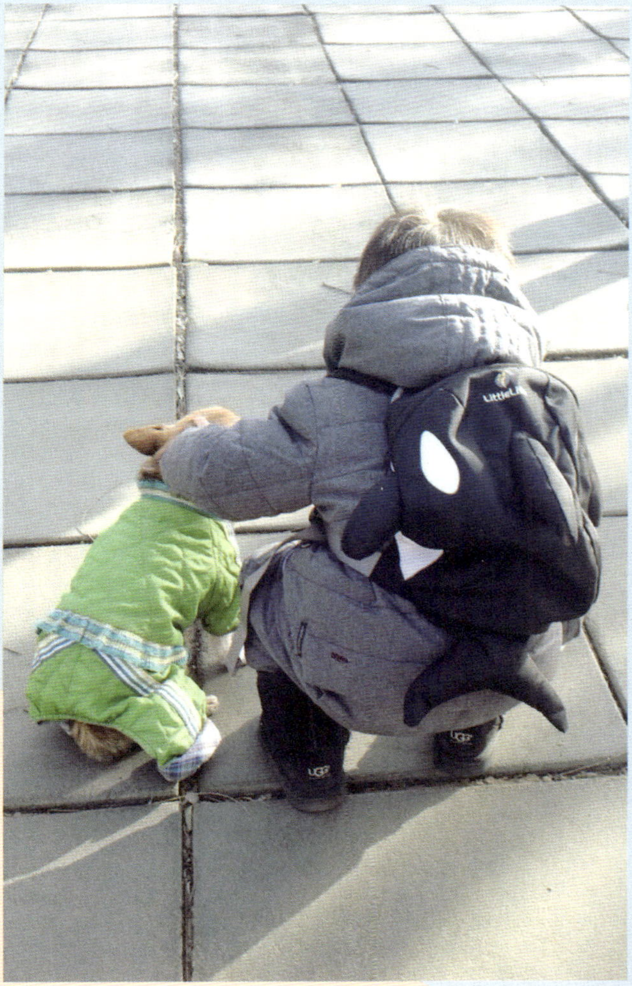

10#

时间和耐心
是培养感情的基础

  人与小动物之间的相处，甚至是人与人之间的相处，至少有一个模式是相通的，就是我们都需要一个彼此熟悉的过程。

  有一次，我牵着妈妈养的狗狗，在她家的小区散步，一个小女孩老远看见我们，一脸兴奋地跑过来，冲到我们跟前就想抱抱它。这时我明显感受到手里牵着的狗狗紧张了一下，幸好它的性格特别温和，不然我还真怕它做出什么防御动作，会伤到小姑娘。

  在写这本书的过程中我们走入了很多领养家庭，和这些家庭中的毛孩子大多数都是初次相见，它们都相当友好，不吵也不叫。即使是这样，我在跟它们互动之前，还是会放慢动作，先伸一只手，让它们闻闻，慢慢熟悉我的味道，再根据它们的反应来判断是不是可以摸，或者抱抱它们，又或者只是走近一点就好。

在日常生活中，我们见了完全陌生的人，也不太可能马上就跟对方亲密地在一起，至少也要经过几句寒暄，交换过眼神，确认对方是"对的人"，才会有下一步的近距离接触。

近几年，我们家来了好几只自来猫，从最早的一两只，到现在呼朋引伴似的来了四五只，对它们而言，我们家更像是个休息站，它们在江湖中闯荡累了就来歇歇脚。它们似乎更偏向这种四海为家又衣食无忧的生活，不愿在某个特定家庭停留驻足。后来，我干脆为它们准备了两个猫爬架，放了几个食盆，里头永远装满水和食物，等它们玩累了，还有个"家"可以回。

等等非常喜欢它们，每回看见不同的猫咪，就会很开心地向它们飞奔而去，可是面对这样一个"来势汹汹"的小男孩，猫咪们反而吓得"夺门而出"。这让等等有些沮丧，一脸认真地跑来问我，是不是小猫不喜欢他，小脸皱成一团，一副委屈兮兮的样子。虽然心里觉得有点好笑，但是老母亲还是好好地跟他解释了一遍。

现在，等等跟这些自来猫成了"熟悉的陌生人"。他靠近的时候，它们不再紧张害怕，他要摸摸它们的时候，猫咪就"任君蹂躏"，不时还会温柔地舔舔他，可要再进一步，抱就不行了，毕竟它们还是自由的灵魂。等等也明白，这就是他们之间的"分寸"了。

任何事情都是两面的，孩子明白了与小动物相处的法则，而自家的狗狗们如果有不乖的"坏毛病"，也需要通过训练好好教育一番。

记得奶牛这个小霸王刚到家里的时候，见谁都爱流着哈喇子往人家身上扑。其实这傻大姐只是想跟人家玩而已，却一来二去地常把当时还小的妹妹给吓到。有段时间，妹妹一见到奶牛过来就会哭，我看奶牛也挺委屈的，根本也不明白自己做错了什么，如此不招这个小姑娘待见。

为了了解奶牛这个动作背后想表达的意思，并且帮它改掉这个臭毛病，我特别去请教了宠物行为训练师，才知道原来它只是单纯地想向孩子们表达热情。后来在专业人士的培训下，奶牛很快就改掉了这个"容易兴奋"的毛病，同时我也告诉妹妹，奶牛其实是喜欢你，所以才想跟你在一起。经过这段"互相了解"的过程，妹妹现在只要在家晃啊晃的，遇见奶牛，就会走过去主动抱起它，又亲又摸地学着哥哥，开启对奶牛疯狂表白的模式："奶牛，你好可爱呀！""奶牛，我好爱你！"

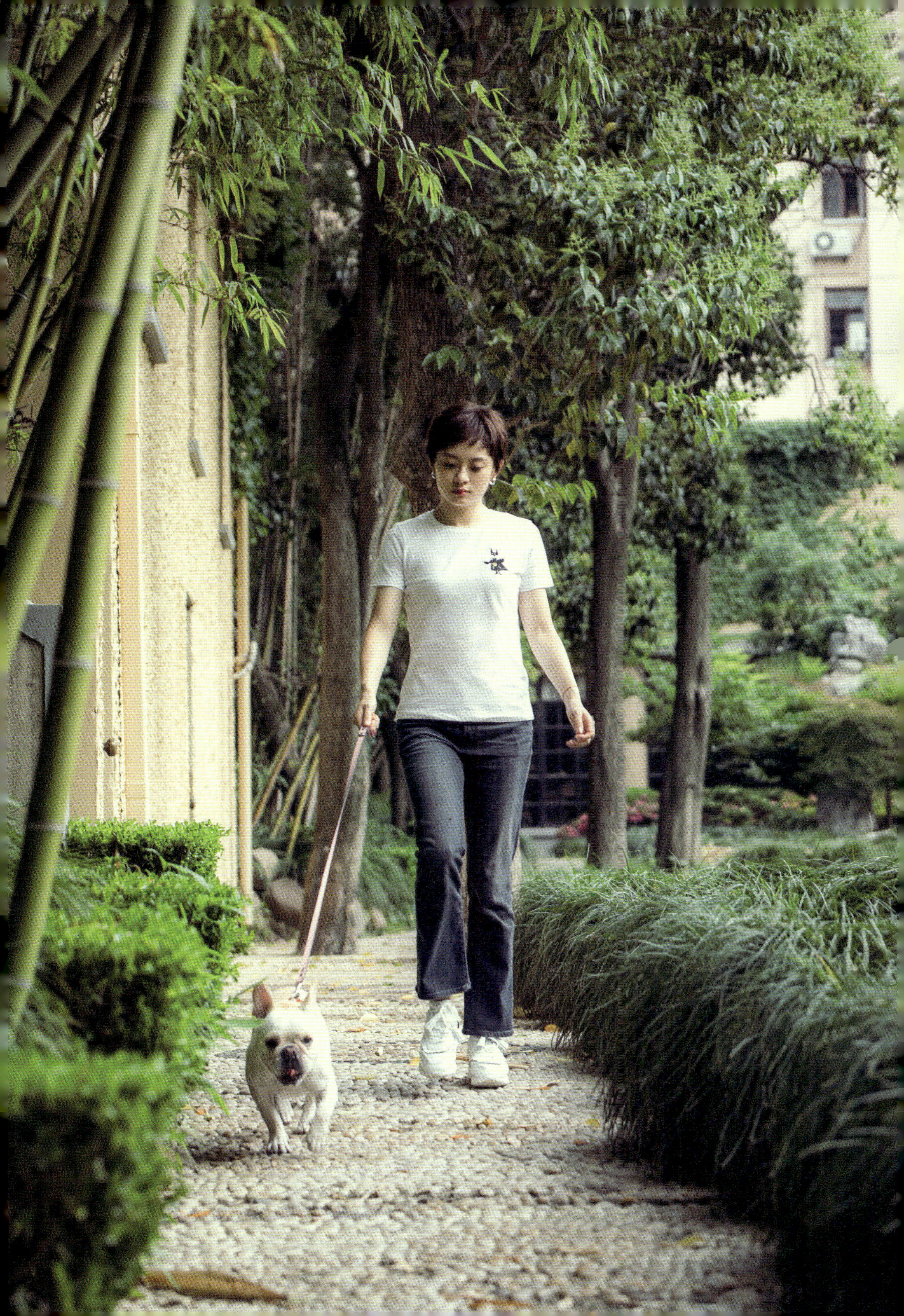

11#

缘分，
是彼此适合

前些年，我带等等、小花妹妹一起去上画画课，模特就是我家的狗狗，奶牛、叶子的出镜率还是挺高的。老师说我画画的时候特别会抓神，神对了，整个样子就像了，其他就可以"不拘小节"了。

我后来发现，我好像拥有能读懂这些小动物的超能力，脑海中可以快速地捕捉到它们某一瞬间的神情，从它们的表情和状态，我基本就能判断它大概是个怎样的性格，屡试不爽，连模仿它们的神态都惟妙惟肖。

这项技能，在我们这次去拜访了一位收养五六十只猫的朱阿姨家时，得到了认证。

阿姨家简直可以用"卧虎藏龙"来形容，一不注意，桌椅犄角旮旯间就有隐身于其中的"猫大侠"穿梭而过。或昂首挺立站在高处睥睨我们这群外来之客，或不问世事懒洋洋地蜷缩在一角，或迈着绅士步伐，飞身上了橱柜找它的小伙伴。

其中有只大白猫，我们聊天的时候，它就窝在一把藤椅上，眼睛半眯着带着一丝警备，尾巴服服帖帖地卷在身边，爪子藏在肚子下面，一动不动。它的身边有十几只猫在来来去去，有些还从它背上一跃而过，但它不动如山，自始至终都淡定地趴在那里，一副"我就是不一样的烟火"的样子。

我问朱阿姨："这猫是不是比较自我，比较霸气，平时也不跟其他猫互动？"

朱阿姨挺惊讶地看看我说："你怎么知道的？！"

我想，这大概也是我们之间心灵相通的默契吧！也因为这样，我特别理解每一只小动物，它们都是独立的个体，性格秉性都是不同的，有的独立，有的黏人，我们没办法一语概之地去判定狗狗都是外向，或者猫咪都是自我的。

既然性格各有不同，小动物们和主人之间自然也会产生"八字合不合"的问题，热情的狗狗，或许会因为主人习惯寡淡而感到委屈，而性格独立的主人对黏人、动不动就要撒娇的狗狗难免也会吃不消。有的狗与主人，在茫茫世间相遇，一拍即合，我想这大概也是所谓的"缘分"吧。这个缘分到底是什么呢？我想，答案就是"彼此适合"。

那么什么样性格的狗狗和我最投缘呢？想了半天，大概就是呆呆笨笨，没什么狗生追求的狗狗吧！仔细想想，我家的那几位"仁兄"都挺符合的，狗狗们最爱的飞盘、捡球，它们一窍不通，它们最拿手的技能，大概就是吃和睡。

有一句老话说得好，"三岁定终生"，这句话放在这群小动物身上，也十分恰当。

这也能充分解释，为什么领养会更容易找到和自己性格相符的狗狗。

除了那些在外流浪、漂泊的毛孩子，领养机构中大多数的小动物都已经成年，再者也会有许多救助人、机构，经由了解、分析去判断它们每一只的脾气秉性，更容易帮你找到命中注定的"它"。

PART - 1 　我与它们的美好时光

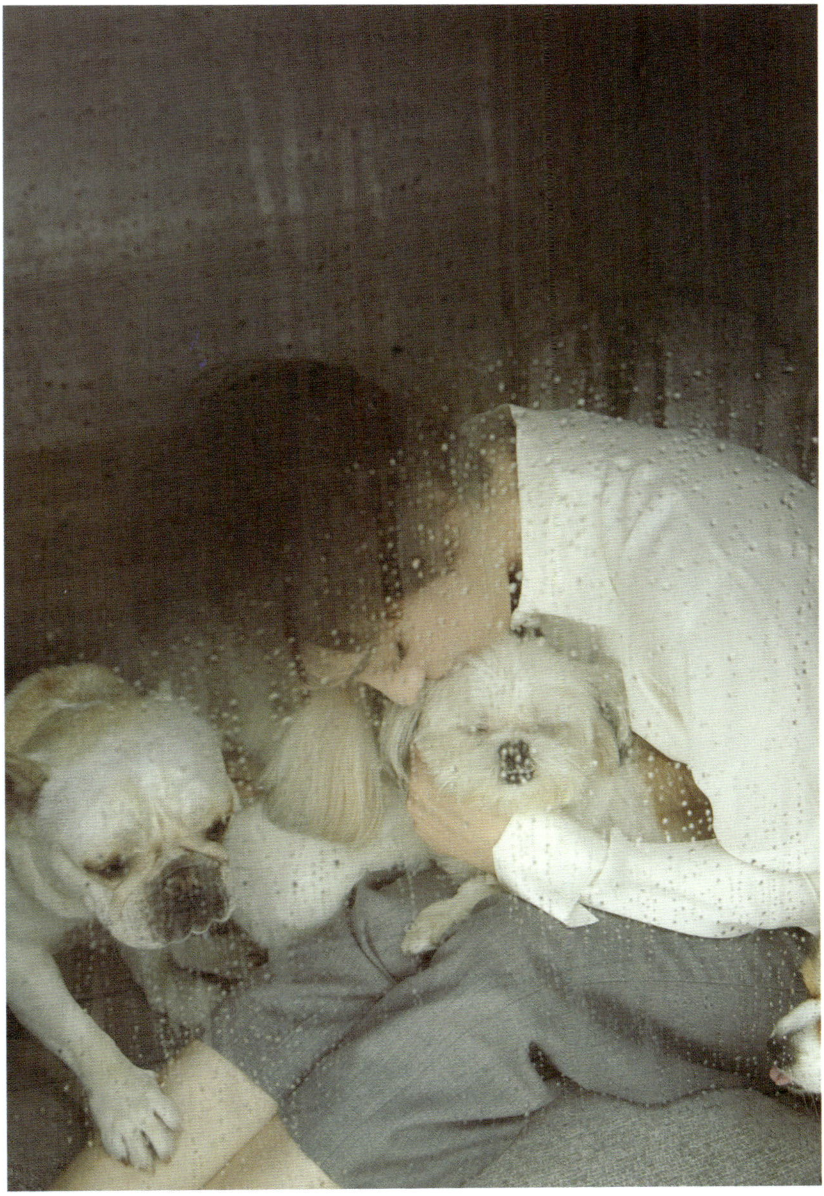

↑ 左，泰迪；右，折腾

12#

没 有 买 卖 ，
就 没 有 伤 害

这几年，我们一直在呼吁"领养代替购买"，是因为从中看到了不忍。

曾经，我也购买过一只泰迪。俗气地说，就是单纯被它的"颜值"所吸引。因为我从没见过这么可爱的狗狗，蓝蓝的眼珠子，深棕色的卷毛，跟我心爱的泰迪熊长得一模一样。那时候，家里已经有三只狗了——西西、折腾和娃娃，我们家"太后"已经下令不许再把狗往家里抱了，可我最终还是没忍住，先斩后奏地在宠物店买下了一只小泰迪。

那时候，我并不知道它们背后隐藏着残忍的繁殖过程。

在北京流浪动物基地，我见到许多因为繁殖链被伤害的毛孩子：因为基因缺陷只能苟延残喘的西施狗，因为年纪太大再也生不动而惨遭抛弃的亚摩斯和米莉亚……

它们曾经都是品种纯良高贵的孩子,天生拥有讨人喜欢的面容,原本它们可以拥有世间更多的爱,没想到高贵的品种却成了它们命运的枷锁。从出生开始,它们就会被关在繁殖场的笼子里,不断地交配、生育、再交配、再生育,有些丝毫得不到充分的休息,就这样恶性循环,直到元气耗尽。

在这样的暴力中诞生的宝宝,可能会因为近亲繁殖导致基因缺陷,一出生就要面临终生病痛的折磨。幸运一点的,会成为我们怀里宝贝的毛孩子,但每一次的流行风潮过后,我们也会在街头发现它们被大量遗弃的无助身影。因此一直到现在,即便是"颜值不凡"的泰迪,在流浪动物这个群体中,依旧占了很大的比例。

也许我们都曾为某个品种的狗狗疯狂,可当背后残忍的真相被揭开,我们也可以选择不做残忍的"帮凶"。没有买卖,就没有伤害。

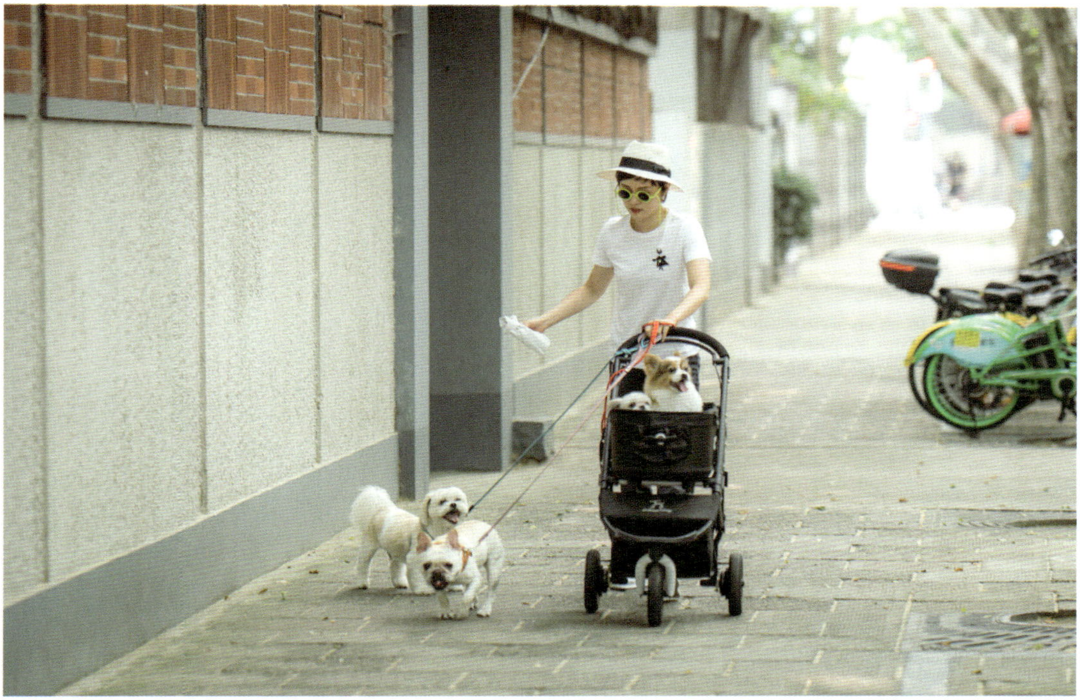

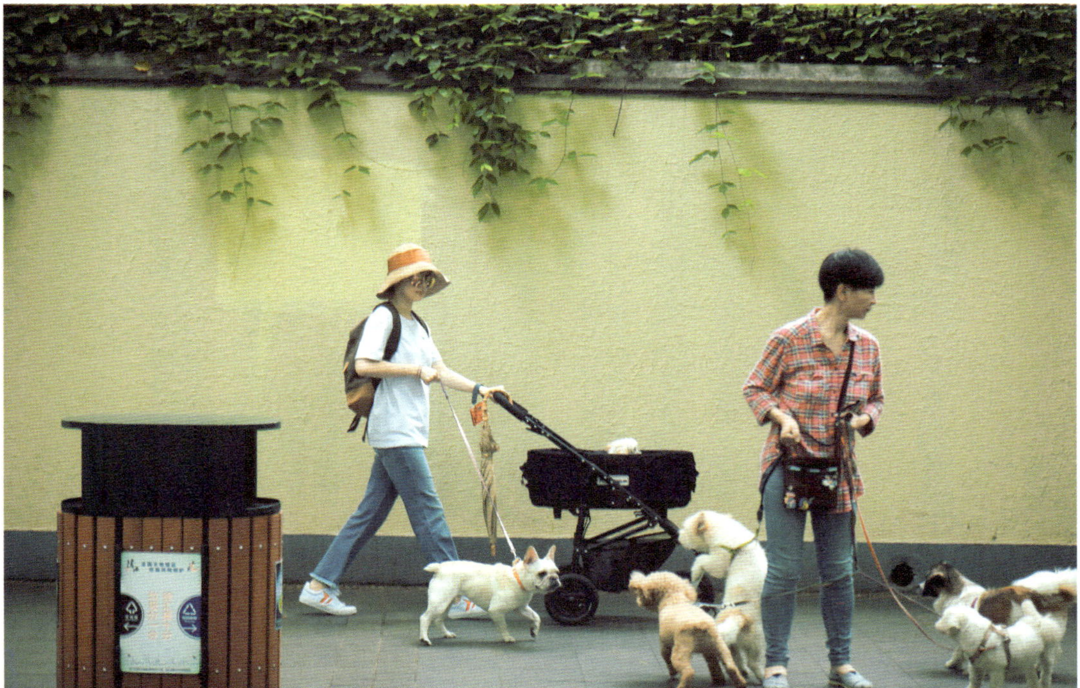

13#

最后一点
想说的话

在接触到流浪动物这个大群体之后,我发现很多人都对它们有着颇深的误解。

它们会不会很难照顾?

它们有没有传染病?

它们会不会只认之前的主人?

它们在外流浪过会不会很凶、具有攻击性?

一切的一切,皆因不了解。所以,在这本书里,我们实际走访了十几个领养了流浪动物的家庭,希望他们和这些毛孩子之间传递出来的温暖与情感,能化开大家心中的谜团与迷思。

面对我们的到来,这些毛孩子似乎都知道自己将要代表这个群体似的,每一个都表现出了连主人都感到不可思议的温驯与乖巧。它们也许平时会有些胆小、有些警惕，看到陌生人不愿意靠近，可是最后，它们都无一例外给了我极其温柔的眼神，或是一个温暖的怀抱。

在这个过程中，我不仅一次次被主人和它们之间的信任与爱所感动，这群毛孩子比我想象中更懂事，主人对它们的心疼与爱惜，在一次次聊天中溢于言表，一切的一切，都远远超出了我的预期……

这些毛孩子懂事乖巧得令人心疼，如果你们也被故事里的它们所打动，请不要吝惜你的爱，并且转告身边的朋友：

流浪动物也很可爱。

选择领养就是选择连钱也买不到的爱。

遇见你，陪伴你　　　　　　　　　　　　　　　　　PART - 1　　我与它们的美好时光

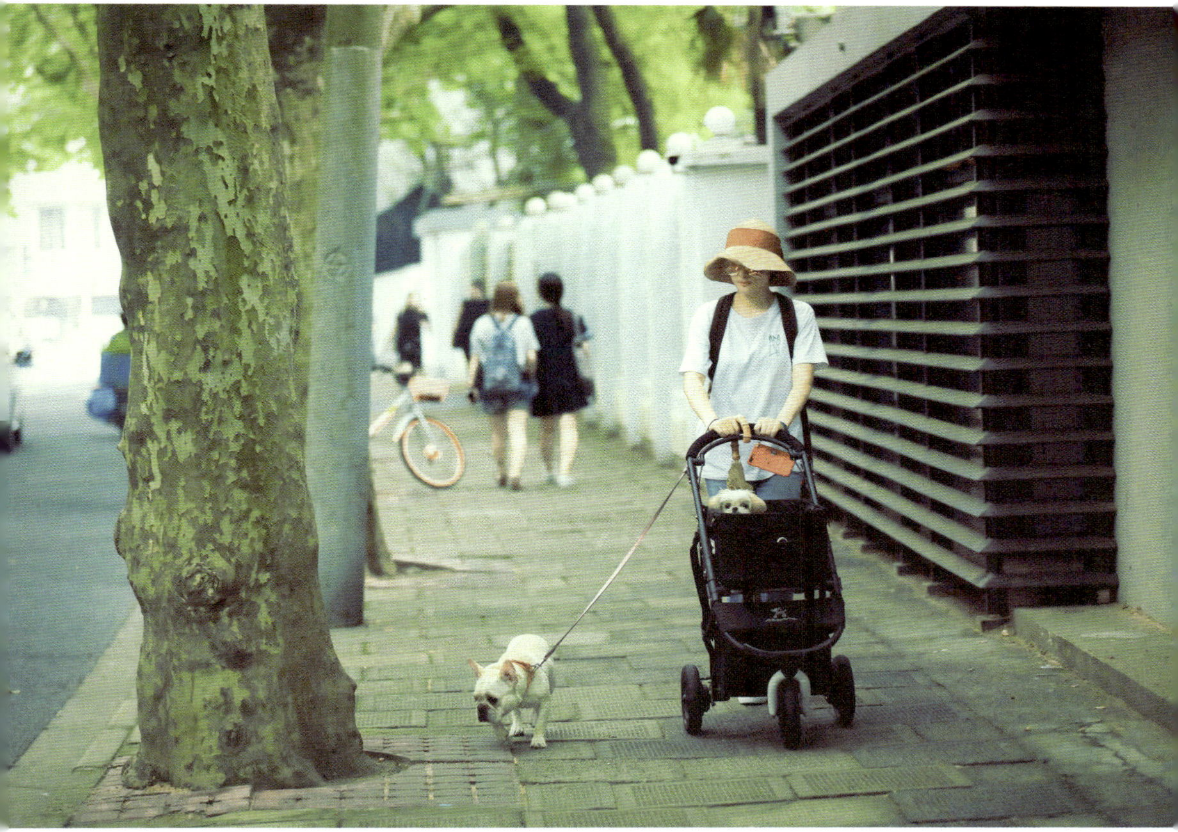

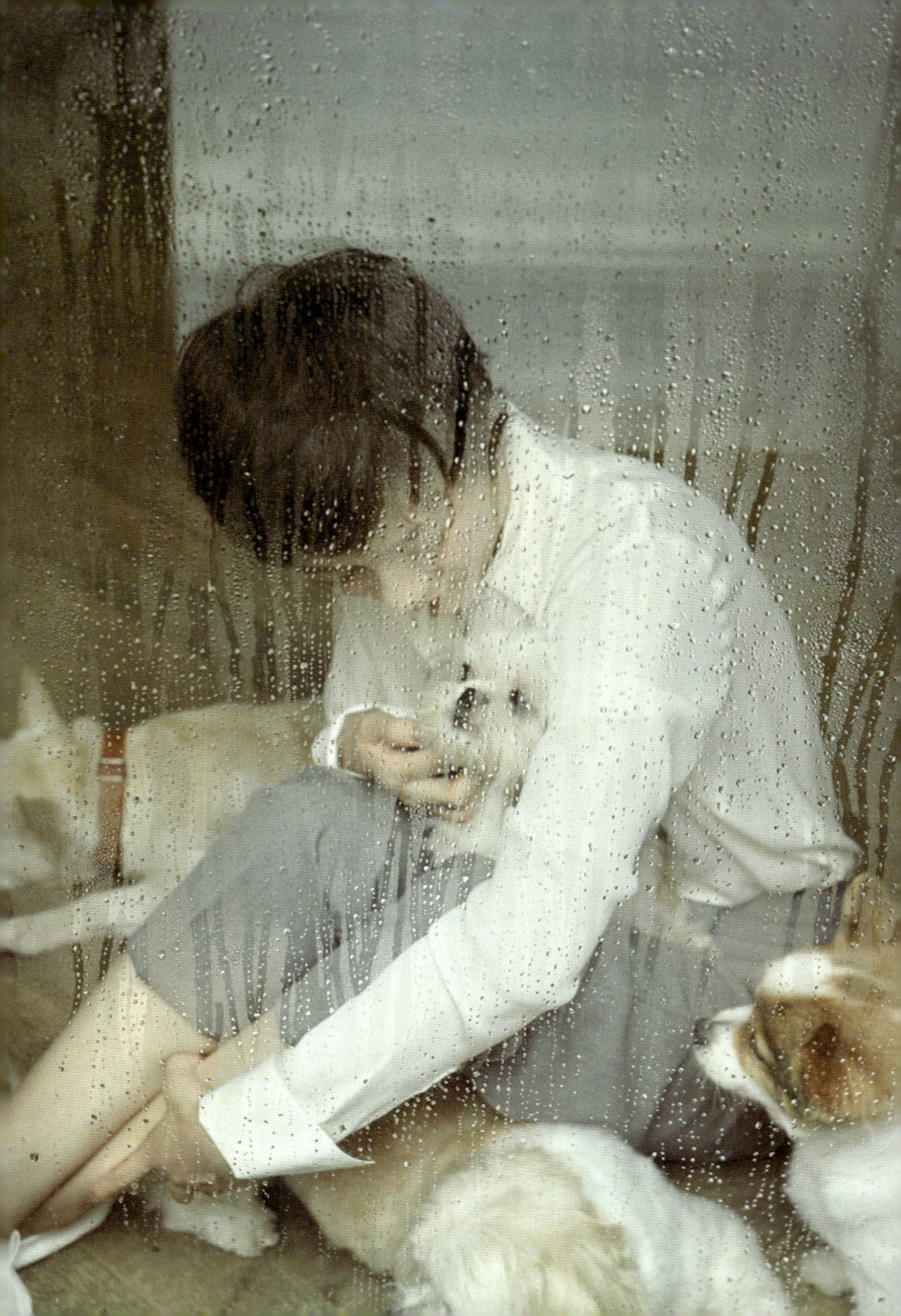

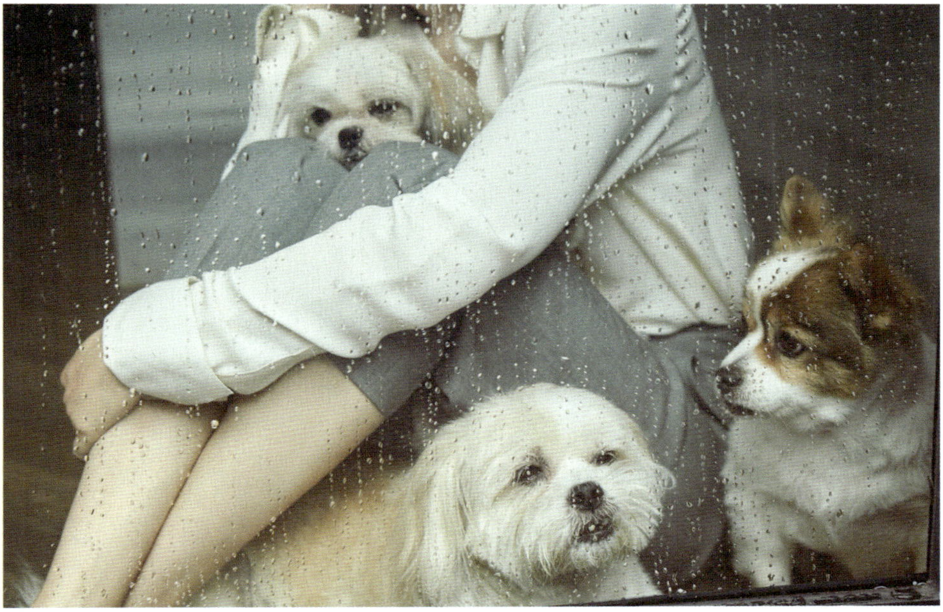

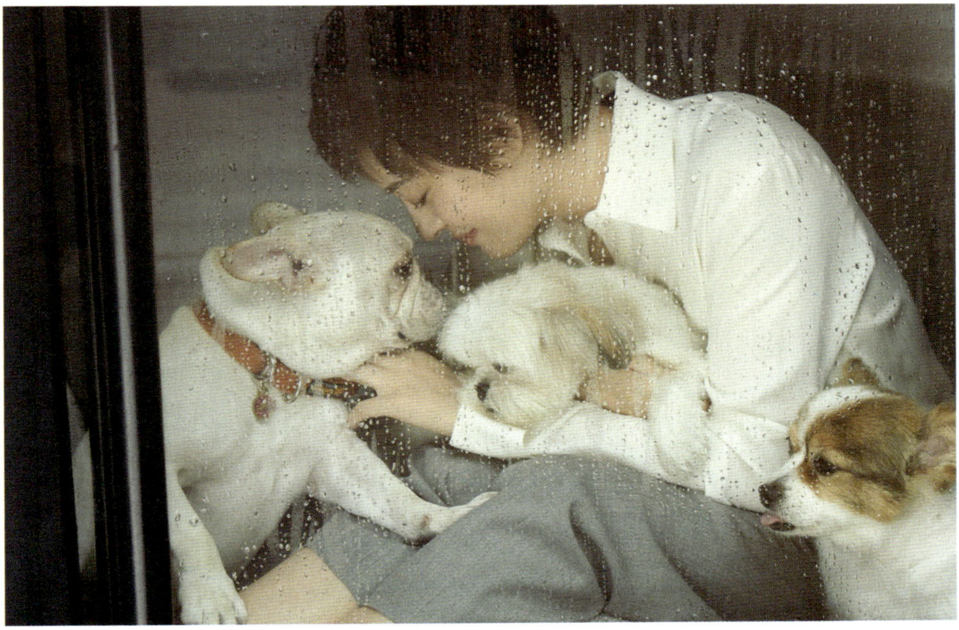

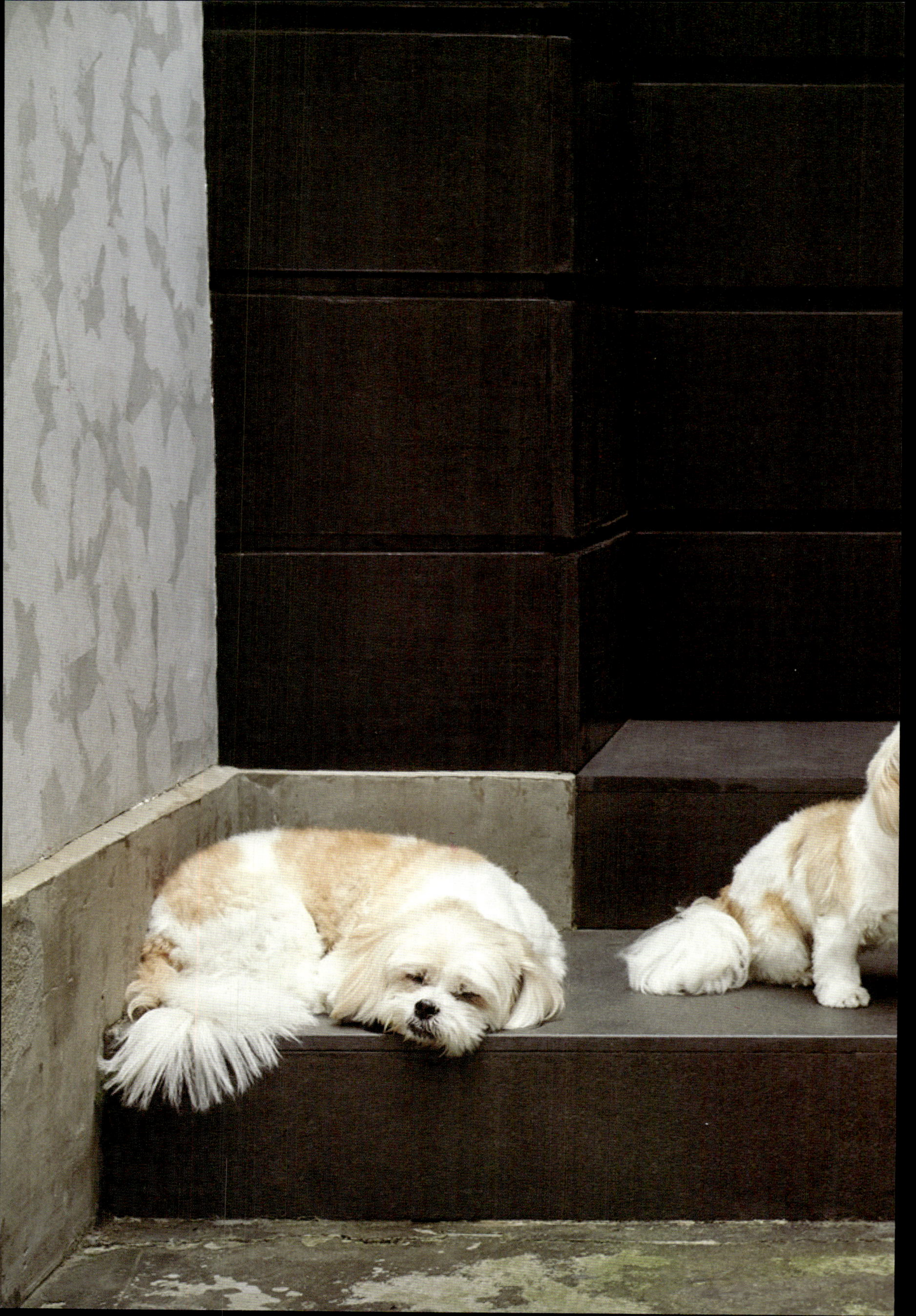

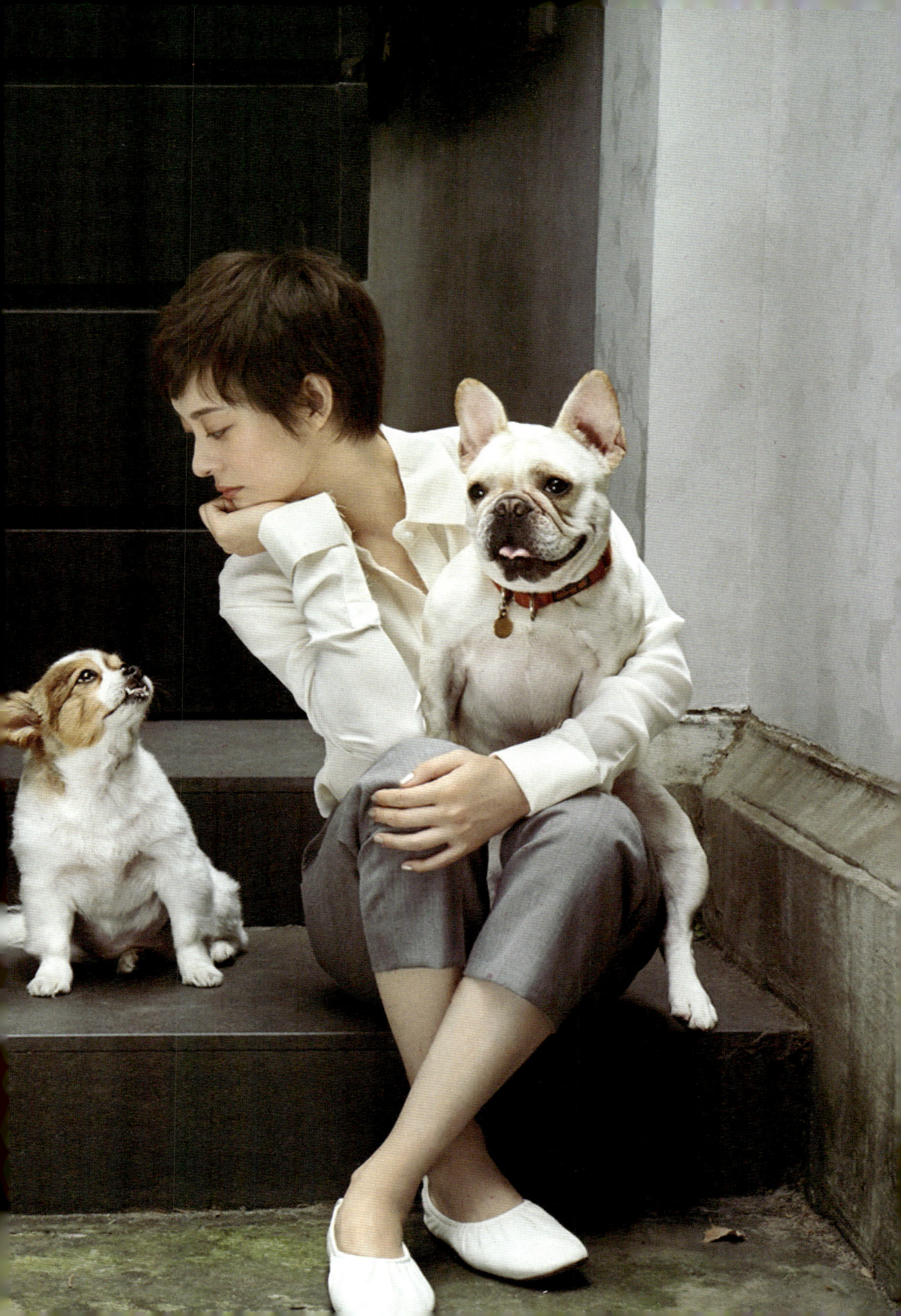

PART-2

陪流浪的
灵魂回家

GO HOME
with the
WANDERING SOUL

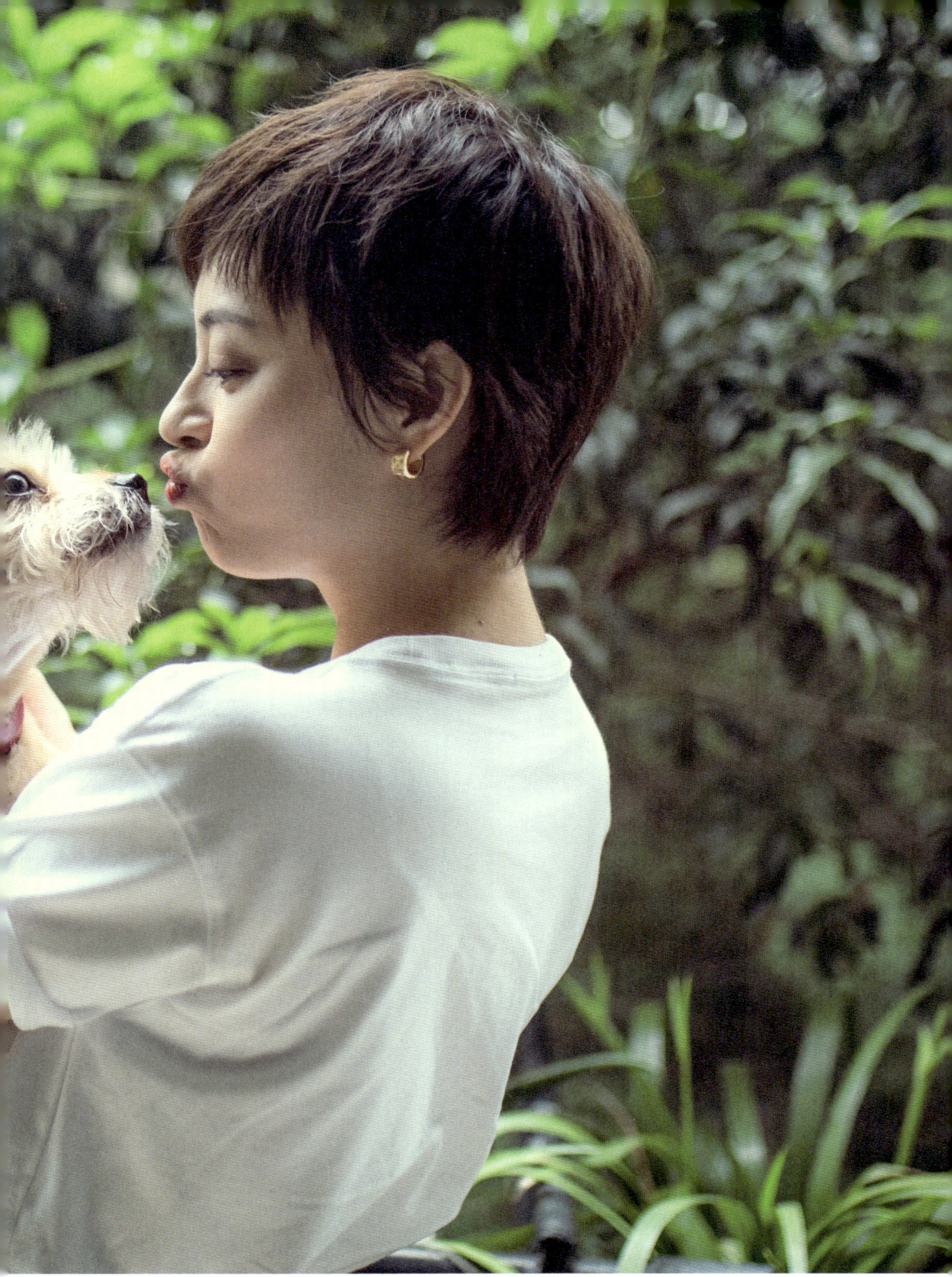

Chapter 01

新 生 儿 ╳ 豆 豆

安 定 的 力 量

遇见你，陪伴你　　　　　　　　　　　　PART - 2　陪流浪的灵魂回家

豆豆，是一只既有雪纳瑞的风趣感，又有冠毛精炼风范的毛小孩。它和这个家里刚刚出生的小女孩一样，是被家庭成员宠溺的对象。这是一个幸福的家庭，男主人大舒是豆豆的哥哥。他和他的老婆、妈妈、岳父、岳母以及刚出生三个月大的女儿一起生活在上海这座有爱的城市里。

见到他们的时候，豆豆依偎在大舒怀里，很放松，眼珠滴溜溜地转着，传递更多的是灵动，没有警惕，一副狗生无忧的样子。大舒的老婆，面带着止不住的笑意，抱着在嘈杂声里还能安然熟睡的宝宝，与大舒肩并肩坐在沙发上。大舒的妈妈则在一旁，不时看看豆豆，又看看宝宝，眼里全是长辈的疼爱。

遇见你，陪伴你　　　　　　　　　　　　　　　　　　PART - 2　陪流浪的灵魂回家

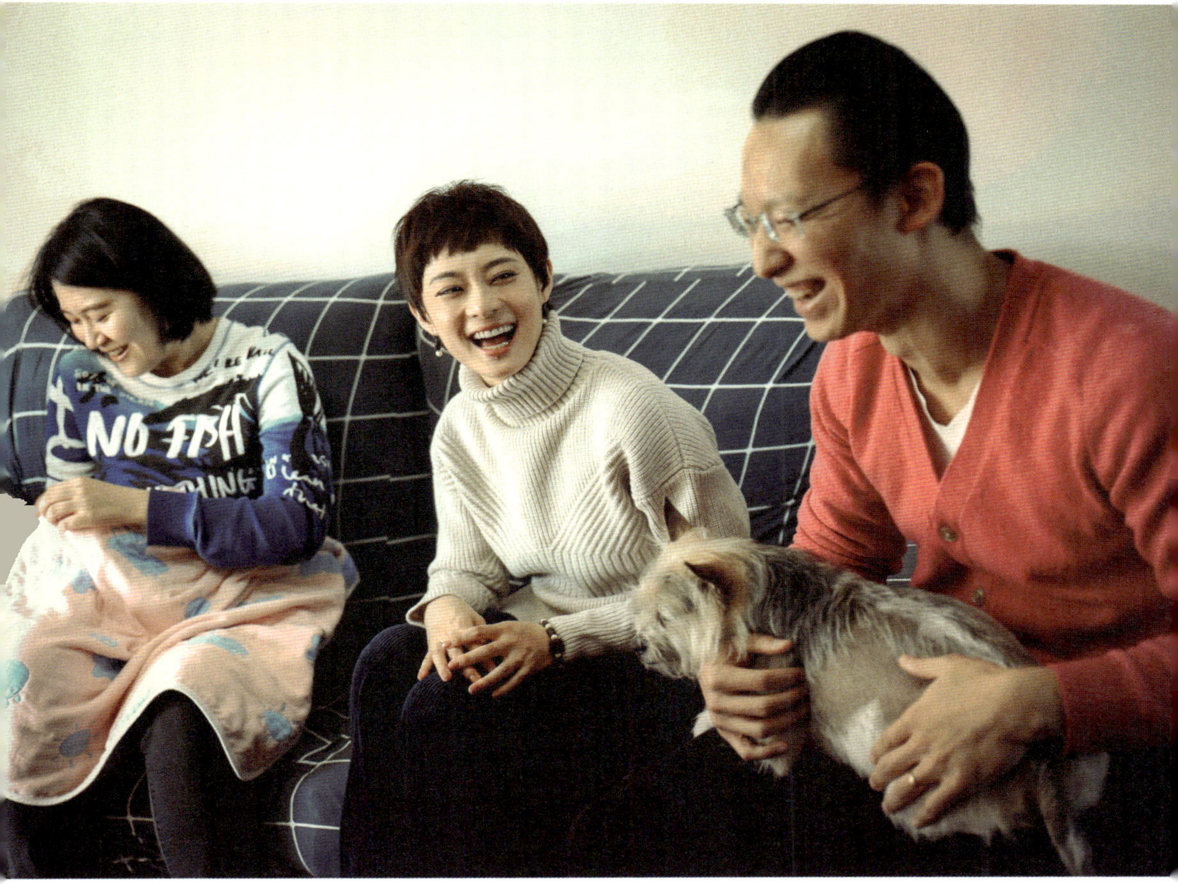
NO FISH

遇见你，陪伴你   PART - 2　陪流浪的灵魂回家

"撒宁来啦？噢！噶细度宁来了是伐？侬开心色了！"（什么人来啦？噢！这么多人来了是吧？你开心死了！）

"则馋老呸！"（你太馋了！）

她对豆豆的说话方式、声音和语气，旁人若不知，一定觉得是在逗弄她的小孙女，她是真真切切地喜欢并宠着豆豆的。这样的画面，这样温馨的一家子，像是冬日里的暖阳，让人感到舒服，并心向往之。

然而，这份幸福在到来以前，也曾绕了一小圈远路。六年前，大舒在路边发现了蜷缩着奄奄一息的豆豆。当时的豆豆只有几个月大，虚弱得连身边好心人放置的火腿肠都无力吃进嘴中。大舒心疼得赶紧将豆豆抱回了家，想着一定要为它找一个好人家。那时的大舒还没有太多送养的经验，对领养人的筛选更多的是眼缘。

但也许是没有所谓的高贵血统，又或者是没有一副讨人欢心的"网红"长相，豆豆的领养之路一直不顺遂。

第一次送养，对方是一对新婚小夫妻。豆豆被他们抱回家一周后又被"退"了回来，因为豆豆咬坏了他们家的东西。这是理由还是借口，大舒无心去关注，他只希望豆豆可以找到合缘的主人。

第二次送养，对方是一位年轻的女孩，她在上海租房子住。在领养了豆豆后，她又领养了另一只狗，这让房东不太能接受，只能请女孩另外寻找新住处。或许她的行为是出于满满的爱心，但总归缺少对现实的考量。于是在短短三个月的时间内，她带着它们辗转了七八个住处。最后一处，是在没有一丝"家味"的办公室。在那里，豆豆和另一个小可怜只能等待每两天一次的短暂探视和投食。可是最后就算是这样一个恶劣的生存空间，豆豆也失去了。

在大舒的不停追问下，终于再次见到了豆豆，当时豆豆和另一只狗狗被女孩"寄养"在闵行区一家非常简陋的宠物店。与其说寄养，倒不如说是遗弃，豆豆甚至因此感染了皮肤病，身上多处都已经溃烂。

大舒毫不犹豫地将豆豆再次抱回了家！

这次，大舒明白，自己才是那个要守护豆豆一生的人。

终于，在大舒的悉心照料下，豆豆渐渐恢复成了毛茸茸的萌样。而面对经常收留许多流浪动物的新家庭，同时也是领养中途救助站，豆豆从一开始戒心十足到后来渐渐习惯，最后完全是一个小主人的模样，在这个过程中离不开大舒的辛勤照顾与耐心教育，尤其是很多事情必须夫妻同心才能长久而顺利地坚持下去。

在决定照顾豆豆一生之前，大舒想了很多，也准备了很多，只是为了给豆豆一份不妥协的爱，一个真正接纳豆豆的家。这份周全让人感动，这不是单有可靠的性格就可以达到的，这需要一份始于内心的动力，因为爱它，所以想给它全世界最好的一切。同样，这份深情我在大舒的老婆身上也看到了。因为对老公的信任和支持，她从只是单纯地不排斥动物，渐渐地把救助动物变为了积极投身的事业。这个智慧的女人，不仅自己学习了关于救助和宠物饲养的专业知识，还帮助大舒一起耐心地说服并拉拢了家里的老人。而豆豆这个接地气又可爱的名字，也是为了方便老人叫它。是大舒夫妻的共同努力，让豆豆有了可以随时撒娇的大舒妈妈，也让大舒妈妈有了这么多与豆豆在一起的快乐时光。

大舒妈妈和岳母都是非常可爱的老人家。她们被自己的孩子们灌输了科学的救助观念后,也很关注这方面的信息。"我们豆豆诺,刚放上网的时候,我都想这么难看没人要的呀。自己养了之后,觉得越来越好看了!我现在都会说'阿拉豆豆最好看了'!"大舒妈妈的话和她对豆豆的疼爱都是实实在在的。现在,她才是这个家里最了解豆豆一切状况的人。"它现在都 19 斤了呀!很重的!"当大舒老婆在一旁吐槽豆豆的体重时,大舒妈妈立马跳出来为它平反:"18 斤! 18 斤!阿拉豆豆现在 18 斤。"哈哈,毕竟自己家的小孩是不能被说胖的。

在这个家里,除了大舒妈妈和大舒的老婆,豆豆对大舒的感情是无可比拟的。对豆豆而言,仿佛只有大舒在它的视线里它才会心安。大舒去打篮球的时候,豆豆就乖乖地站在场边观战。当大舒想突破对手防线而左右闪躲的时候,豆豆也会焦急地左右跳动踱步,不断摆头寻找,试图在让人眼花的肢体间隙锁定大舒的身影。每天早上,大舒出门后,是豆豆最不安的时候,它会满房间跑来跑去,一遍遍确认大舒是否真的不在。确定后,就无奈地躺在大舒的拖鞋上"闻物思人"。晚上大舒下班回家,只要一听到楼下有车的声音,豆豆又会立刻跑去门口立定站好,迎接大舒开门的瞬间,为的只是在第一时间得到大舒的拥抱。大舒和老婆坐在床上看电视的时候,这个黏人的小家伙还会硬要挤在两个人中间,非要贴着大舒躺着。而大舒呢?他当然对这一切甘之如饴。这往往会让老婆感到又好气又好笑。她忍不住吐槽大舒,她说在怀孕的时候曾经问过老公一个千古命题——她、豆豆和女儿在大舒心中的排名。

这个聪明的男人当时是这样回答的:"第一名当然是老婆,因为女儿还没有出生,所以第二名暂定是豆豆!"

看来还是挺懂哄老婆的。

"现在女儿出生了,我看他第二名还是豆豆!"说完,大舒老婆瞥了大舒一眼,连自己都忍不住笑了,在她的眼睛里尽是娇嗔,我看不到一点责怪。而大舒这个耿直 Boy 也跟着放声大笑了起来。

大舒说,豆豆是一个情商很高的乖小囡,懂得感恩也知道分寸。女儿出生之后,家人一度担心豆豆会不会吃醋,或者与宝宝相处不来(狗狗与小朋友相处详见拉页 TIP-1)。所以,在这一点上大舒一家很早就开始对豆豆进行心理建设。比如:让它闻闻宝宝的衣服,熟悉宝宝的味道,告诉它马上有个新的小生命要成为它的家人。但最后,大家发现担心都是多余的,豆豆表现得太好了。除了有时会更黏着大舒求关注以外,它并没有吃醋的表现,对宝宝也没有任何敌意,更多的是好奇和一点点的惧怕,它还需要时间去习惯。

小小的婴儿躺在妈妈的怀里,豆豆站在爸爸的膝盖上,好奇地看着这个新加入的家庭成员。家里这么热闹,小婴儿一直照睡不误,偶尔伸了一个懒腰,豆豆立刻凑上去闻了一下,好像在探寻小朋友是不是醒了。眼前的景象构成了一幅安静又温暖的画面,像记忆被定格,在我的脑海中久久不散。

在我们热烈聊天的时候,豆豆一直严密"监控"着我手中零食的动向,大舒妈妈宠溺地说:"豆豆今天吃了很多宠物小饼干,简直像过年一样。它长得很敦实,特别是绝育以后,体重飙升,像个小腊肠。"不提不知道,原来豆豆还是个爱吃鬼上身的戏精。因为曾经流浪的经历,在刚来到大舒家的时候,豆豆还很喜欢去吃地上的东西。对于这一点,在大舒呵斥过几次之后,豆豆也意识到了这是一个不好的行为。但坏习惯就像是有瘾一般,不是说戒就可以戒掉的。后来,大舒发现出门散步的时候,如果豆豆发现了地上有东西可吃,它就

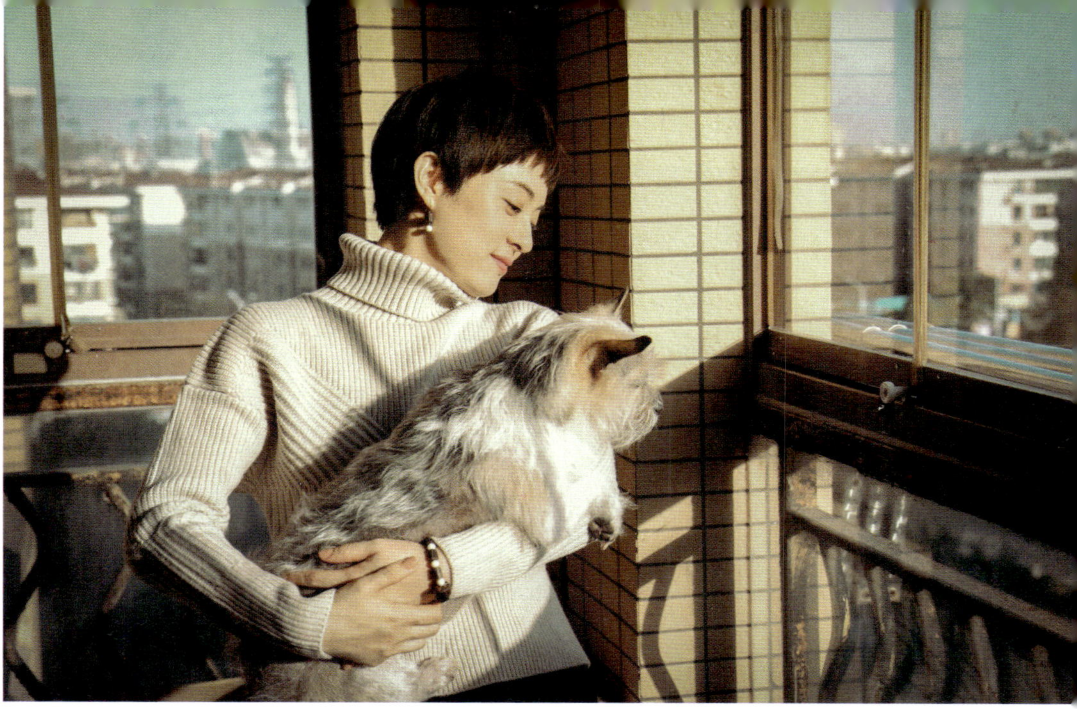

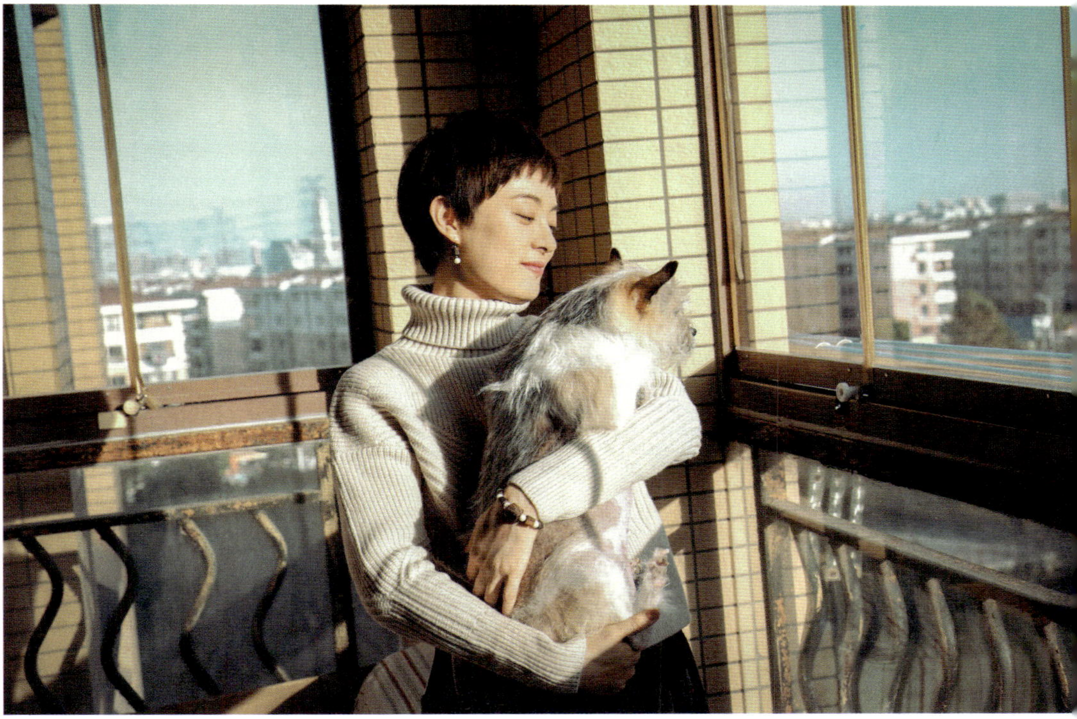

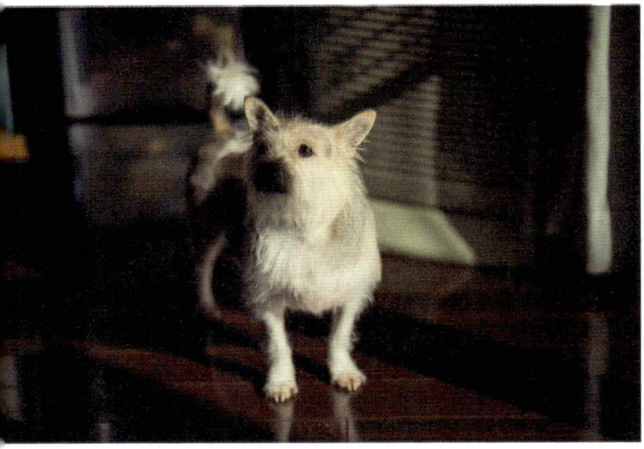

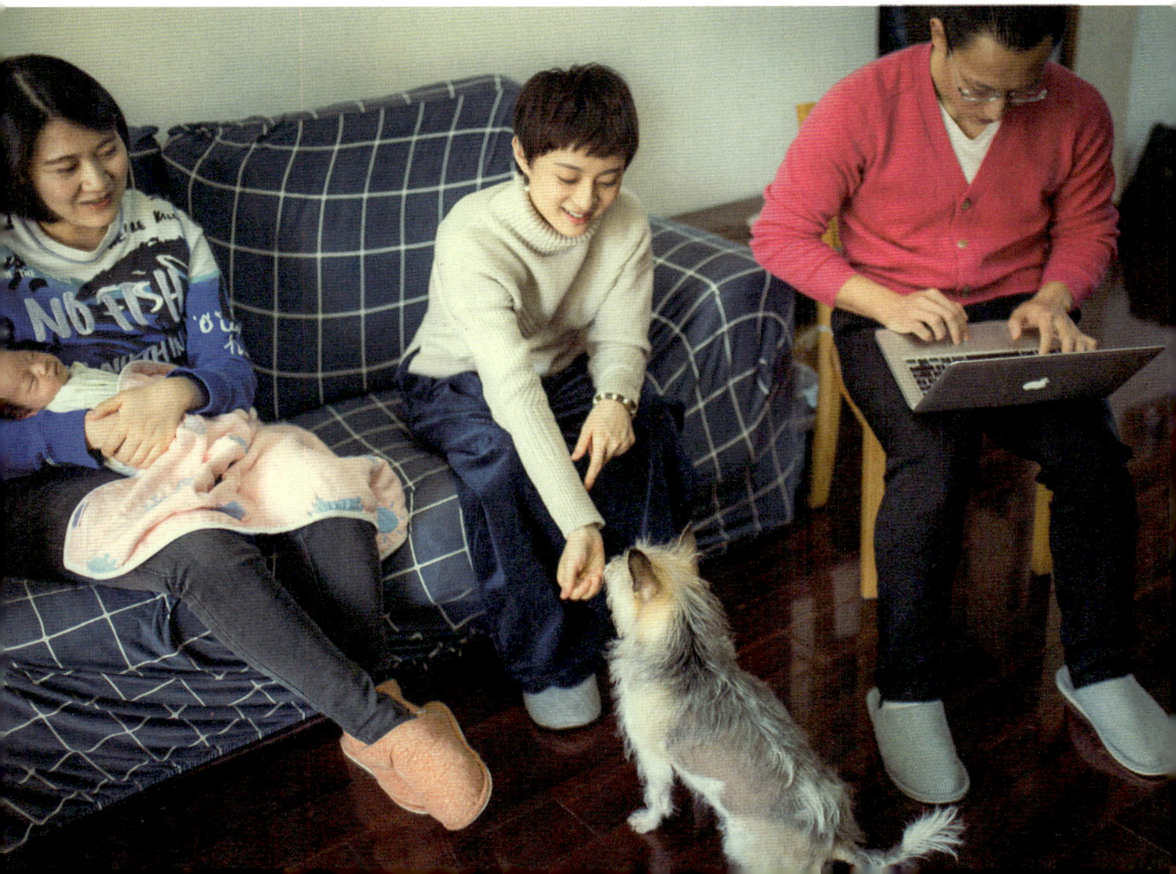
NO FISH

会回头看看大舒是否离它还有一定距离，能否及时赶到现场。如果距离够远，那豆豆就会不管三七二十一立马开吃，待大舒跑到它身边，再立马躺倒做求饶状，一脸"你打我吧，我错了，反正吃完了"的模样，让大舒都赞叹它的戏太足，套路太深。所幸，豆豆最后还是改掉了随便吃地上东西的坏毛病，让大家都很好奇它的下一个舞台在哪里。

"你不要看它流浪过，小家伙还有洁癖呢！"大舒说这话的时候，很温柔地看着豆豆，用手指抚抒着豆豆头上竖着的细毛。豆豆好像也感觉到了自己是故事的主角，所以扭过身子，仰起头看着大舒。"下雨天，它宁可憋尿，都不在湿掉的地上解决。最长的一次它憋了三十六个小时，我急死了，陪它在雨里站了一个小时，它就是无动于衷。"大舒有点无奈，豆豆突然把头耷拉了下来，放在自己的爪子上搁着，好像在表示自己的无辜。

随心而谈，聊天的时间过得有点快，仿佛这就只是一次朋友之间的闲话家常。"在你们领养豆豆之后，豆豆最大的变化和它给你们家庭带来的最大变化是什么呢？"最后，我试图以简单的一句话为这次的遇见画下美丽的句点。"豆豆跟以前相比，胆子大了！我老婆胆子也大了！因为以前我不在家的时候，她会怕，现在有豆豆在，她会安心很多。"大舒想了想回答道。

我看了眼豆豆，豆豆也正好抬头看了我一眼，又把头歪过去靠在了大舒的腿上。这种安定的力量，是通过豆豆和大舒一家互相付出爱才收获而来的，希望这份安定能一直一直陪伴在他们的左右。

CHAPTER 02

弄 堂 阿 破 ╳ 大 头

互 相 嫌 弃 ， 冷 暖 共 享

在陌生的城市里独自闯荡生活，每座热闹非凡的大城市里都有很多人在这个阶段遇见自己的第一只猫，或者第一只狗。一个人的时候害怕自己是过客，可当有了它们，生活不再孑身独行，一大一小两个身影就有了家的样子。

阿破毕业后，和很多年轻人一样，从老家来到上海，在一家广告公司没日没夜地做着拍摄制作的相关工作。大概是长期浸润在创意的氛围里，阿破本人看起来也是一个颇有艺术气息的年轻人，刘海长长地分在额头的两侧，偶尔晃荡着会盖住眼睛，他就利落地把头一甩，指尖轻推下黑框眼镜。他的话不多，时常把双手抱在胸前，

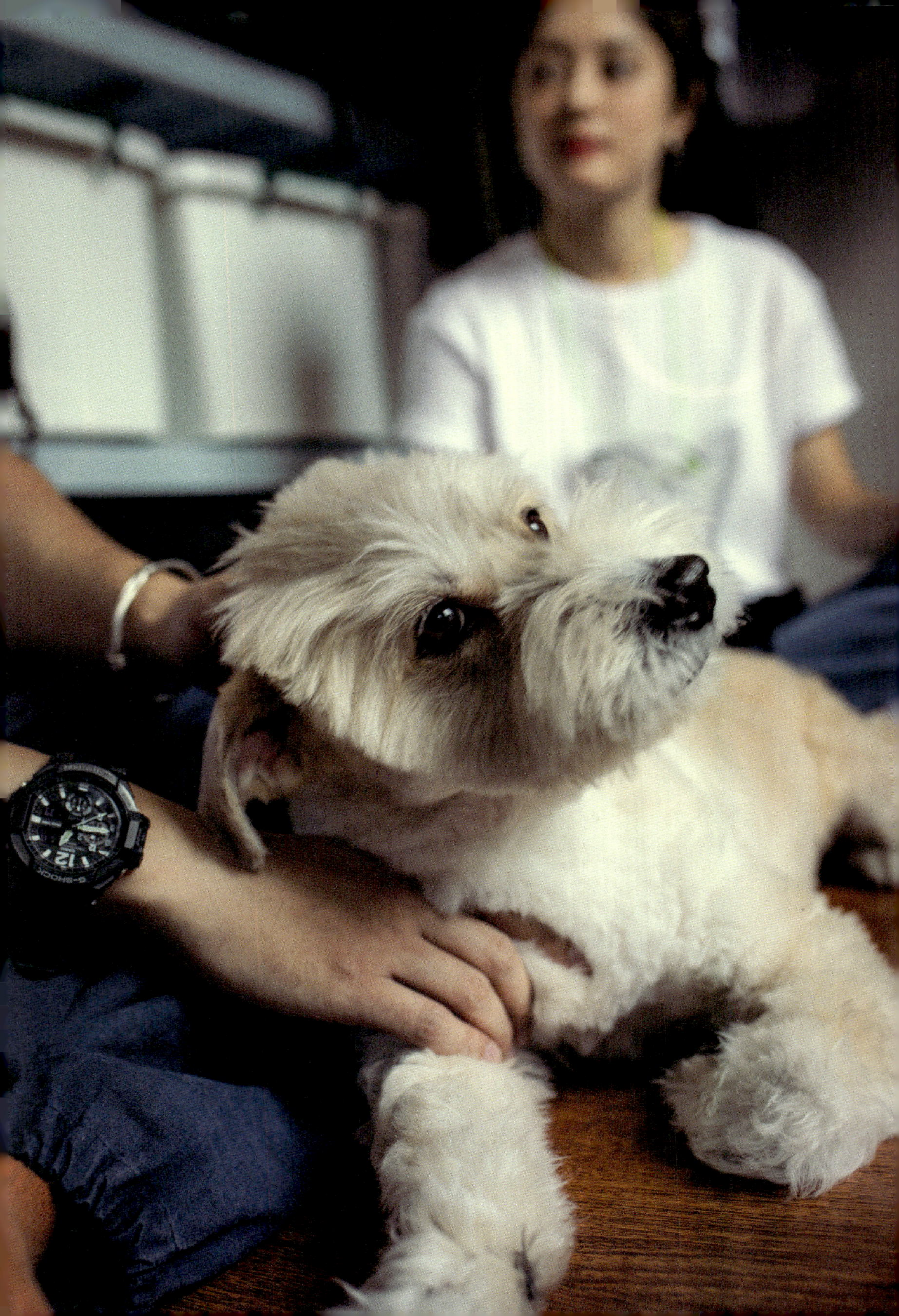
G-SHOCK

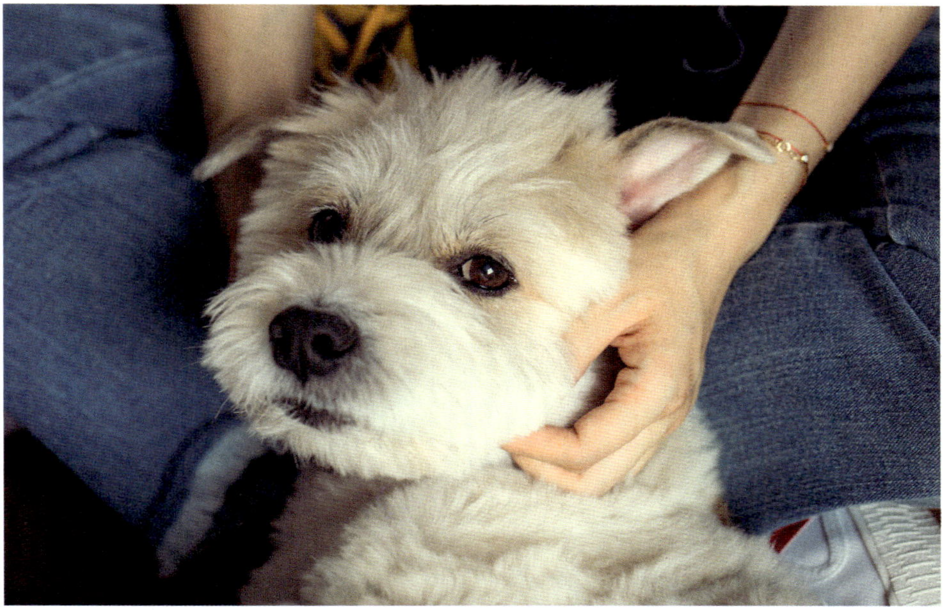

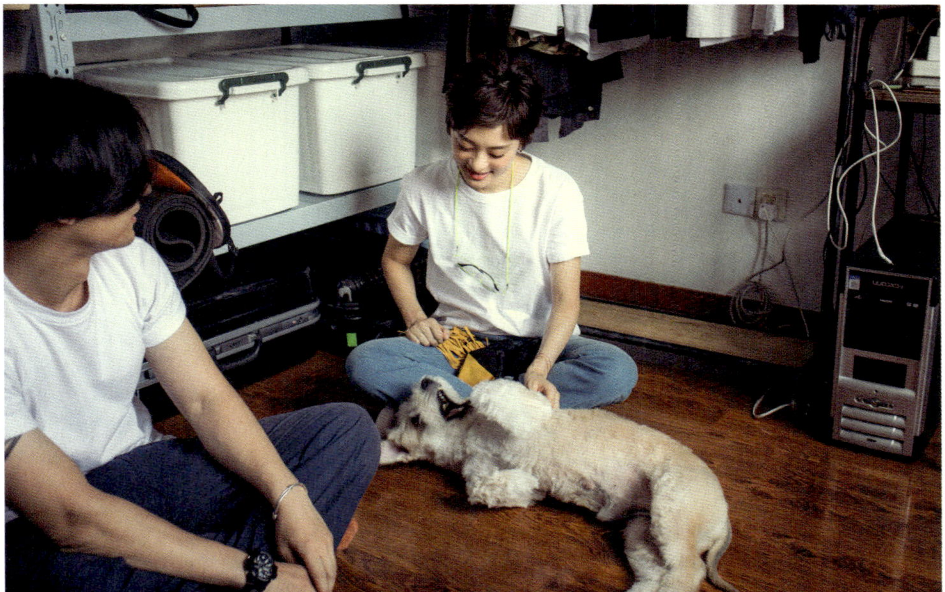

浑身的细胞都在传递"我很酷"的信息，但真的接触下来，就会发现，他就是一个率真的大男孩。我们聊天的时候，他习惯性地打开音响，放着很带感的蓝调，起伏很大却也不影响我们说话，反而把他简单叙述的过往衬托得很生动，像看MV似的，情感充沛。

那天我们一进到他家，阿破随性地趿着一双浴室拖鞋啪嗒啪嗒地走来开门。我们还没来得及寒暄几句，就看到一个白色毛团子无比激动地朝我们冲了过来。这是阿破的狗狗——大头，看起来像是比熊和西高地梗的串串，一身白毛夹着几缕咖啡色。最近天热，大头刚被剃了毛，这让它的头看起来不太"狗如其名"。大头汪汪地叫着往我腿上扑了一下，又飞速跑回屋内看了一圈，之后飞也似的折回我们面前，就这样兴奋地跑了几个来回，尾巴不停地摇摆。阿破笑着看了它一眼，宠溺地吐出三个字："人来疯。"

阿破跟同事一起租住在市中心的一幢老公房里，两室一厅的

房子，一人一间。有了大头带路，我很顺利地进到阿破的房间。那间屋子给我的第一印象像是一间工作室，简单利落的陈设，一方几尺的小小空间里没有居家睡觉的床，最显眼的是那张摆满了各种电子装备的电脑桌。阿破指着我身后的架子，上面放着一卷折起来的床垫被子，那是他睡觉的地方，大头就睡在他边上。随着他的手指向的地方，一旁的大头早已很熟悉地趴在了自己的位置上。

在我们聊天的一个多小时里，它一直非常安静地待在那里，偶尔在地上滚一圈，懒洋洋地翻过肚子让我们摸，但大多数时间都是趴着的，眼睛炯炯有神地望向某处做思考状。这副温良沉稳的模样和我们刚进门时看到的"小疯子"分明就是截然不同的两只狗。阿破解释，这是他跟大头兄弟俩的特点，招待客人时会主动肩负"热场"的使命，一定特别嗨，等到场子热了，就像完成任务一样安静下来，待在一旁看风起云涌。

我想这是生活在一起久了，变得越来越像的最佳例子。阿破

低头，赞同地"嗯"了一声，而后说："我觉得我跟大头是因为像才走到一起的，这是一种缘分。"

其实，阿破和大头的相遇缘于一次近乎严格审核标准的领养历程。从小喜欢动物的阿破来到上海后一直关注领养机构的动态，但他没有马上行动，因为这个有责任心的年轻人不知道自己是否做好了照顾一个生命的准备。直到有一天，他在微信上看到了一只叫"豆豆"（即是大头）的狗狗正在找领养，阿破决定去救助人家里看一看，也许能给自己一个答案。

当时的大头看上去有点忧郁，但一直围着他打转。救助人告诉阿破，大头是一只在工地附近被救回来的流浪狗，它在第一个领养家庭住了三年后，被无理由地退养了，尔后大头尽管看起来仍然温驯可爱，眼神却会泄露它内心的不安。这样的大头，在阿破的心中留下了深刻的印象。

之后，阿破又去了几次救助人的家。每一次，阿破都觉得自己和大头之间的感情在不断地加深。他读懂了大头和自己极为相像的性格——每次救助人家中的猫猫狗狗玩作一团的时候，大头只是在边上静静地看着，从不主动参与。即使有些狗狗走到它身边想与它亲近，它也会默默地走开。阿破说，这不叫孤独，这是因为他和大头的内心世界足够丰富，独处时也会感到快乐。

"缘分"几乎是每个家庭描述领养自家宝贝经过时最常见的标签，这个词语真的很奇妙，没办法精确地解释，却能囊括所有美好的情感共鸣。就拿领养来说，有人听到这些小动物的遭遇会产生共鸣，有人被它们楚楚可怜又无辜的萌态击中了内心最柔软之处，而阿破和大头的相遇却是另外一种——惺惺相惜。

我想就是这样相似的个性，让阿破和大头的相处也像亲兄弟一般。阿破是照顾弟弟的哥哥，大头是体贴哥哥的弟弟。阿破的工作经常要在公司通宵加班，每当这时，他都会先回家把大头带去公司，从不舍得让大头一个人度过黑夜。到了公司的大头，也绝不会在办公室里乱跑给阿破惹麻烦，一整夜就乖巧地趴在阿破的脚边，累了就睡上一觉，再适时起来跟阿破玩一会儿，以缓释他的疲惫。对阿破而言，大头的陪伴，让漫漫长夜里艰难的工作变得不再难熬。

当然，他俩的兄弟情不仅仅反映在这些温馨的事情上面。在整个探访过程中，阿破话最多的时候，是在揭露大头糗事的交谈中。他说大头睡觉会一直抽风似的打呼噜吵到他；大头做梦梦到好吃的东西，哇啦哇啦说梦话还会流口水；大头老是喜欢坐在他的腿上放臭屁……这些事他几乎张口就来。

说着说着，阿破直接向我们展示了大头的一个特别傻的癖好，他俯身对大头吹了口气，这时一直安静趴着的大头，突然四仰八叉地翻身躺地，像小猫咪一样做出超萌的洗脸动作，两个小爪子在脸前不停扒拉着，可爱的样子让摄影师都忍不住发出"哎呀"的赞叹。但是当我问到大头有没有什么特别让他感动的事情，阿破双手交叉在胸前，想了一会儿说，没什么特别的。他们的相处一直就是这样平平淡淡的，却又让人很感动。幸福的生活，不就是由这些日常生活里美好的点滴积累起来的吗？

当我们准备离开的时候，大头还趴在原地，阿破用脚在它面前点点，叫它送客，大头没理他，依旧趴在那里，阿破无奈地翻了个白眼，带着一丝宠溺向我们吐槽"它就是个懒坯"。这一人一狗的相处，有一种小时候看青春偶像剧的感觉，让人忍不住在脑海中勾勒出一幅景象：住在同一屋檐下的兄弟俩，表面上互相嫌弃，可事实上弟弟每天都盼望哥哥回家，冷暖共享，而哥哥因为有了弟弟，有了这个家，才能在外面坦然面对生活的艰辛。最终，他们共同感恩家的存在多么伟大。

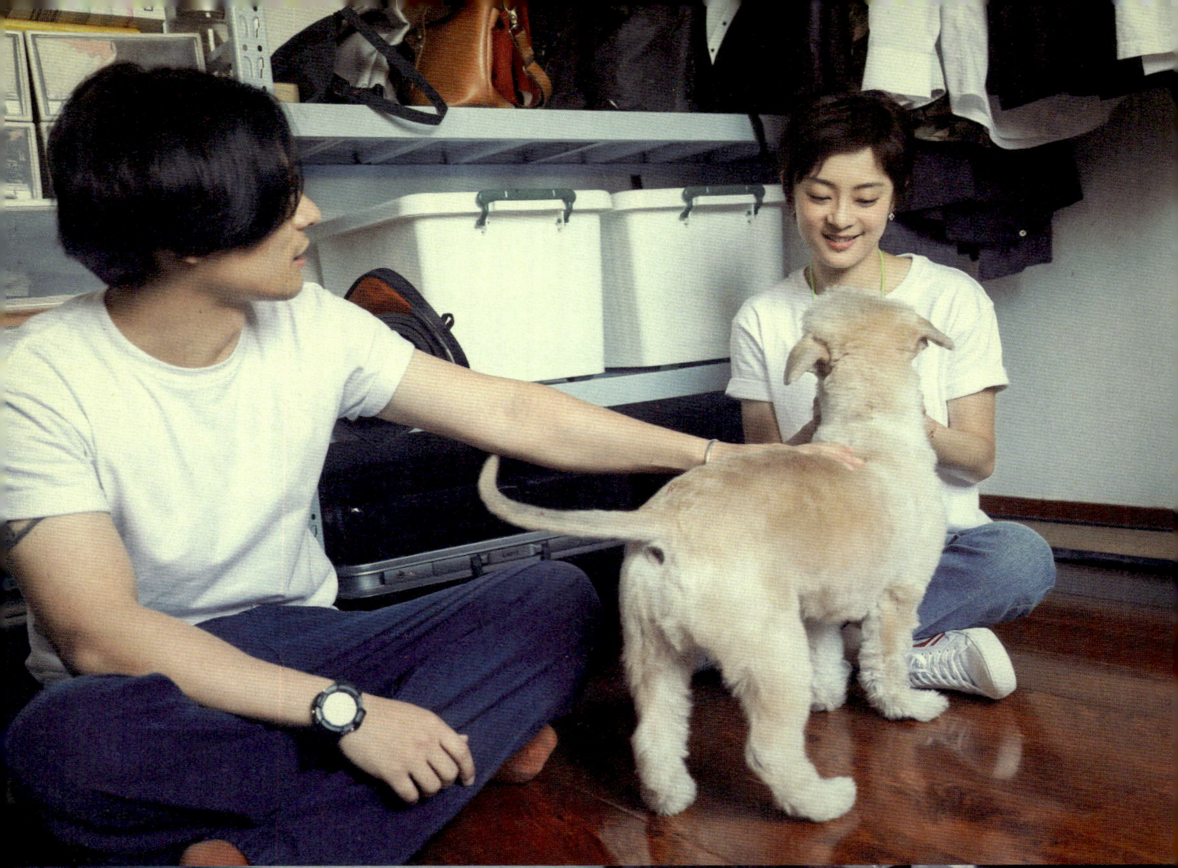

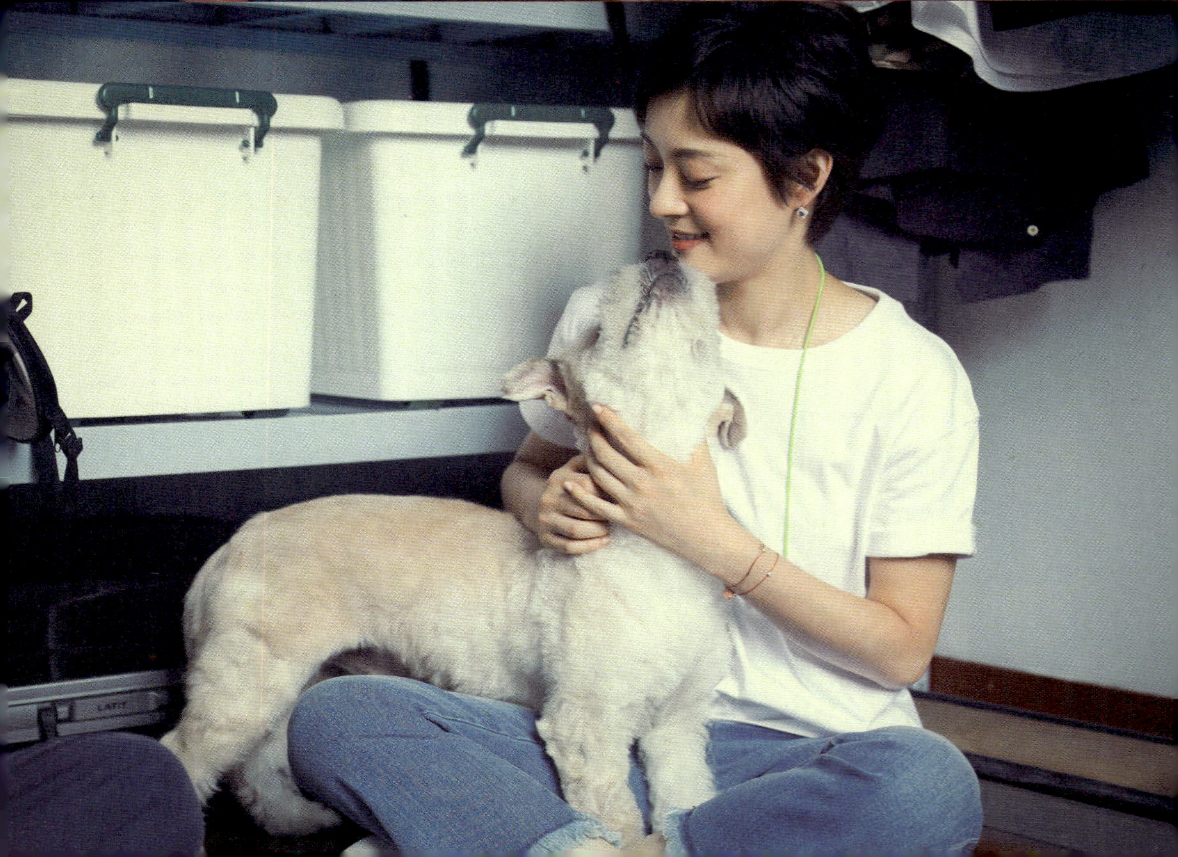

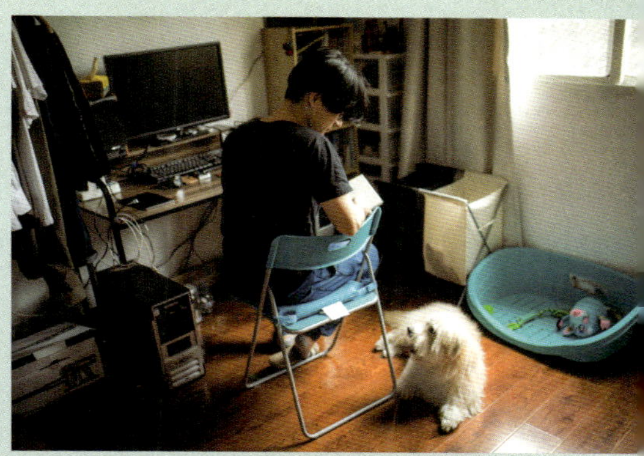

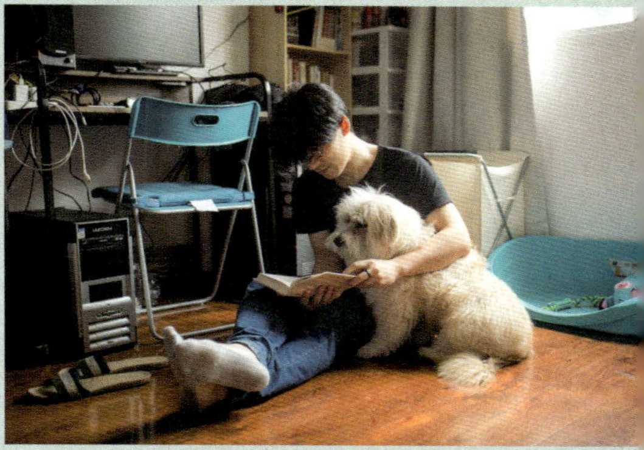

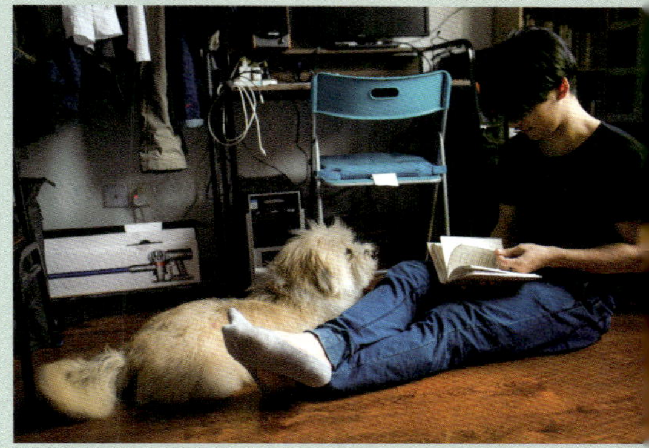

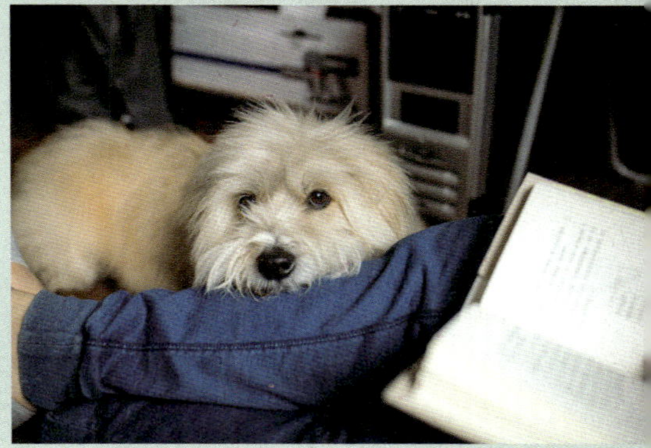

Chapter 03

孕妇雪梨 ╳ 七夕

有娃有狗，
这就是我们期待的
美好生活

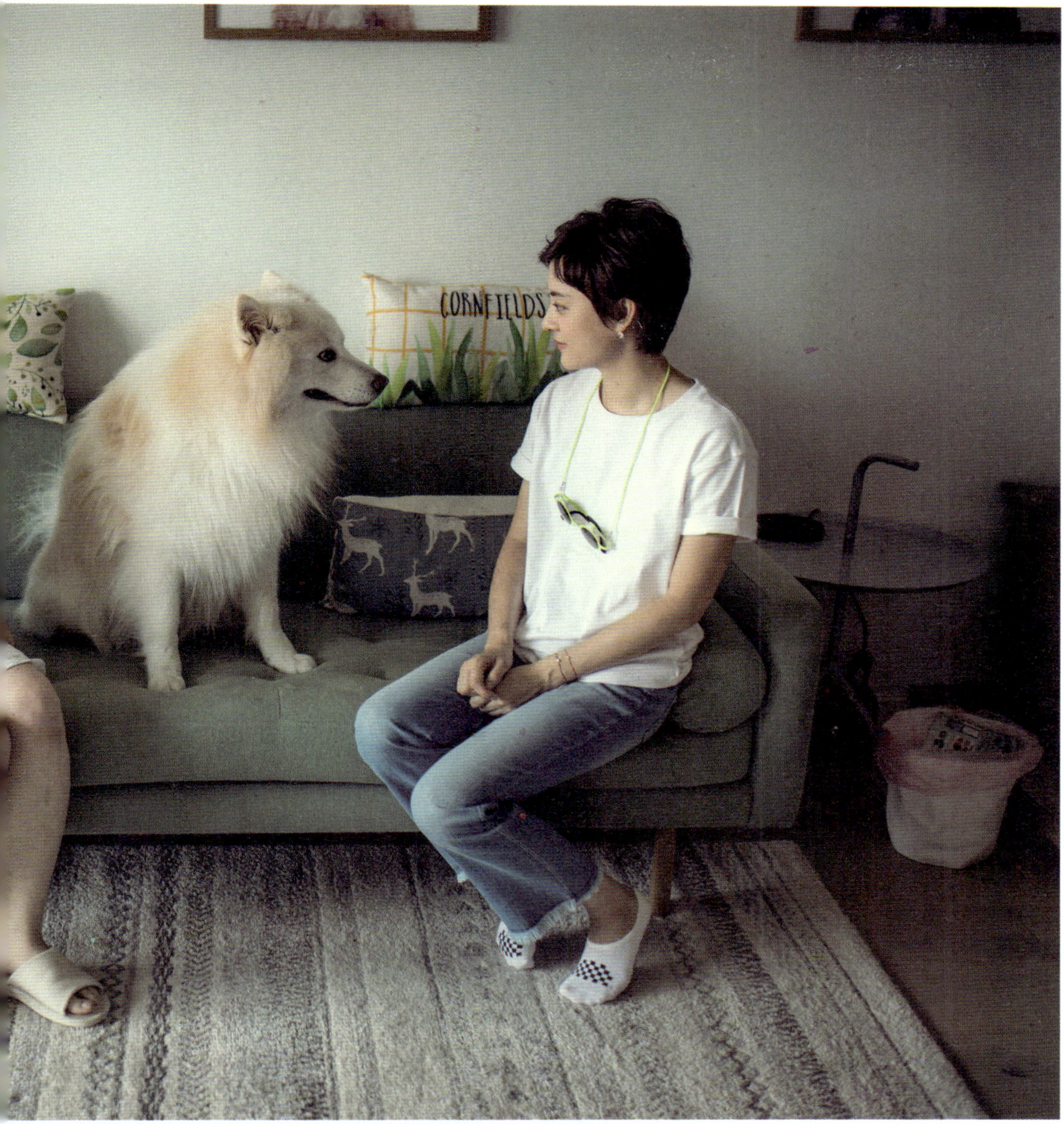
CORNFIELDS

遇见你，陪伴你　　　　　　　　　　　　　　　　　PART - 2　陪流浪的灵魂回家

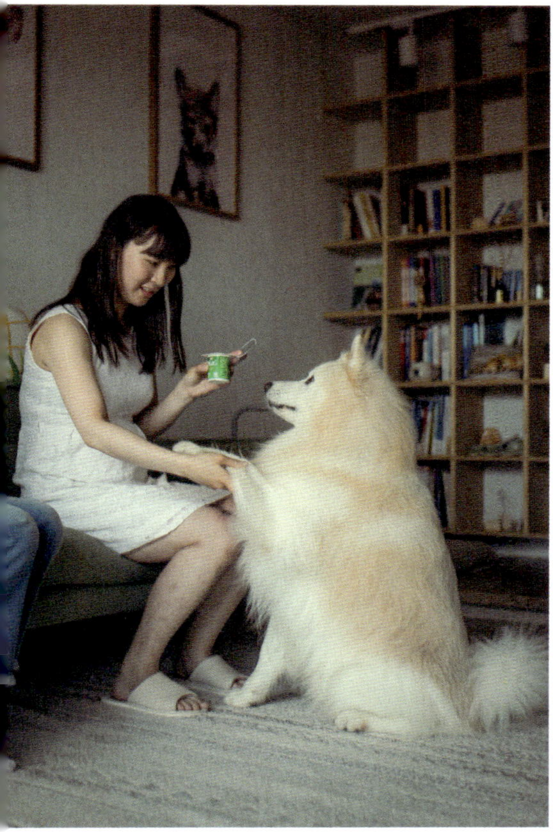

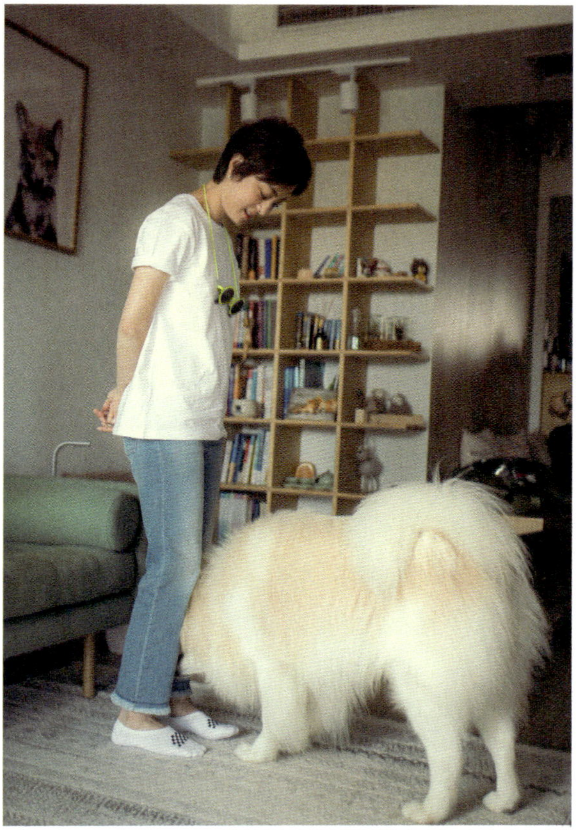

雪梨和八哥，给人的印象是一对特别可爱的小夫妻。雪梨个子小小的，黑直发，平刘海，看上去还是女大学生的样子，笑起来有两颗虎牙，非常亲切。八哥是个高高瘦瘦的大男孩，戴着黑框眼镜，总是乐呵呵的，看起来憨厚实诚。爱笑，这是他们两口子给我留下的最直接的印象。

他俩都从事IT领域的工作，经过一段时间的努力，已经有了一所温馨的小屋，乐观开朗地经营着自己的小康生活。当我们聊起过往的故事，无论酸甜苦辣，总有笑声贯穿始终。

当我们去雪梨家拜访的时候，雪梨的肚子里已经有了她和八哥的爱情结晶，小家伙七个月大，马上就可以和爸爸妈妈见面了。当然，在这个家里，迎接小宝宝到来的可不只小两口，还有他们的"大儿子"——七夕。七夕是一只成年萨摩耶，非常漂亮，性格也十分活泼亲人。我们到门口时，电梯刚"叮"了一声，就听到门内传来"汪汪"的附和声，听声音就知道七夕有多兴奋。门刚一开，我还什么东西都没看清，猛地就有一个庞然大物般的白色毛团子朝我扑了过来，爪子搭在我的大腿上，带着它特有的傻乎乎的笑容，尾巴使劲地摇动着，直冲着我撒娇，倒是一点都不怕生。

直到雪梨叫了一声"七夕"，这个大家伙才屁颠屁颠地跑过去，一屁股坐在妈妈身边，吐着舌头哈气，嘴咧着露出它迷人的"萨式微笑"。

雪梨穿了一套白色的蕾丝连衣裙，一手叉着腰，一手扶着肚子，带我简单转悠着参观了他们的家。哪怕是即将要做母亲的人，雪梨依然行动灵活，完全不需要人搀扶，元气满满的样子。八哥一直在离我们不远的地方站着，脸上挂着憨憨的笑容，可是只要稍稍留意，就能发现他的视线随时围绕着老婆雪梨。我想，这屋里只要有什么情况，这个贴心的男人肯定能一个箭步，马上冲到雪梨身边保护她不受到一点伤害。

在这个温馨的空间里有太多幸福的细节，透露出两位主人充满质感的生活现状：墙上挂着三大幅动物插画，绿色的帆布沙发旁边有一个可以席地而坐的阅读角，各色抱枕散落在木质的餐桌边，阳台一角满是不同品种的绿植，养得生机盎然、生机勃勃的样子。

也只有这样温暖有爱的夫妻，才能拥有这样清新舒服的家。

七夕的小窝就在绿植旁边，它简单地和我们寒暄过后就径自往自己的窝里走去，头微微转向窗户那边，还时不时吐一吐舌头，阳光勾勒出它的侧脸，蓬松的白毛被映衬出些许金色，美好得像一幅画，让我看得有些入迷。如果不是接下来从雪梨和八哥那里听到关于七夕的真实故事，我怎么都无法相信，这么漂亮的狗狗居然也曾面临被遗弃的命运。

六年前的七夕节，当时还是雪梨男朋友的八哥在社交平台上看到了七夕的照片。它被拴在闹市商店的门口，旁边放着一包未拆封的超市狗粮，明显是一个被遗弃的孩子。可能是饿了好久，照片上一岁左右的七夕显得特别瘦小，浑身脏兮兮的毛都打结缠绕在了一起，几乎看不出萨摩耶的样子。它趴在地上，眼神透出无助。可想而知，当曾经有人疼又爱干净的它被遗弃在那样的环境里，心里有多恐惧和难过。这让八哥动了恻隐之心，当即就萌发了要领养它的想法。当时雪梨还在苏州出差，听到八哥想领养七夕的消息时她有些犹豫，可是当她看到七夕的照片时，也不知道为什么，立马就答应了下来。

这或许就是动物与人之间的缘分。

遇见你，陪伴你　　　　　　　　　　　　　　PART - 2　陪流浪的灵魂回家

聊到当时的犹豫,雪梨有点不好意思,她笑了笑,用眼神向八哥示意,八哥马上就领会了老婆的"暗示",解释了缘由。

原来,雪梨和八哥在恋爱的时候曾去四川旅行,在人烟稀少的川藏线上,他们经过一个农家小院,急着上厕所的雪梨在小院的门口,看到一只躺着的大黄狗。雪梨正准备进门,小院的主人却朝她喊了一句:"它刚生完宝宝!"然而,对于一个从来没有养狗经验的人来说,雪梨并没有立刻体会到这句话的深意。她说自己听完这句话,当即的反应是:"哇!那就会有很多小奶狗看咯!"然后也没有多想,就迈过了小院的门槛。面对陌生人突如其来的"近距离接触",护犊心切的大黄狗一下子就跳了起来,疯狂地朝着雪梨叫嚷。这一叫,把毫无防备的雪梨吓得拔腿就跑,随后,大黄狗锲而不舍地追了上去,直到确认雪梨已经远离了它的地盘才停止追逐,但仍然朝着早就逃远的雪梨气冲冲地吠叫着。

这段"惊恐"的回忆让雪梨在往后很长的一段时间里,看到狗狗都敬而远之,直到后来两人在泸沽湖畔的民宿里,遇到了一只乖巧温驯的大金毛,金毛每天绕着他们玩扔瓶子、捡瓶子的游戏,这才扭转了她对狗狗的印象。而七夕的出现,就像是上天特意安排的一个契机,让善良的他们彻底放下了对狗狗的戒备。

聊到这里,八哥轻咳一声,忍笑爆料:"我们刚把七夕领养回来不到一周,七夕就把雪梨逼进了厕所。"

那天八哥出差,半路就接到雪梨带着哭腔的求助电话:"我被我们家的狗关在厕所里了!"八哥说他听完也跟我一样,觉得难以置信。再细问,才知道刚到家里的七夕还不知道如何与新主人相处,张着嘴向雪梨讨吃的,步步逼近,雪梨不知道它的意图,只能步步后退,最后躲进了厕所。最后,还是八哥支招,让雪梨在厕所里拿了一把雨伞，七夕一过来，就对着它打开，这样一张一收的，才勉强从厕所里逃了出来。

故事还没说完，大家都已经笑得东倒西歪，七夕也坐在沙发上咧嘴坏笑，一副好像知道自己就是这个故事的主人公一样，很是得意。

我说："这小家伙刚来的时候，一定干了不少坏事吧？"

话音未落，对面的小夫妻又笑成了一团。

雪梨说，七夕这个小家伙特别贪吃，有一天晚上，八哥在厨房做饭，刚把一碗热乎乎刚出炉的咖喱鸡肉放在桌上，再折回身到厨房去炒青菜，等到他端着炒好的青菜再回到餐桌旁，那碗咖喱鸡肉已经没有了，而七夕正满脸挂着咖喱油在桌边傻笑。

"关键是它特别爱干净，偷吃这种事除非抓到现行，否则它嘴边永远是干干净净的，根本找不到证据，有时候我们都不知道它吃了什么。"雪梨在一边补充说。

不只是咖喱鸡肉，吃鸡蛋还会慢慢地剥壳，像豆腐昂刺鱼这种吃起来难度很高的菜，七夕这个小家伙都能优雅地吃完，嘴上不留一点汤汁，旁边地上还有一堆吐出来的小细骨头。起初，雪梨和八哥还满腹狐疑，直到有一天发现七夕撅着屁股在沙发的角落里来回不断地蹭来蹭去，才恍然大悟，原来这货还懂得饭后要擦嘴！

为了现场还原七夕小洁癖的真面目，雪梨给我拿了杯它最爱喝的酸奶。我举起酸奶，朝七夕晃了晃，毛团子就立即起身朝我挪动了过来。我想逗逗它，故意迟迟不帮它打开酸奶的盖，一来二去小家伙急了，它转头向雪梨求助，雪梨抿嘴笑不理它，八哥也在一边装"我帮不了你"的样子。求助无门的七夕突然就在我面前坐正了，就这么真诚地看着我，好像在说："我乖乖的，你是不是就可以把酸奶给我了?"这样一来,倒是让我立马就妥协地帮它撕开了盖,没两口的工夫,七夕就把杯子里,连同盖子上的酸奶都舔得一干二净了。

吃干抹净后,小家伙露出了满足的笑容,鼻头上还沾着一点奶渍。可它没有立马走回自己的小窝,反而在我面前左顾右盼,仿佛我背后藏了它想要的东西。我挪开身,小家伙一下子就跳上了沙发,果真像雪梨所说,屁股撅得老高,把嘴塞在沙发和靠垫的缝隙之间蹭来蹭去。直到里里外外、左左右右都擦干净了,方才罢休,又从沙发上跳下来,悠闲地踱步回巢。

不过,小家伙舔酸奶的时候,我发现它的牙齿跟所有贪吃的小孩一样,有些不整齐。雪梨说,体检时医生也提醒他们要注意保护七夕的牙齿(狗狗牙齿保健详见拉页 TIP-2),所以最近这对担忧毛孩子健康的爸妈,试遍了各种方法要给七夕洗牙,生怕它的牙口不好引起其他的健康问题。说到这个,八哥直摇头,吐槽每次给七夕洗牙比跑马拉松还累,一个人按着一个人洗,有时候好不容易要开始了,这个小家伙一扭屁股又逃走了,让两人筋疲力尽。可是每每想发火的时候,看到七夕乐滋滋地站在那里,歪着头笑,又让两个人的火气立马烟消云散了。

看来,夫妻两人因为这个小家伙提前感受了一次当父母的心情呢!我们从雪梨逐渐明显的孕肚,一路谈及眼前的小家伙在家里长辈心中的地位。雪梨温柔地笑起来,不自觉地摸了摸自己的肚子,告诉我,其实她刚怀孕的时候爸妈还是对七夕有顾虑的,不过后来八哥和七夕联合起来搞定了他们。大概是听到老婆在表扬自己,八哥推了一下自己掉在鼻梁中间的眼镜,笑得有些害羞。

八哥的父亲起初听到儿子要养狗的时候,非常生气。其实很多做父母的都有这样那样的顾虑，宁愿相信那些不科学的传言，也不愿意让孩子承担饲养猫狗带来的任何风险（宠物和怀孕妈妈相处详见 TIP-1）。可是，八哥是一个从事高科技研发的理工男，在处理这件事情的过程中，用了一个最正式也是最理性的方法。他给父亲写了一封很长的邮件。在邮件里，他列举了在备孕阶段和孕期养狗的十大好处，回答了父亲的所有担心，极为理智地把本来争吵时想说的话，换了另一种表达方式，平静有条理地铺陈在了文字里。

我脑海中顿时浮现出八哥的父亲看到那封邮件又好笑又无力反驳的样子。我忍不住好奇地问八哥："你们两口子吵架，你也是通过写邮件的方式解决吗？"

雪梨立马大声吐槽："对！他真的每次都是一篇论文，他会洋洋洒洒地写出他的想法是什么，我的想法是什么，今后的解决方案是什么！"她一边说着一边生动地翻了一个白眼。

如今八哥的父母比他们还要宠七夕，让小两口提前感受到了什么叫作"隔代亲"。八哥的邮件或许真的开了一个好头，但七夕这个狗精的卖萌术也起到了至关重要的作用。

养了七夕后，父亲第一次到上海来看望他们，一进门，七夕好像立马就知道了这是自己需要讨好的爷爷，从头到尾都盯着爷爷使劲卖萌，吃饭的时候还把头搁在爷爷的大腿上，用无辜的眼神做攻势，很快就把老人家的心给降服了。等到雪梨肚子里传来好消息的时候，八哥的父亲也只是简单地说了一句"该做的检查还是要做的"，也就没有再插手管他们的事情了。

说话间，七夕已经回到了八哥的身边，乖乖地趴在地上，任由八哥蹂躏它头上厚实蓬松的白毛，雪梨坐在我身边笑盈盈地看着他们。再过几个月，他们的宝宝也将要出生了。有娃有狗，这是八哥期待已久的美好生活。在他眼中，七夕有着温暖的奶爸脾气，每次遇见小孩吵着要把它当大马骑，它都一脸憨厚，来者不拒，十分乐意。在八哥的想象中，以后他们的宝宝也会抱着七夕的脖子，骑在它身上玩。光是这样想象，他就已经幸福得笑开了怀。

这时候，在沙发上趴着的七夕突然歪头朝镜头卖了个萌。而我的脑海里像放映机般迅速地掠过了七夕趴在路边挨饿无助到它现在幸福可爱的样子，这前后的反差让我忍不住有些感动。

我们一闪而过的善念，往往会给这些小生命带来重生的机会。看在生命珍重的分儿上，我真心企盼可以多一些如同八哥、雪梨这样善良的人。

遇见你，陪伴你　　　　　　　　　　　　　　　　　　　　　　PART - 2　陪流浪的灵魂回家

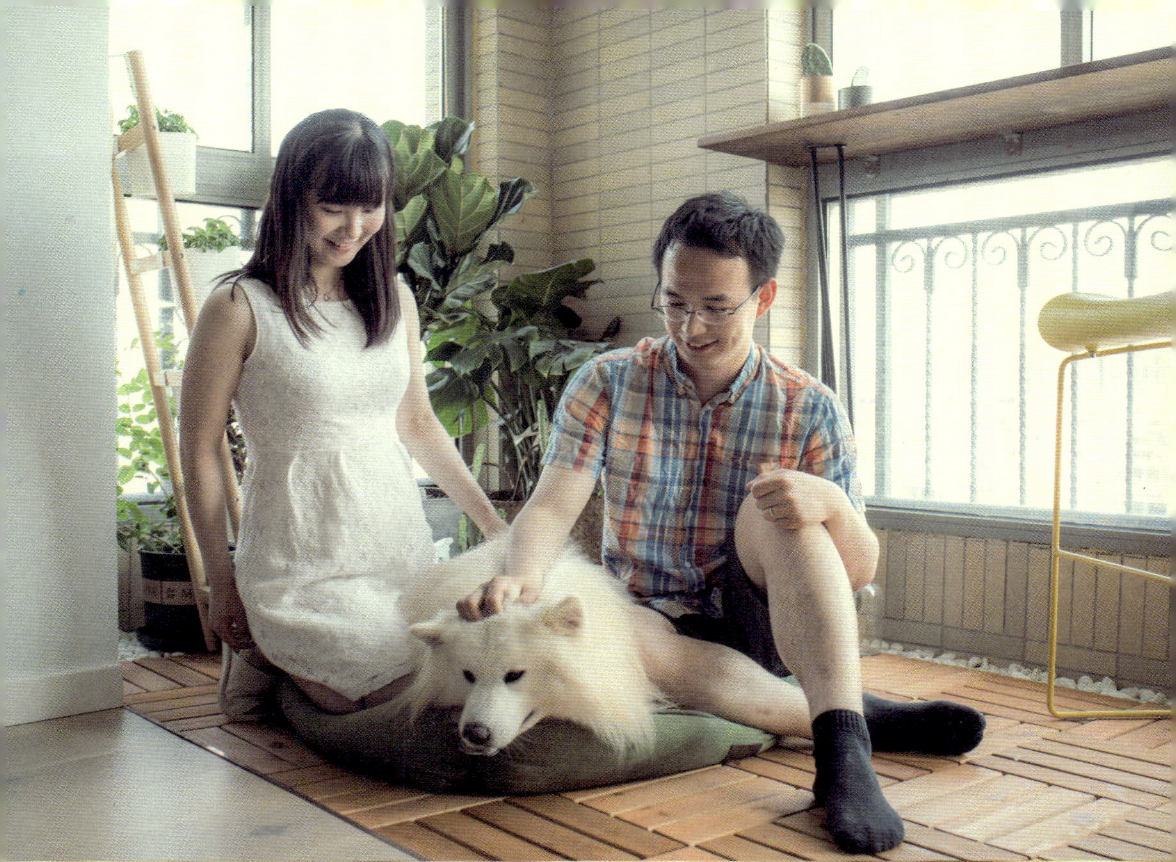

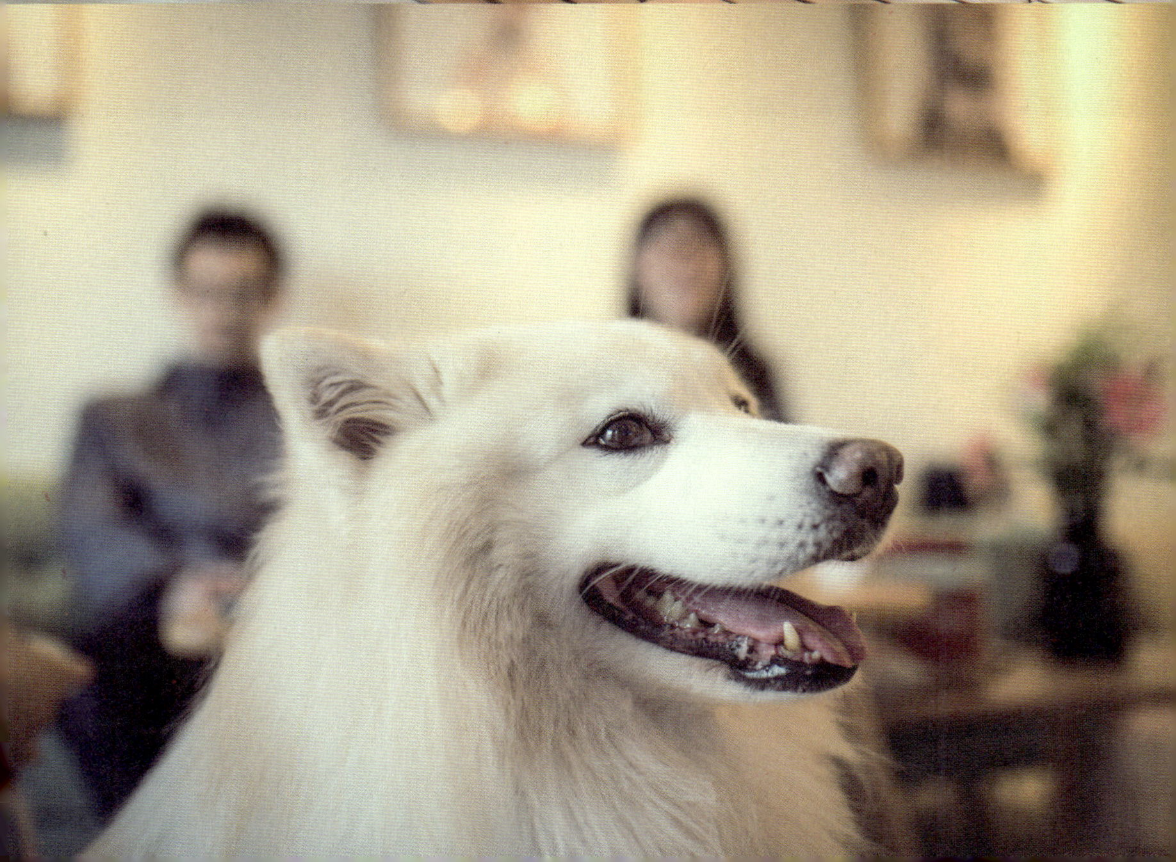

CHAPTER
04

人造衣工作室张娜 ╳ 道奇

万物有灵，尊重生命

遇见你，陪伴你　　　　　　　　　　PART - 2　陪流浪的灵魂回家

在这次探访前,我就已经耳闻狗狗的主人是一位颇有名气的时装设计师。

她叫张娜,见到她是在她的工作室里,那是一栋小洋楼,在上海最海派的马路上。我第一眼看到她时,她正坐在一楼,留着一头利落的短发,身穿黑色短袖搭配花布长裙,正悠闲地跷着腿,专注地看着周围衣架上自己的作品。那一秒,她沉浸在自己的世界里,时间仿佛静止了。直到见到了我们,她立马起身用一口京腔招呼大家坐下,脸上满是笑容。一刹那,我感觉自己像是去拜访了一位相熟的北京老乡,对方很热情,但并不客套,让人丝毫不觉得生分。

遇见你，陪伴你

PART - 2　陪流浪的灵魂回家

我们才刚坐下，一只黄色小狗不知道从哪里蹿了出来，径直走到我脚边转悠了两圈，闻闻嗅嗅，又舔了舔我的脚踝，似乎经过它的雷达判定为安全后，便在我的凳子边上静静地趴下了。张娜笑笑，假装吃醋地说："哟，见了娘娘就不要我啦！"小狗抬头看了她一眼，依旧乖乖地趴在那里，一副淡然的样子。

这时候张娜从包里拿出一盒金枪鱼罐头，想让我跟它套近乎。我看了一眼，这应该是"猫粮"罐头，一旁的张娜笑着补充："它特别爱吃猫咪的东西，老爱跟猫咪抢吃的。"果然，我才一拉开盖子，小狗咻的一下就起身了，一脸期盼地望着罐头，迫不及待地把小爪子搭在我的膝盖上，脖子也伸得老长，生怕错过了我手中的美食。

这只爱吃猫食的小狗叫道奇，"心性纯良"是张娜给它的四字总结。眼前正在埋头吃罐头的它，尽管身形看上去早已不再是幼犬，可两只眼睛却清澈干净得像两颗琉璃珠子，透着一股难得的无邪与天真，好像那些黑暗得不堪回首的经历，在它身上没有留下任何痕迹。

十年前，当时还只有七个月大的道奇非常瘦弱，它被一位好心的阿姨发现时，正蜷缩在一个十分狭小的笼子里，和饭店厨房里的海鲜关在一起。看到前来救它的阿姨，道奇的眼神一下子变得闪亮，似乎并不知道自己差一点就要成为别人的盘中餐。后来，在阿姨的照顾下，道奇终于养足了精神，每天活泼地窜来窜去，这让阿姨又欣喜又有些发愁，因为这么好动的"孩子"通常很难被领养！

所幸没过多久，张娜出现了，并且一眼就喜欢上了这只不停上下蹦跶的小狗。她用实际行动让阿姨相信她可以给道奇一个安全温暖的家。回忆起这段经历的时候，张娜脸上流露出的自信与真诚特别真实，我想如果我是那位阿姨，也会放心地把小狗托付给她。

那时候,张娜才刚刚在上海稳定下来,工作特别忙碌。每天回到家,看到道奇可爱的样子她都会把工作中遇到的烦恼抛之脑后。那些它闯下的大祸小祸,对张娜而言,都是让日子变得更为真实美好的调味剂。说到这里,她很兴奋地换了个坐姿,让我猜猜小狗道奇最爱做什么。

我竟然怎么都没有猜到,道奇最爱做的事情竟然是嗑瓜子,并且还是跟家里的猫联合起来"一起嗑"——猫咪把桌子上的瓜子扒拉到地上,道奇用自己的嗑瓜子大法去剥瓜子皮,然后两个小家伙一起分享瓜子仁吃。等到张娜回家,迎接她的往往是一地瓜子壳,让她哭笑不得。

除此之外,道奇还特别爱坐车。每次有朋友开车来家里玩,走的时候张娜跟道奇一起去送他们,当车门一开,最先跳上车的总是它,上车后还一本正经地占据一个位置坐着,等待发车。

当张娜说起这些关于道奇的小事时,眼中都是笑意,可想而知这个小家伙给她带来了多少乐趣。

"最初为什么想要领养一只狗狗呢?"我的这个问题打开了张娜与流浪动物们的一千零一夜故事。

对张娜而言,动物是生命中不可分割的一部分,它们是朋友,也是家人。在她从小到大的这几十年的时光中,她从没有一刻与动物分开过。

小时候的张娜是在歌舞剧团的大院里长大的,自有记忆以来,大院里就从来没有少过小动物。从小狗、小猫,到小鸟、小鸭子,甚至还有小羊、小刺猬和一匹矮脚马。不久前,她还和爸爸妈妈掰着手指头,想算一算自己究竟养过

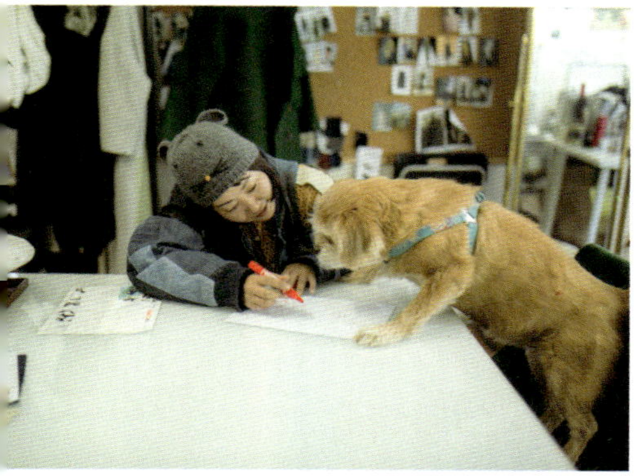

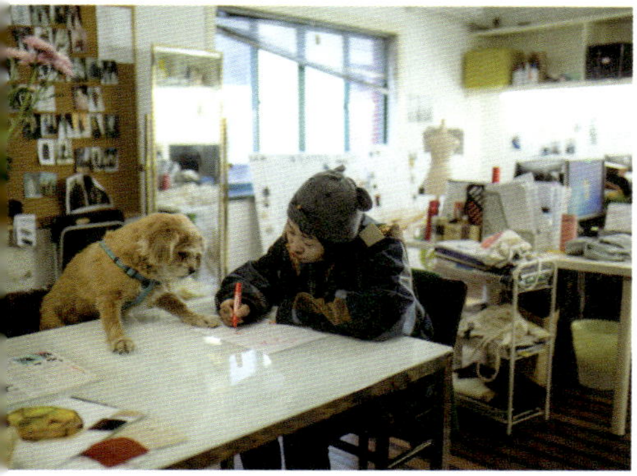

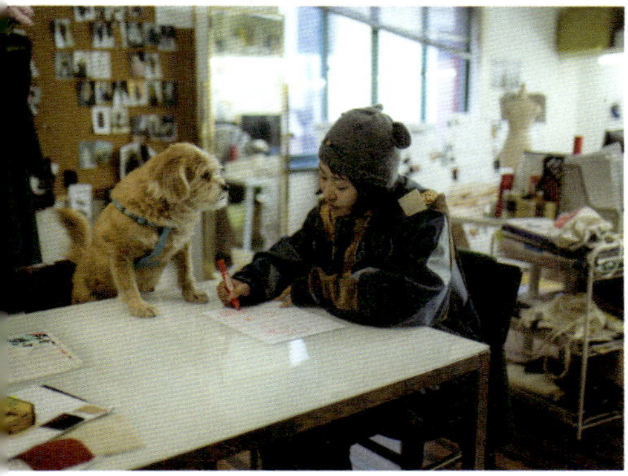

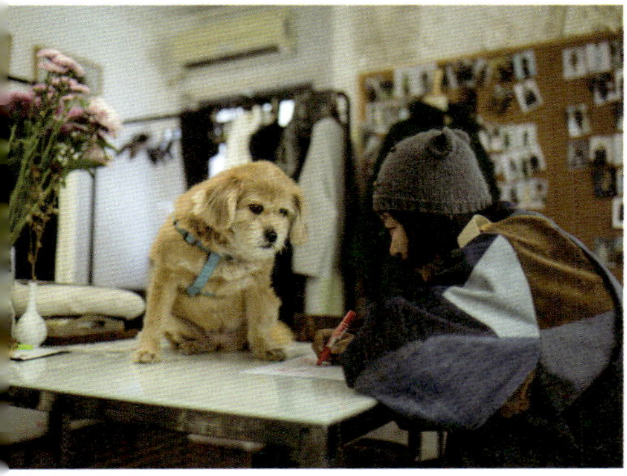

遇见你，陪伴你　　　　　　　　　　　　　　　　　　　PART - 2　陪流浪的灵魂回家

多少动物，但当算到第十三只狗和第十二只猫的时候，大家会心一笑，不再继续了……

张娜勾勒出的这幅画面，在我的脑海中忍不住浮现出了那令人向往的场景：在四合院的小天地中，孩子们尽情地释放着自己的天性，与大自然里各种小动物嬉戏玩乐，那些大家细致温柔照顾它们的画面，想来非常温馨热闹。张娜从小就喜欢小动物缘于她的家庭，长辈常说要把猫老爷伺候好了，家里就太平了。在他们家，猫晚上都是钻在被窝里和他们一起睡的，她的爸爸妈妈也和动物们有着深厚的感情。

在张娜的心中，身为艺术家的父亲，仿佛跟所有动物都心意相通。他会站在动物的角度为它们着想思考，同时也会获得来自动物们的回馈。

在张娜为我们列举的故事里，让我印象最深的有两个。

第一个故事发生在张娜的童年，那时每逢周末，爸爸妈妈常常用自行车载着张娜去郊区野餐。爸爸的车篮里装着一只大狗，叫阿飞。妈妈的车篮里装着一只小狗，叫嘟嘟。爸爸总是骑车骑得稍稍快一些，让坐在后座的张娜可以看着妈妈车篮里的嘟嘟。有一次，嘟嘟一直不停地汪汪叫，大家都以为它是饿了，可它对食物却不感兴趣。这时候，张娜的爸爸突然说："嘟嘟是不是想做第一名啊？"然后爸爸就慢慢地减慢了速度，让妈妈的车走在了前头，果然小狗嘟嘟不叫了，欢快地趴在车篮的边沿上贪婪地享受着胜利的春风。

后来，张娜去外地上学，二老还是经常带着阿飞和嘟嘟坐汽车到处旅游。因为不放心乘坐飞机时狗狗托运的安全性，加上动物又不允许乘坐火车，所以无论多远，二老都带着它们坐汽车出游。甚至为了让它们有自己舒适的空间，张娜爸爸会帮它们买票，让它们也能凭票上车，就这样一起游遍了祖国的大江南北。

第二个故事的主人公，是一只叫来福的大黄狗。那时候，张娜的爸爸经常带来福去野外考察栈道。有一次，张娜爸爸刚在河边安营扎寨，来福突然发狂似的不断叫唤，声音听起来充满害怕和警惕。张娜的爸爸定睛一看，赫然发现对岸有一只野生的大熊正在喝水，眼睛正望向他，一副垂涎欲滴的样子，好像随时准备扑过来一般。这可不得了，张娜爸爸赶紧将帐篷迁移出了那片区域。就这样，来福成了张娜父亲口中的"救命恩人"。

在这种热爱动物的家庭中长大，张娜从来没有惧怕过任何动物，也不觉得它们和人有什么不同。我们有一个相通的想法："对小动物的热爱是孩子的天性，后天是否能保持，取决于父母的态度。"

在张娜刚记事的时候，她还在被子里呼呼大睡，爸爸妈妈就把朋友家新养的一只小奶猫作为礼物放在了她的被窝里。张娜永远都记得醒来那一刻的欣喜，一个柔软温热的小毛团在自己手里蜷着，喵喵地叫唤，不逃也不挣扎，就乖乖地待在她的怀里，那是第一个真正属于她的小生命，也开启了她与动物一生的缘分。

从那只小奶猫，到现在的道奇，张娜与太多不同的小生命有过交集。其实，道奇并不是张娜到上海后领养的第一只小动物。在道奇之前，张娜还领养过两只小猫：一只叫跳跳，另一只叫乖乖。刚说到跳跳的名字，张娜就忍不住有些哽咽，她点了一支烟，让情绪恢复平静，试图以相对轻松的口吻说起这段伤心的往事："我朋友都说是跳跳的名字没取好，所以跳楼了。"看得出来，那段经历对于张娜而言，是深埋于心底的痛。

跳跳是她人生中很难再次碰到的一只有灵性的橘猫。它在表达不同需求的时候，会发出不同的叫声。比如它饿了，就会发出第三声和第一声的喵呜。有一次，傻乖乖站在二楼的边沿，差点悬空掉下去，聪明的跳跳突然"喵"的一声,伸出爪子,一把把乖乖捞了回来。而这样一只机敏过人的猫,最终却没有逃过被安乐死的命运。

那天,连续加班两晚的张娜回到家中,却发现跳跳不见了踪影。疲惫不堪的她立马冲出门找。她问了隔壁邻居,有人说在走廊过道里见过它,张娜再一看,自家过道里的窗户不知怎么被打开了,跳跳应该就是从那里钻了出去。说到这里,张娜又忍不住自责,她觉得跳跳一定是太想她了,才会跑出门找她,因为平时就算大门开着,跳跳也不会自己离开。

遍寻跳跳不得的张娜心急如焚,在小区里漫无目的地游走,边哭边找,最终在楼下的垃圾站里发现了浑身脏臭的它。跳跳的精神看上去还不错,见到自己的主人,撕心裂肺地大叫,好像在责怪张娜现在才找到它。回家后,跳跳一溜烟跑去疯狂地进食、喝水。当时的张娜,既心疼又庆幸,看着跳跳的样子,好像没有什么大碍,她以为跳跳只是把自己搞得浑身脏兮兮而已,就给它洗了个澡,抱着它睡了。

只是张娜没想到,更大的意外接踵而来,才刚生离,就要面对死别。因为养猫,张娜家的阳台都是封死的,所以她无论如何也想不通,跳跳后来是怎么从十楼掉下去的。直到隔天早上,张娜才发现跳跳的嘴已经变白,呼吸也变得急促不顺畅,它的指甲都断了,在掉下楼的过程中,怕是一直在扒墙自救。那天早上,张娜抱着跳跳,边哭边跟公司打电话请假。她在大马路上哭得不能自已,一直在跟电话那头重复"我的猫掉下去了,我要救我的猫"。到了医院,医生检查后发现,跳跳是严重的内出血,肾脏和膀胱都严重损坏,根本无法手术,只能选择安乐死。

这个结果对张娜而言,无疑是晴天霹雳,她从不知道自己可以哭得这么大声。在回忆和跳跳在一起的时光时,张娜的眼眶里满是强忍着的泪水,后来她酷酷地把烟夹在指间，眼泪却稀里哗啦地往下掉。半晌，她说："跳跳被安乐死的时候，已经神志不清了，我按着它，它一转头狠狠地咬了我一口，不久便闭上了眼睛，而我只能一遍又一遍地跟它说对不起，除此之外，我不知道自己还能做什么……"

听完这个故事，我觉得无论我做什么都没有办法安慰她那种无能为力的伤心，我只能静静地坐着，等张娜的情绪慢慢地缓和。张娜的助理在一旁告诉我们，为了纪念跳跳，张娜和她的男友后来还设计了一只飞跃的橘猫，作为icon放在了T恤上，在潮牌圈里风靡一时。

我想，对张娜而言，动物早就是她生命中不可分割的一部分，和动物之间的联结早已渗透到她生活和工作中的方方面面。她所创立的服装工作室，用的都是旧布再造的材料。他们去NGO（非政府组织）帮偏远地区的妇女进行旧布改造的培训，让她们的收入有了显著的提升。之后，他们又将自己销售所得的

一部分，捐助给了青海玉树的流浪藏獒绝育项目。在此之前，我没有发现流浪藏獒这个群体，张娜起初说的时候，我一度以为跟城市流浪狗一样都是无家可归的问题。后来才知道，因为藏獒经济导致当地产生了很多流浪的藏獒，它们体态巨大，经常跟雪豹抢食物，对当地的生态平衡造成了破坏，饿急了甚至会攻击村民和小孩。有些携带胞虫的藏獒，在当地的水源附近流浪，透过喝水造成传染，当地的藏民和孩子喝了污染的水后很多都患上了大肚子病。所以，这早已不单单是流浪狗的问题，还牵扯到了当地的生态平衡和居民的健康。

　　张娜从自身做起，为每一个应当被尊重的生命而努力。她的手臂内侧文着一个"暖"字，这也是她的工作室的核心理念，因为"暖"字是日子里升起的爱意，所以每天都应该有爱度过。

　　临要离开工作室的时候，道奇又走出来送我们，它的尾巴被剃成了只有尾尖上有一团毛的样子，在身后摇来晃去特别可爱。我们转身跟张娜道别，她已经恢复了小太阳般的笑容，灿烂明媚，暖进每个人的心里。

CHAPTER 05

三米 ╳ 吉米 + 辣条

我想给你一个家

遇见你，陪伴你　　　　　　　　　　　　PART - 2　陪流浪的灵魂回家

刚和三米见面不到两分钟，就闹了个笑话。

第一次见到 Sammy（三米）的时候，她正牵着她家的 Jimmy（吉米）在小区花园里散步。小姑娘穿着一条素雅的百褶长裙，手里紧紧地拽着狗绳（遛狗牵绳详见拉页 TIP-7）。吉米的力气像是很大，拽着悠闲的她吃力地往前走，三米的裙摆因此而左右摇曳。这清新的画面，让人迫不及待地想参与进去。我当下玩兴一起，本想给吉米一个惊喜，忘情地大喊了一声，没想到脱口而出竟然叫成了"Sammy"，小姑娘直觉地回头一愣，对上我一时还没反应过来的眼神，心领神会地跟我相视大笑，而一旁真正的主角吉米也停了下来，满脸问号地瞅着笑得东倒西歪的我们。

有了这个令人捧腹大笑的开场，我们很快就玩成了一片，一路聊着上楼，到了三米小而温馨的家。她是个独立自主的上海姑娘，早早地搬离了父母家，自己租住在这个老式新村的一居室内。房间内被收拾得井井有条，非常干净整齐，处处透着女孩子认真打理生活的细心和周到。作为一个典型的上海姑娘，三米精致漂亮却很接地气，说话有着上海人惯有的"嘛""呀"的腔调，轻轻柔柔，让人十分喜欢。

狗狗吉米穿着红色的卫衣，自我进门坐在它平时睡觉的沙发上，它就开始兴奋得几近"不受控"，像是遇见熟人或老朋友般，不断地从四面八方"蹂躏"我。一会儿从我的左肩探出半颗脑袋，深情忘我般地盯着我的侧脸，瞬间又转移到我的右肩，一会儿干脆躺在腿上仰望着我。这倒给了我一个仔细看它的机会，这个让我叫错名字闹出大笑话的"罪魁祸首"，是一只长得非常帅气的中华田园犬。应该还带了一点猎犬的基因，身形偏瘦却非常健美。

老实说，第一眼见它的时候，应该很难把它和可爱画上等号。直到我发现它长着一对倒挂的眉毛，还时不时皱一皱鼻子，眼神和我家的丫头一模一样，都是一副"心事重重"的样子，让人禁不住笑出声来，好奇"这小脑袋瓜里都装了什么"。

由于吉米实在太抢戏，一直想介入这场聊天互动的过程，我们一度转换阵地到了卧室，想不到它抱着对主人"不离不弃"的狗生信念，尾随而至。这时三米也翻出了它小时候的照片，与现在截然不同，软软小小的样子足以让女生心化。它的主人忍不住吐槽："小时候刚捡到它的时候，可呆萌了，谁知道现在一岁就长得一脸少年老成的样子。"此时听到这话的吉米哇啦哇啦地怪叫一声，皱起了眉头表示抗议。看来爱美之心，狗也有之。

翻着照片，三米缓缓说起了收养吉米的故事。一年多前，她偶然听到邻居说，小区里有人拿着自家生的一窝小土狗，因为养不了，加上觉得土狗没有价值，便要大家免费抱走。等到三米得知消息再去找的时候，那一窝小狗却早已没了踪影。

几天后的一个下午，三米在小区的草地上看到一个女孩在逗弄一只两三个月大的小狗，那就是后来的小吉米，那时它才一捧手大小，十分可爱。酷爱小动物的三米自然也是挪不开步子，饶有兴趣地蹲在一边看他们玩耍。过了一会儿，女孩走了，留下小小的吉米在草地上不知所措地转圈圈，垂头丧气的样子，不知道是饿了，还是因为那个女孩最终没有带它回家。

三米陪着它等了很久也没有等到主人出现，她突然意识到这可能是几天前那窝小奶狗中的一只，不知是什么原因被留在了原地。于是，三米把它抱回了家。因为没有任何准备，小吉米的临时浴盆是家里的纸篓。三米打了热水给它擦拭，它竟没有一点挣扎，似乎很享受温热的毛巾带来的舒适感。也许是流浪时过于饥寒交迫和疲惫，被擦干净身体的小吉米蜷缩在主人的怀里安心地睡着了（如何救助流浪动物详见拉页TIP-10）。面对这个陌生的女孩，小吉米毫无防备之心，给予满满的信任。而对于三米而言，这个睡得此起彼伏的小身影她将终生难忘。她被吉米对她的信任和依赖所打动，这让她萌生了一股力量，决定收养小吉米，让它早日感受到家的温暖，此后给它安定无忧的生活。

三米那一刻的心情，我完全感同身受。记得第一次开始接触流浪动物，是在我刚退伍的时候，当时很想领养一只狗。可能是缘分使然，不久大姨就抱来了一只脏兮兮又病恹恹的小京巴对我说，如果没人要它，那它很快就要被放回街边继续流浪了。当时它浑身脏得不成样子，但是眼睛却明亮又干净，在此之前我们"素未谋面"，它一见到我就冲我飞奔过来，使劲地冲我摇尾巴，要我抱抱！当下我就觉得，我要照顾它，想给它一个家。于是，它就成了被我收养

遇见你，陪伴你　　　　　　　　　　　　　　PART - 2　陪流浪的灵魂回家

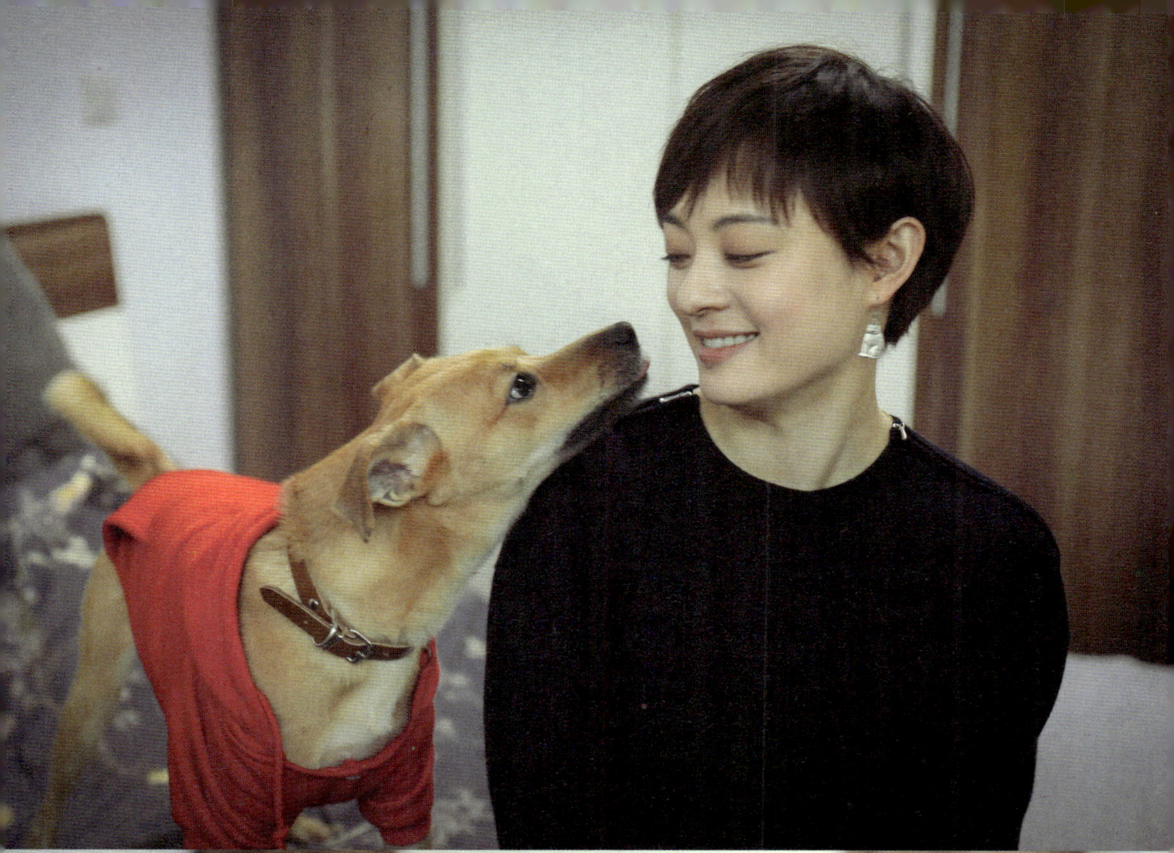
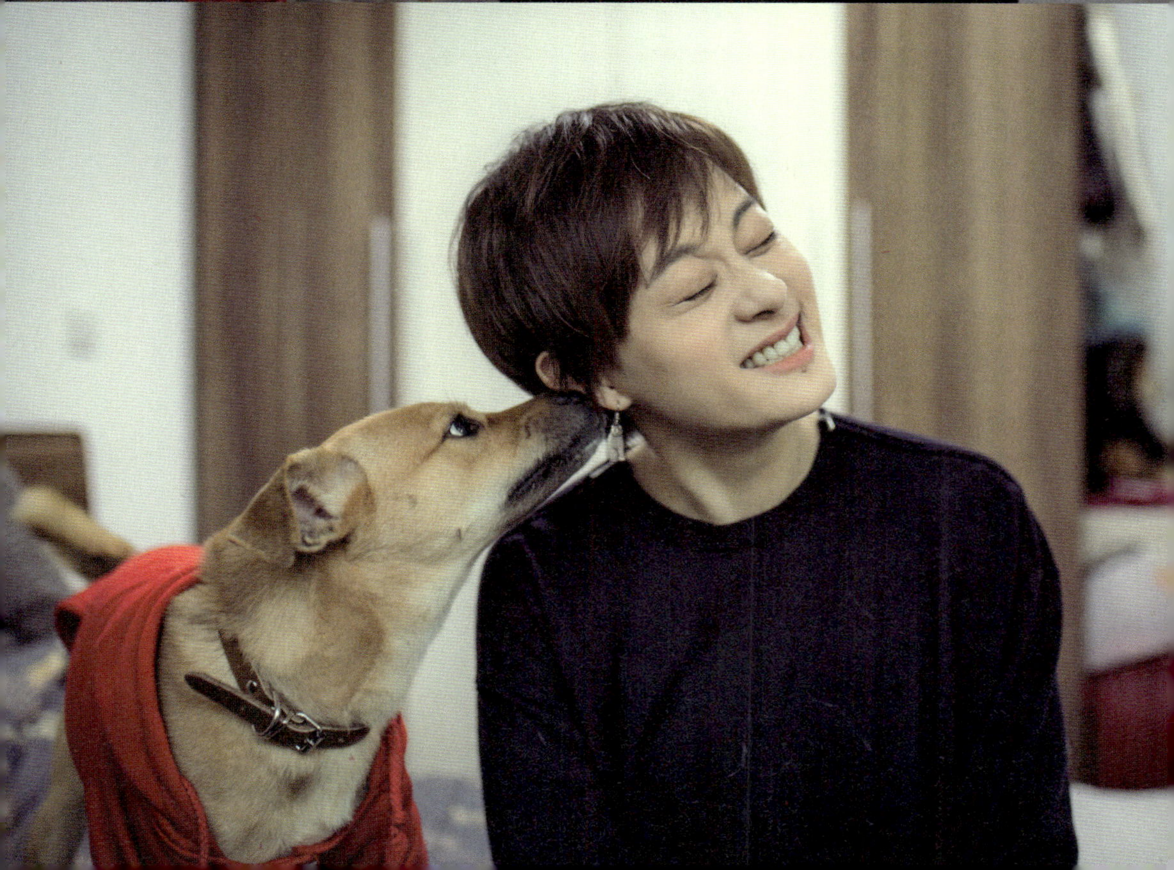

的第一只流浪狗——西西。

收养了吉米之后，三米对它的照顾像极了一个过分宠溺孩子的妈妈。只要它想做的事，她都会尽力满足。吉米的狗盆一直都是满满当当的，这让它变成了一个挑嘴的孩子，对狗粮悻悻，却对零食来者不拒。探访的时候，吉米时不时就会跑去对着手中握有零食的摄影师卖乖，甚至还主动伸爪子要和摄影师大哥"合作愉快"！

吉米刚进门那会儿，三米还养了一只龙猫。龙猫有个冰窝，夏天用来纳凉。有一次，趁着三米不注意，对冰窝好奇已久的吉米就把鼻子伸进去闻了闻，却一下被环状的冰窝卡住了。被冰到鼻子的吉米和束手无策的三米都很害怕，家里顿时乱作一团。当时脑子一片空白的三米，唯一想到的就是叫消防队来把环锯开，说完她摸了摸鼻子，不好意思地笑笑。结果，那个讨厌的冰窝倒是在吉米惊慌失措地东奔西闯中自己掉了下来，留下一脸蒙圈的吉米呆呆地站在原地。

这份竭尽全力想给吉米最好的心情，是三米出于对吉米的真心与责任。同时，还有被她藏在心底的一份愧疚感。

大约在捡到吉米的一年多前，三米和当时的男友在微博上看到一张照片，一只哈士奇被拴在一处平房前的铁链上，身上的毛早已脏得打结，尾巴像是一把浸过泥浆的拖把，旁边摆着一只缺了口的瓷碗，里面是酱油色的剩饭剩菜。尽管那时候还没有任何养狗和救助的经验，但善良的直觉告诉他们，要救它！

几经辗转，他们终于在一个偏远的小区里找到了这只哈士奇，尽管它看起来很虚弱，但一看到三米，它立马就支撑着站起来走到他们面前，开心地摇起了尾巴。拴着它的人是一位上了年纪的老婆婆和她的儿子。老婆婆弓着腰，耳朵也有些背，颤颤巍巍地念叨着，大概意思是哈士奇是孙子玩完不要的狗。屋子里的中年男子不见身影，只闻其声，知道他们是为狗而来，直接撂下一句话：

"打过针了！800元，直接带走！"他的态度让三米十分气愤，但救狗心切，她也不想再多言，给了钱就把它带回了家。

之后，哈士奇有了一个新的名字，叫"辣条"。因为它一到家，就爱在放着辣条的茶几边上嗅来嗅去，无比留恋的样子。第一次给辣条洗澡（如何帮狗狗洗澡详见拉页TIP-9），小情侣真的忙坏了，打结的毛发，不知积攒了多久的泥浆，尘土和其他脏东西非常难清理。洗了几遍后，明明看上去干净了许多，但冲出来的水还是脏黄脏黄的。好不容易洗净了，三米和男友也累瘫了，可接下去还得给小家伙吹毛。说起来有点好笑，当时三米家里只有一个迷你电吹风，功率很小，吹在辣条细密的长毛上就像清风拂过，起不到什么作用。别无他法的两人只能耐着性子慢慢来，导致整个过程历时两个多小时，结束时两人手脚都已经酸得抬不动了，但辣条却一直威风凛凛地站着，一副全世界我最美的样子。

有了家的辣条看上去精神棒多了，能吃能跑的，经常和三米的男友追逐玩耍。因此让没有经验的他们误以为辣条是健康的，加上那位大叔说给辣条打过疫苗（帮狗狗正确免疫详见拉页TIP-3），他们也就没有再带它去医院接受检查。但是，那个要了800元的中年人终究是骗了他们，没有打过任何疫苗的辣条得了对狗狗而言致命的细小病毒（病毒病犬细小病详见拉页TIP-4）。

"真的是我们不好，那个时候太单纯了，连澡都不愿意帮辣条洗的人，怎么会带它去打疫苗呢？！"三米突然哽咽了起来，眼眶都红了。对于一个爱狗的人而言，家里的宝贝蹭破一点皮都心疼不已，更何况是这样的大病。

在三米精心的照料下，辣条幸运地扛过了细小，但上天并没有持续眷顾这个坚强的小生命。那年冬天，三米和男友双双出差，把辣条寄养在宠物店。就在三米还在一堆会议资料里忙得不可开交的时候，她接到了宠物店的电话。他

↑ 吉米

辣条 ↑

们发现辣条生了严重的皮肤病，在长毛的覆盖下根本不易发现，所以有很多疮口已经红肿溃烂，危及生命。在这样的情况下，只有打针和药浴可以救它，但是寒冬腊月，医院的水管都被冻住了，根本没办法进行药浴。心急如焚又无法赶回来的三米给医院打了几十个电话，央求他们一定要救救辣条。"我当时真的崩溃了，直接在会议室就哭了，但它还是走了……"三米跟我们说这个故事的时候，一直用手给自己扇风，试图保持冷静。但我太理解她了，对于那个中年男子而言，他的一句谎话也许只是一句不用负责的戏言，但对于三米而言，这种自责和悔恨会被她一直记在心里，此后余生，一触就痛。

为了纪念辣条，三米在自己的手臂内侧文上了它的英文名：Latte。

半年之后，三米在领养网站上想再领养一只小狗，希望用更多的爱与心力弥补失去辣条的遗憾。但是，这次却遭到了男友的反对。经历了之前的伤痛，男孩担心重蹈覆辙，没有足够的信心照顾好它们。这个理念的不同，成为两人分手的导火索之一，没想到这个外表看起来温柔乖巧的上海姑娘竟如此果敢。

令人释然的是，尽管错过了那次领养，但辣条的生命在两个月前以另一种方式得以延续。现在的辣条是一只胖胖的白猫。

"其实我本来想领养的不是它，但是我去救助人家面试的时候，它第一个朝我走了过来，很亲昵地舔我，要跟我玩。一点都没有一般的猫那种高冷的架子，我当时就觉得它跟我的辣条好像！"

也许这只白猫就是辣条派来安慰自己的天使，抱着这样的想法，三米把"辣条 2.0"领回了家。

尽管领养辣条只有两个月，但是吉米和辣条俨然已经成了一对欢喜冤家。一开始，做了一年多"独生子女"的吉米对于辣条的到来很是吃醋。因为三米多抱辣条一会儿，从不捣乱的吉米就会气鼓鼓地去三米床上撒一泡尿，做完坏事还趴在旁边等着三米去跟它道歉，一副酸溜溜的样子。

而现在，吉米已经清楚地意识到辣条是家中的一员。在它身上完全验证了什么是"只许州官放火，不许百姓点灯"，只要客人摸辣条时，它一有不情愿的样子，吉米就会立马冲上去保护它。但是，吉米闲来无事，又会贱贱地照着辣条的头拍一爪子，事后又迅速地溜走。"反正除了它以外，别人都不能欺负辣条的，但是它自己又老是要去惹辣条，闲得要死。"三米说话间，辣条从沙发底下走了出来，不安分的吉米立马跟了上去，开始用鼻子去拱辣条的脸，而辣条只是一脸无奈，丝毫没有反击的意思。拱了一会儿，自讨没趣的吉米只好又趴在了主人身边。

突然，我听到脚底下传来窸窸窣窣的声音，低头一看，辣条竟然闭着眼睛，一脸享受地舔着我的鞋套，那表情像是在享用一顿大餐。三米说这是辣条喜欢我的表现，因为舔塑料袋是辣条最爱做的事情，三米第一次在救助人家里见到它的时候，小家伙也是这样凑过来疯狂地舔她的鞋套。其实不只鞋套，辣条对家里一切的塑料袋都兴趣满满，各种各样的塑料袋都仿佛是满汉全席。

不过，最近三米发现辣条有了新的向往，它意识到主人每天早上会带着狗狗出门而它却没有这样的待遇。于是，它开始在门口蹲点，等主人回来，门一开，就立刻咬着三米的裤脚喵啊喵地往外拖，极力表达世界那么大，它也要去看看的伟大想法。

吉米和辣条的趣事还有很多，一时半会儿也讲不完，但仅凭着听到的这些，我脑中已经勾勒出他们各种趣味横生的日常。在这个完美幸福的三口之家里，在这个小小的空间里，住着一个善良有爱的女孩、一只狗和一只猫，他们每天都在上演着属于这个现代城市里的善良与童话。

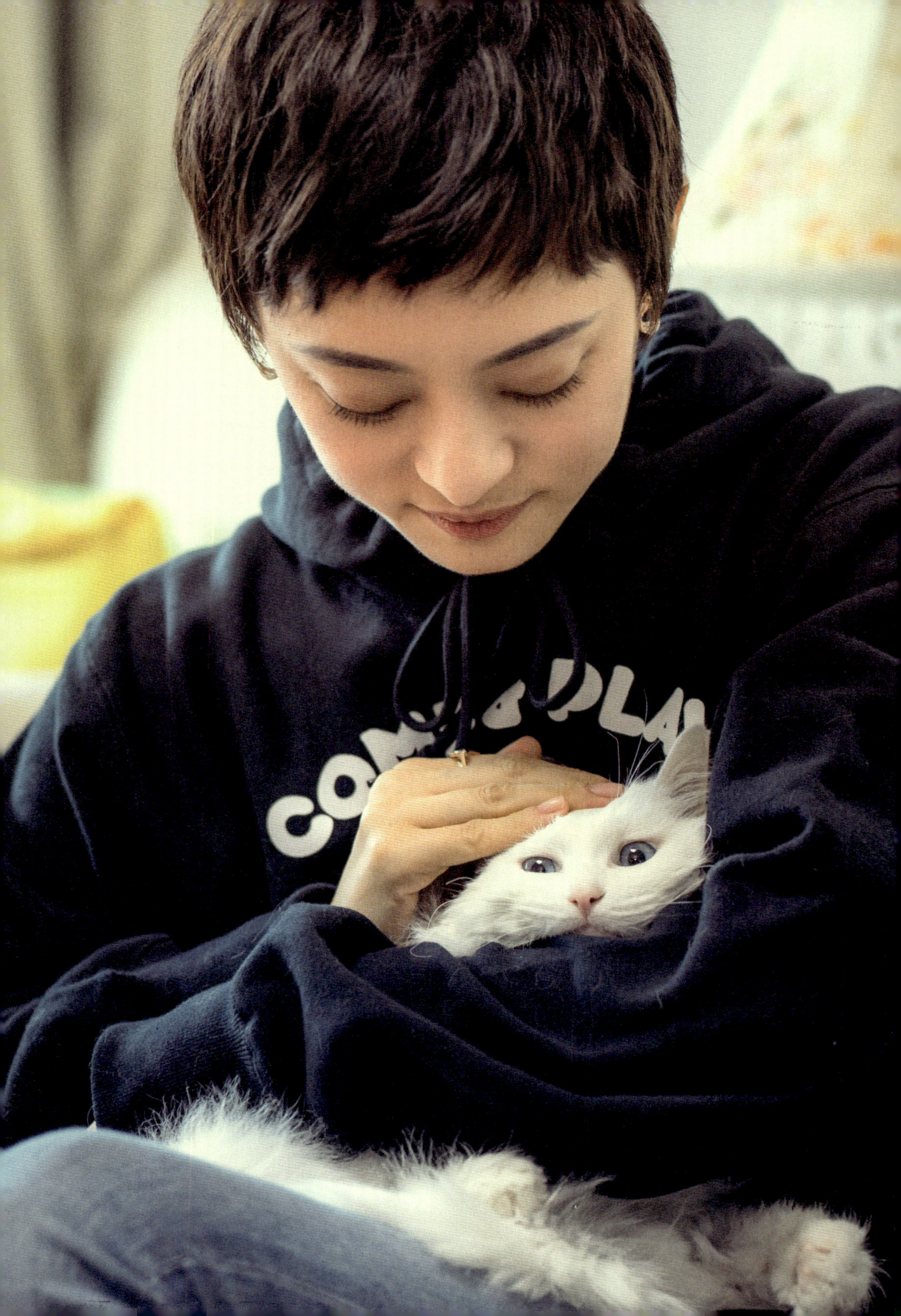

CHAPTER 06

舅公 ╳ 团绒

陪伴是生命中最温柔的爱

这次的行程，与其说是探访，倒不如说是回家。因为我要去看望的是我的舅公，还有他们收养的猫——团绒。

开始着手准备这本关于领养流浪动物的主题书时，我第一个想到的就是我的舅公。

在我心里，舅公是一个非常随和善良的人，对小孩和小动物都有着极大的爱心。小时候在我去警备区文工团之前，我和妈妈在舅公家住过很长一段时间。那时，我们和舅公一家住在老式石库门的客堂间里，那间四五十平方米的屋子，装满了我儿时无尽的快乐与回忆。舅公一家对我很好，舅公更是对我视如己出，百依百顺。

小时候的我，还不太懂家中辈分，总是跟着妈妈叫舅公为"娘舅"。换了别人总会斥责小孩不懂规矩，可是舅公却从没有为此说过我一句，反而一直乐呵呵地跟所有人说他喜欢我叫他娘舅，这样显得年轻，而且关系更显亲近。

上初中的时候，有一次舅公坐在家中看电视，玩心大发的我突发奇想要给他老人家洗头、敷面膜。一向淡定的舅公带着一丝可爱的惊慌，皱着眉头，连连摆手说："不要不要，我都没多少头发了，还给我洗头干吗？！"这时候，我妈就在一旁附和敲边鼓："她喜欢嘛，你就让她帮你洗下试试嘛！"

"好好好好好！"拗不过我的舅公也就乐呵地答应了。洗着洗着，我调皮地在舅公身后做起鬼脸，人小鬼大的模样哪有一丝女孩子该有的姿态，逗得从镜子里看到我的舅公和妈妈大笑出声。

现在，每次逢年过节，舅公还是会念叨我童年的这些往事，在他眼里，我永远都是那个每天吃完晚饭模仿瘪嘴老婆婆的调皮孩子。在演了查小刀之后，舅公带着些许回忆的神情对我说，他好像看到了我小时候故意展示滑稽动作，逗他们开心的模样，看来演戏还真是要有生活做基础的。

说起团绒这个小网红与我的渊源，是源于《甄嬛传》。还记得甄嬛刚进宫选秀女的那一幕吗？太后见皇上喜欢甄嬛，就暗示一旁的嬷嬷丢了一只大白猫在甄嬛的脚边，想借此试探甄嬛是否可以稳住仪态，那个担任测试并且影响嬛嬛往后命运的重要角色，就是团绒。

后来我们回看这场戏时，发现导演专门给了它一个特写镜头，它窝在嬷嬷的怀里，把头转了过来，蓝幽幽的眼睛看向远处，仿佛像是早已洞穿甄嬛命运多舛的未来。

《甄嬛传》里出现过好几只猫，在剧组里都深受大家喜爱。在戏里，它们是后宫被捧在手掌心的宝贝，每天穿梭在嬷嬷、妃嫔的怀里，受尽万千宠爱。可是戏外，它们却是午夜钟响变回灰姑娘的流浪猫，团绒也是其中一员。

开拍前，剧组的美术师在北京火车站发现了它，便一路把它带到了横店的剧组里。杀青那天，这个无家可归的小东西蜷缩在一个角落里，仿佛预感自己又要重新回到漂泊不定的生活。不舍得让它再次流浪，我把它带回家托付给妈妈，希望能帮这只拍过戏的明星猫，找到一个好人家。

想不到这一带，带出了舅公一家跟团绒深深的缘分。当时刚把团绒带回家的时候，正值舅公家领养了十七年的流浪猫波波去世了，它和舅公的感情很好。波波刚来的时候，我还住在舅公家，有一天妈妈和舅公买菜回来，怀里多了一只脏兮兮的小猫。这只小猫被吊在一个拾荒者的垃圾篓上，奄奄一息，妈妈他们就从对方手里花了 20 块钱救下这个小生命——波波。波波非常聪明，每到吃饭的时候，我总是摇摇铃，它就会自动过来享用属于它的美食佳肴。那时候，舅公家里有一个阁楼，入口处架着一个竹梯，每次波波要上阁楼的时候，总会跑到离竹梯还有三步之遥的地方，撅起屁股做出"预备动作"——像是一个即

遇见你，陪伴你　　　　　　　　　　　　　　　　　　　PART - 2　陪流浪的灵魂回家

将开跑的田径运动员，一下子冲刺跳上竹梯的好几格。当然，活泼机敏的它也有发傻的时候。舅公以前最爱做的事情就是坐在沙发上，看着它不停追逐自己的尾巴而一无所得，那副懊恼又不肯放弃的模样特别好玩，总是引得老人家阵阵大笑。

就这样，他们一起度过了十七年的寒暑时光，波波不仅给舅公带来了很多快乐，甚至在临走之前也将舅公的感受考虑了进去，不舍得与他当面道别。

在波波去世的前几天，舅公因生病也将入院做手术，那时的波波已经不吃不喝好几天了，非常烦躁，一直在阳台上跑进跑出，这让马上要动身去医院的舅公十分难过也放心不下。他最后一次把波波抱到怀里，动情地跟它说："你等我回来，你一定会好的。"舅公住院后没几天，波波就已经被医生宣告不行了，当时妈妈不忍心它再受苦，就带它去做了安乐死。舅公直到半个月后，康复回家才知道这个消息。妈妈告诉我，舅公当时一言不发，可眼底里都是悲痛。

此后，每每回忆起波波临走前的状态，舅公总是忍不住地叹气，他觉得波波用自己的生命换来了他的健康，为他挡了一劫。

为了缓和舅公当时的情绪，我向妈妈建议让舅公领养团绒吧！舅公见到团绒的那一刻，似乎弥补了波波离开的伤痛，他抱着团绒，眼底尽是温柔。刚开始，舅公叫它"小芳"，因为妈妈的名字里有个"芳"字，后来为了纪念它在剧组那段特别的回忆，又帮它取了个绰号叫"小主"，谁知道团绒对这个名字并不敏感，为此有心的舅公特别向我取经，想知道它在戏里的名字。但是，我只记得它最后一直被宁贵人抱着的画面。于是，两位可爱的老人就又认认真真地把整部电视剧重新看了一遍，终于找出了它在戏中的名字，统计了它出场的次数，还给它买了一套宫里格格的可爱小衣服。

当然，舅公并不是因为团绒"网红"的身份而喜欢它，在舅公眼里，它就是一个需要被呵护、被照顾的孩子。这次探访，我一把抱起好久不见的团绒，明显感受到它比以前结实了许多。舅公回忆起团绒刚来时的身子骨，像是风一吹就能把它刮走般的单薄，让人不由自主地心疼。于是，舅公他们变着法地给它补充各种营养，从猫粮到罐头，什么有益就买什么，这才让它慢慢地健康标致起来。

这样深厚的宠爱，改变的不只是团绒的体形，还有它的性格。当年在剧组的时候，团绒一直是只胆小怯懦的小猫，被大家抱着的时候，总是缩成一团，虽然不会抗拒，却也能感觉到它的"不情愿"。但是经过很长时间的朝夕相处，它能感受到舅公对它的情感，开始愿意相信、接近，到现在，团绒已经完全变成了一个黏人的小妖精。

每年冬天，团绒最喜欢做的事，就是趴在暖洋洋的沙发边上打瞌睡。可是前提必须是，客厅里有舅公或舅婆的陪伴。如果二老都去厨房忙碌，它就会果断放弃取暖的舒适，屁颠屁颠地跟到厨房，硬要跟它的家人待在一起。这时，舅公心里总是一阵暖意，嘴上还要口不对心地佯装嫌弃"这个小戆度，有暖和的地方不待，戆得得额"（这个小傻瓜，有暖和的地方不待，傻兮兮的）。前两天，舅公还跟我偷偷爆料，团绒开始不"乖乖"地吃饭了，小家伙把吃饭的方式玩出了新花样，它会先用爪子把猫粮扒出盆外，再一粒粒地把它们吃掉，或者要看着猫粮先在地上滚来滚去，再一口吃掉，玩得不亦乐乎。看到它开心的样子，舅公根本舍不得怪它把地板弄得一塌糊涂。不过这也代表团绒应该算是彻底放松下来了，毕竟只有在自己家里，才能偶尔这般任性放纵。我想，对于现在的团绒来说，舅公家不是宫殿却胜似宫殿，虽没有锦衣玉食的待遇，但舅公给它的疼爱，为它筑起了最安全的堡垒，绝不会让它受到一丁点委屈。

从舅公家探访回来后，我在社交平台发了一条信息，很多网友都很关心团绒的现状。仔细想想，每次拍戏我好像总能从剧组带回一些小可怜，有流浪猫、流浪狗，有一缸被当成道具的鱼，还有一盆被遗忘的绿植，希望它们都能得到生命中最温柔的对待。如同团绒，我相信它会和波波一样，陪伴我的舅公舅婆和所有爱它的人，一起继续幸福地度过十几个春夏秋冬。

遇见你，陪伴你　　　　　　　　　　　　　　　　PART - 2　陪流浪的灵魂回家

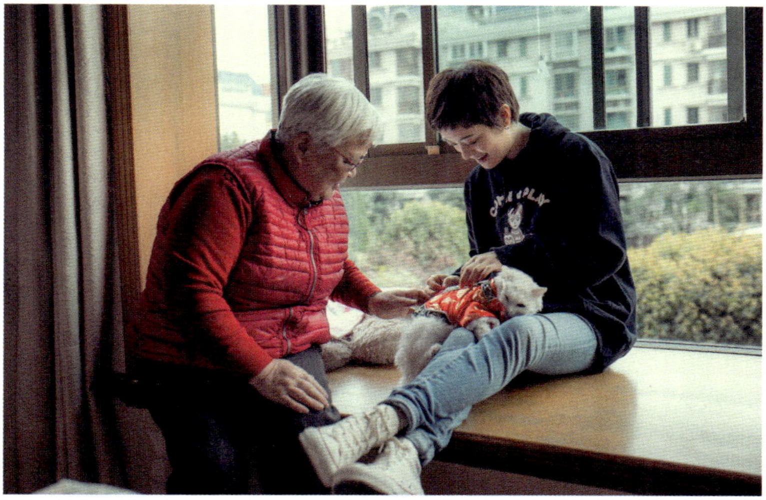

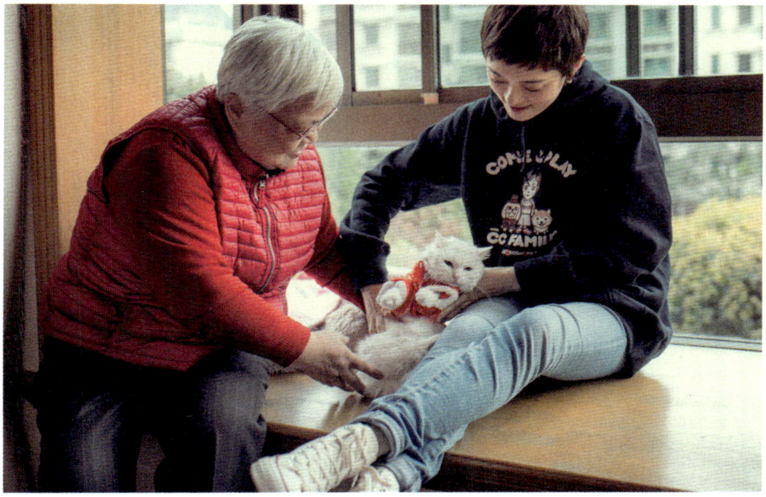

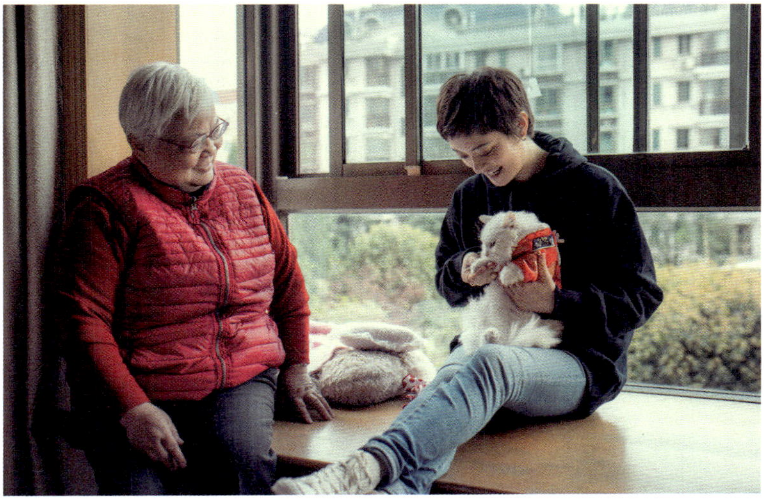

CHAPTER 07

流浪动物福利组织——
ＴＡ上海囍时光 ╳ 狗狗们

救助行为本身只是救助的开始

遇见你，陪伴你　　　　　　　　　PART - 2　陪流浪的灵魂回家

今天去探访的这位，算是一位与我相交多年的老朋友。他有着不同的身份，在工作上是能力超强的品牌高管，在生活中是公益组织的创始人、救助人也是领养人。这些年，我们因为帮助小动物而熟识。他来自马来西亚，一直与众多受他影响的善心人士在上海一起努力，希望让这里变成一座更加有爱的城市。

他叫Chris（克里斯），在流浪动物救助圈他有一个更广为人知的名字——囍时光。认识多年，这是我第一次到他家拜访，一进门就有好几只狗狗迎了上来，有的好奇地望着我，有些更亲人的就直接半站起来，把前爪搭在了我的膝盖上，抬起小脑袋，想要与客人确认下眼神。其中有好几只经常在克里斯的朋友圈里露脸，或是被他带去参加各种活动。

一身优雅深褐色短毛的叫"路易",身形庞大,眼神却特别无辜,时常露出万分委屈的眼神,让人分分钟忍不住想要摸摸它凑上来的脑袋,给它一点宠爱。

黑白色的边牧是"爱丽丝",因为繁殖场的近亲繁殖,打出生开始,它的世界就是无边的黑暗,怕引起感染并发症,在一次手术中,兽医摘除了它的眼珠。或许是来自对不可见环境的不安全感,每当听到一些声响,它总是习惯性发狠似的冲陌生人狂叫,实则是在为自己壮胆。这时候它只要听到爸爸克里斯的声音,就会渐渐平静下来,乖乖地趴回自己的窝里睡觉。经过一段时间的相处,它才循着声音放胆走到我身边,温驯地撒撒娇,认可我们从陌生人变为好朋友的关系。

有只一直围着我打转、无比亲人的狗狗叫小三。这个让很多人刚听到就忍不住发笑的名字,是为了纪念它是在今年大年初三这天被克里斯救回来的小宝贝。每次见到家里来客人它就会摇起尾巴表示它的欢迎与开心,完全不怕生,跟谁都能玩到一块儿,就像今天,一见到我们就欢快地摇着尾巴,咧嘴笑,恨不得让全屋里的人都能感受到它的热情。也许机灵的它心里明白,每个到访的客人,都有可能会成为爱它的新主人。

在它们之间还有一个小小的身影,乍一看还有点分不清这小家伙是猫还是狗,它的脸看上去特别威严,一看就是家里的老大,平时它的生活状态与其相当霸气的名字"嬴政"很是匹配。它总是默默端坐在客厅的一角,皱着眉头傲视它的"子民"们追来逐去,然后露出一脸嫌弃的表情,仿佛看不惯这些幼稚的行为一样。"其实它就是懒,"克里斯忍不住吐槽它,"所以现在变得好胖,像个小猪一样。我现在在给它吃特制鲜粮减肥。"仔细一瞧,这小家伙的肚子

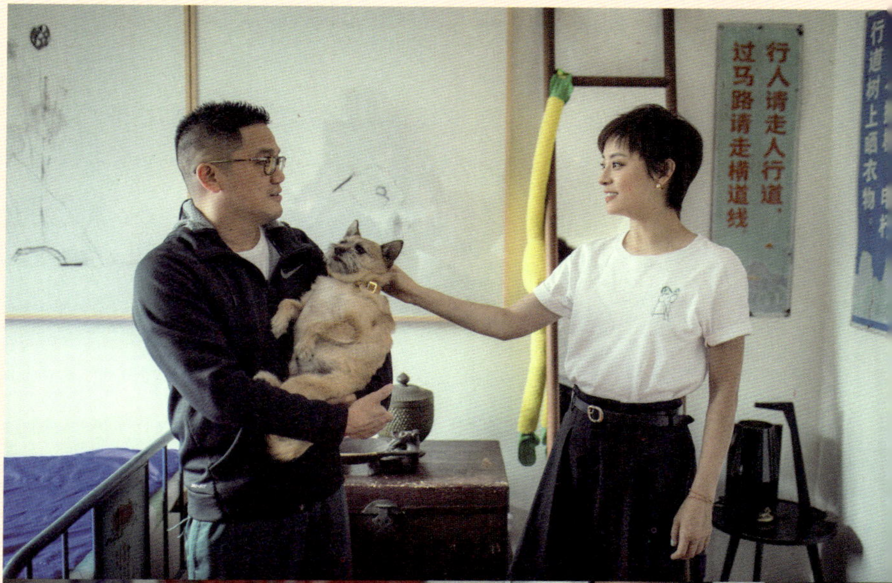
行人请走人行道，
过马路请走横道线

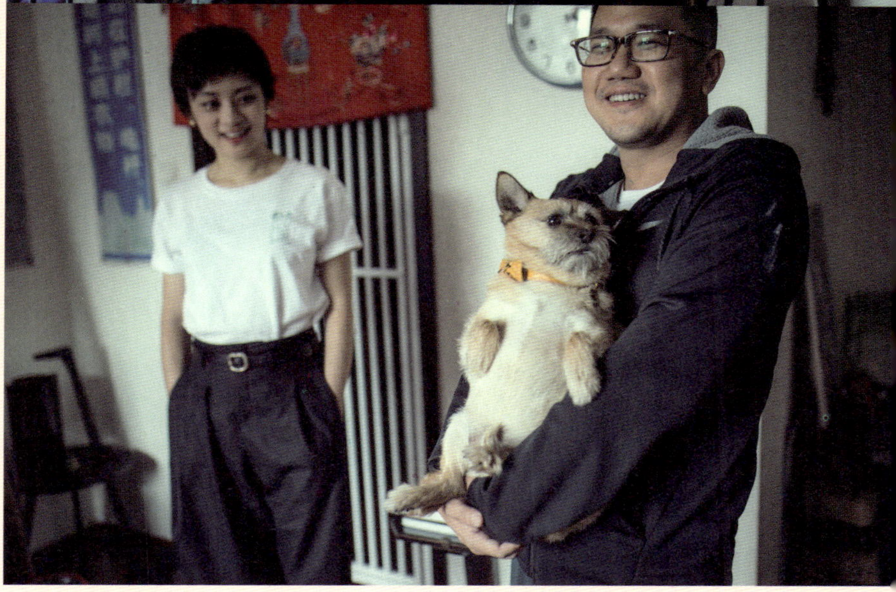

看上去确实圆滚滚的，我伸手摸摸它的脑袋，它还是不动如山，果然"帝王"总有一个范儿要保持。

克里斯家的客厅，是一个别致有趣的空间，井然有序得如同一个和谐的整体，又能让你饶有兴致地琢磨细节。房间里的陈设多是他从各处古玩市场一件一件淘来的，其中有很多满是年代感的装饰物件：两个叠放在一起的樟木箱、唐三彩的狮子、垂着链子的老台灯，甚至还有时髦的印花热水瓶，仿佛是个上海老克勒的家，处处记录着主人对这座城市的热爱，却不沾着烟火气。

这就是我眼中的克里斯，对生活中所有美好的事物都保有极大的热情，他有一句口头禅："这是美的。"用来总括所有让他的五官和心灵愉悦的一切，包括对流浪动物的关爱和救助。

克里斯最初注意到上海的流浪动物是在九年前，因为工作，他搬到了上海。那年的圣诞节，他在自家小区邂逅了一只流浪的小狗，天寒地冻中，他们"交流"了不下一个小时，克里斯最终把小狗带回了家。为了帮它找到领养者，他开通了微博。在那里，他发现了许多与自己一样专注救助、领养这些流浪小可怜的群体，这让他很惊喜。从此，救助流浪动物成了他生活中重要的一部分。

后来，克里斯秉持着与其一个人救一百只狗，不如让一百个人每人都愿意伸手救助一只狗的理念，于是成立了一个致力于救助流浪动物的宣传平台。结合对"美"的追求，他举办了许许多多既时尚又颇具创意的领养活动，为的是希望通过有效的传播去影响更多的人。我听过他跟无数人分享，他从不觉得救助和领养流浪动物是一种公益，更多的是一种生活方式，就像有些人喜欢旅行，在与大自然接触中洗涤身心；看着这些流浪的小动物，或许前一天还在路边瑟瑟发抖，后一天就能窝在柔软的垫子上酣睡，这也是一种心灵疗愈。

这些年来，他救助了数不清的小动物，它们多数在他的努力下，摆脱了流浪的生活，找到了自己的新家和真正爱它的主人。有些小动物因为各种各样的原因，没有被领养，但也在他的精心照顾下，遇见了命运中最好的安排。

在它们之中，"英雄"的故事，也许是他最难忘的。

英雄是一只会永远活在他心尖上的狗，他不愿意回忆英雄的离去，在他心里封存了他们曾经一起度过的美好日子，尽管那段日子是如此短暂。

作为一只出生在宠物繁殖场的哈士奇，因为患有先天性心脏病，刚出生不久的英雄就被随意地丢弃到路边。小英雄就这样被迫开启了流浪街头的日子，命运多舛的它一度经历了不幸的遭遇——先是被自行车车轮轧过，虽然遇到好心人将它送往医院，却又被误诊为皮肤病，错误的用药导致它的牙齿尽数脱落，上天对待英雄是如此残忍。当时才几个月大的它同时被细菌感染，贫血和心脏病将它折磨得只剩一丝气息，医生整整抢救了四天才把英雄从死神手里夺了回来。

在医院，克里斯和朋友遇见了英雄，被它顽强的生命力所折服。在克里斯眼中，它是最刚强的战士，身体瘦弱，眼神和意志却十分坚定。因此他们将它取名为"英雄"，希望它不屈于命运，坚强健康地活下去，做大家的英雄。就这样，英雄成了克里斯家中的一分子。

可是，命运有时总是愿意开一些残忍的玩笑。半年后，英雄又被查出血管畸形，无法手术治愈，这注定了它只能拥有极为短暂的一生。自医生告知克里斯这个噩耗的那天起，他和朋友就发誓要陪伴英雄快乐地度过接下来的每一天。在他们的精心照顾下，英雄尽管身体依旧有些虚弱，却拥有了一段属于它的欢乐岁月：每天没心没肺地与家中的小伙伴玩耍，经常咬克里斯的裤腿拖他一起玩，躺在地上耍赖似的向主人撒娇，对着镜头做各种戏精上身的表情，只爱吃克里斯做的早餐。英雄的顽皮，对于克里斯而言，是世界上最美的样子。

↑ 上，嬴政。下，爱丽丝。

上，喵领馆待领养的猫。下，路易。 ↑

回忆起与英雄种种有趣的过往，克里斯一直是笑着的，好像英雄从不曾离去。在那一刻，他对美的定义如此清晰。因为当我们伸出手的那一刻，就决定了它一生的幸福，这善与善的循环，除了美，好像真的没有其他的词可以形容。

"爱丽丝"的故事也是如此。克里斯最初见到爱丽丝的时候，它蜷缩在宠物医院的一个小笼子里，双眼失明的它看不到希望的光芒，唯一能感知的就是四周的栏壁和连四肢都无法舒展的未来。面对这样的场景，克里斯的心揪成了一团，尽管家里已经快被动物们占满，可他知道如果自己什么都不做，这只狗狗很有可能在这里，以这种悲惨的方式度过余生。咬咬牙，他将爱丽丝带回了家。

头三年，爱丽丝的心是完全封闭的，常常摸索到一个角落里缩着，像一个自闭的孩子，不轻易让人靠近，也不轻易接受别人对它的好。在这期间，曾有善心的人士想要领养它，但最终还是因为住宅环境没有遛狗的空间，被克里斯拒绝了。像爱丽丝这样的狗狗，一天要遛五次以上才能舒缓它的生理压力，加上当时的它尚未敞开心扉，很难跟陌生的狗狗近距离地接触（当心狗狗心理疾病详见拉页TIP-5）。

克里斯的用心，给爱丽丝带来了这一生中最大的转机。在克里斯家中待了几年后，爱丽丝渐渐地放松下来，性格却还是有些抑郁和乖戾。直到有一天，克里斯突然有个想法，他试着让它去大草地上跑一跑。这一跑，还真就把奇迹给跑出来了。那天的情形，换谁见到都会被感动的。爱丽丝起初还是怯生生的不敢迈开步子，在没有屏障而宽广的草地上，它逐渐敞开心扉小跑起来，最后像撒了欢似的飞奔而过。在此之前，没有人见过爱丽丝如此快乐的样子，也就是从那天开始，它心中的堡垒也终于崩落下了第一块碎片，快速瓦解，从此开始渐渐地接受了家中其他狗狗的靠近，对陌生人的抚摸也不再满是敌意。

这样的故事，克里斯经历了太多。在我们聊天的时候，家中的小家伙围绕着我们；路易会把头搁在他的大腿上，小三则不时扶着桌子站起来，机灵地看着我们，好像也想参与我们的对话。克里斯不时伸手宠溺地摸摸它们的脑袋，挠挠它们的下巴，不断地和它们对话："路易，好了，你去那边玩好吧！""爱丽丝，你好像要洗牙了，爸爸明天带你去。"这一切都是如此自然，因为这就是他们的日常。

除了这些狗狗，他还特地把家里的一间房装修成了猫咪的中途旅社，叫作"喵领馆"，用于给那些待领养的猫咪一个舒适的生活空间。房间不大却很温馨，每只猫咪都有属于自己的独立空间，它们大多懒懒地躺在里面，或是闭目养神，或是思考猫生。除了克里斯外，邻居跟家里人也会照顾它们，每周有个护士姐姐来帮它们剪指甲，陪它们玩耍。这些曾经在外流浪的孩子，在这里开始有了家的感觉，习惯了家的温暖，所以，从这里被领养出去的猫咪们，大都性格乖巧亲人。

克里斯对流浪动物的真诚和善良吸引了很多各行各业的善心人士。在他成立的平台里有很多热心的义工，有些是公司高层，有些是经营着自己的品牌和工作室，有些是满腔热情的大学生，他们聚集在一起出谋划策，懂设计的负责文宣品设计，文笔优异的写文章分享理念，有媒体资源的帮忙推广联络。在一次又一次的活动中，他们努力用温暖的正能量影响了许许多多的人。曾经有害怕狗狗的人，最后领养了两只狗；有洁癖的家庭救助了路边的奶猫；钟爱昂贵品种的爱宠人士发现了田园犬的可爱；以为养猫、养狗对孕妇不好的长辈变成了资深铲屎官……这类故事说个三天三夜也说不完。

克里斯说起这些人的改变，兴奋得连手都不自觉地抓住了桌子的边缘，整个人往前倾，生怕错过了哪些细节。他的这份激动和喜悦，让我感同身受。还记得几年前，克里斯在成都出差时，突然跟我聊起，想在中国各大城市同一天

遇见你，陪伴你　　　　　　　　　　　　　　PART - 2　陪流浪的灵魂回家

发起一个大型领养日的倡议活动,我觉得这特别有意思。于是这个活动的范围从最初的几个城市发展壮大覆盖到今年的四十四个城市,我也见证了许多人是如何改变观点,慢慢诞生了想要给这些毛孩子一个家的决定。

　　正如克里斯所说,救助行为本身只是救助的开始,为这些毛孩子找到属于它们的主人和家,才是真正的圆满。施比受更有福,这份福气,早已填满了他的家,我相信在未来的日子里福气也会跟随爱和善良走进更多的家庭。

PART - 2　陪流浪的灵魂回家

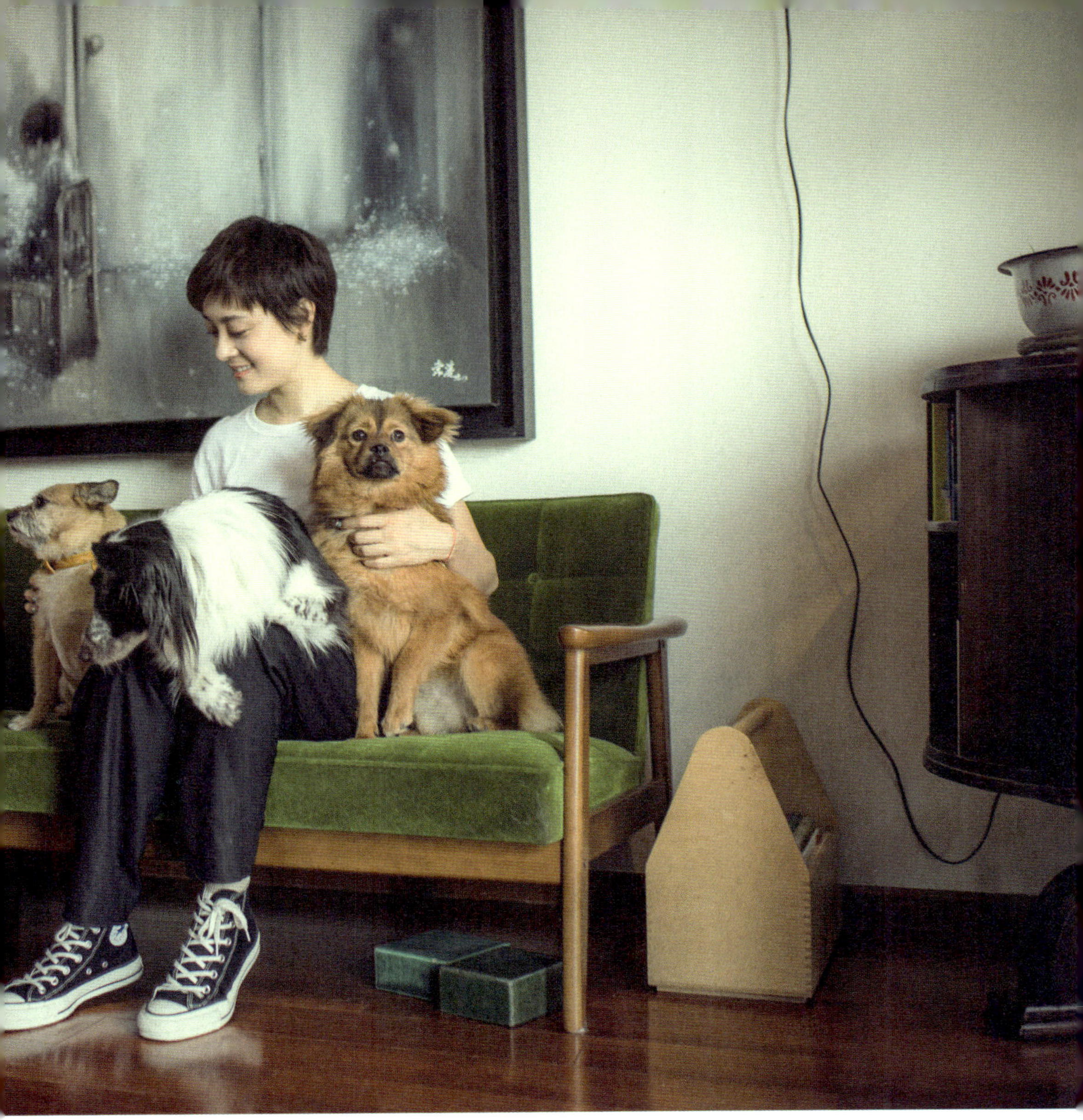

Chapter 08

台湾小琬 ╳ 水果皮

在一起的时光才是最重要的

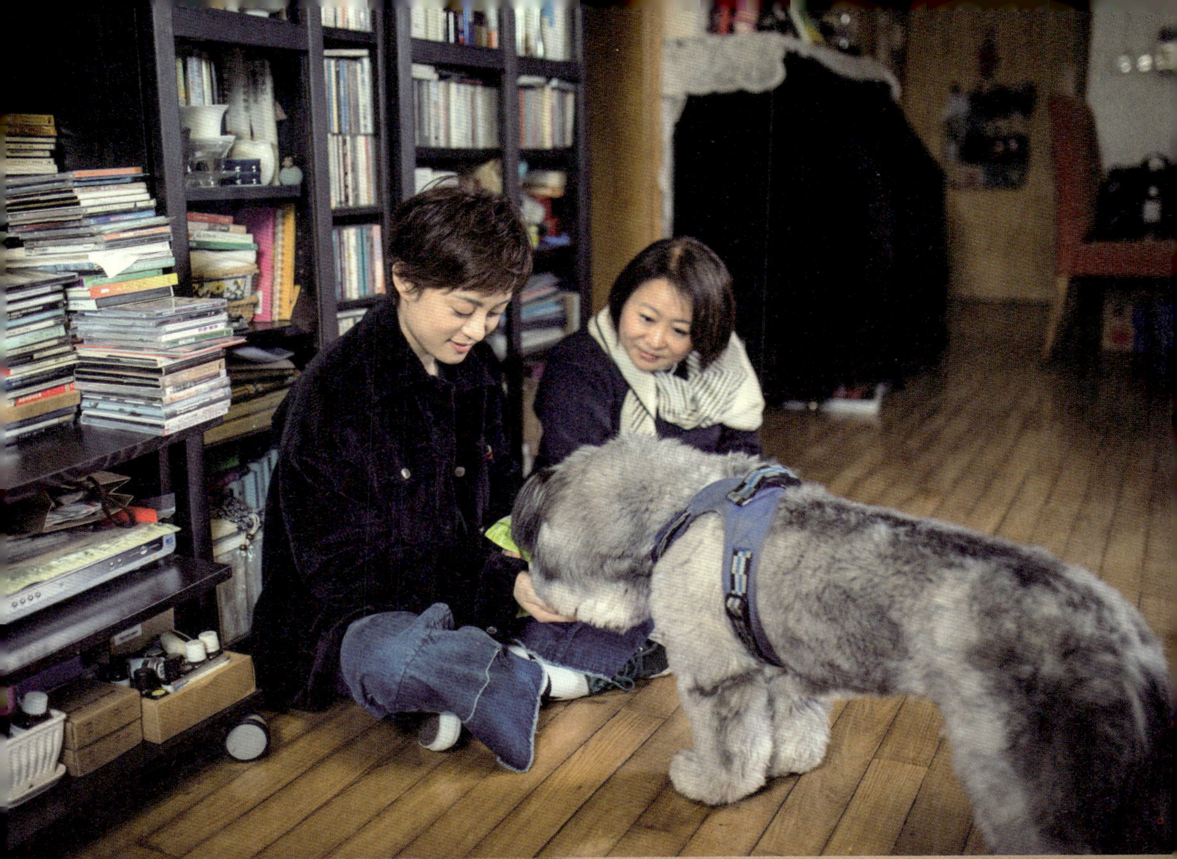

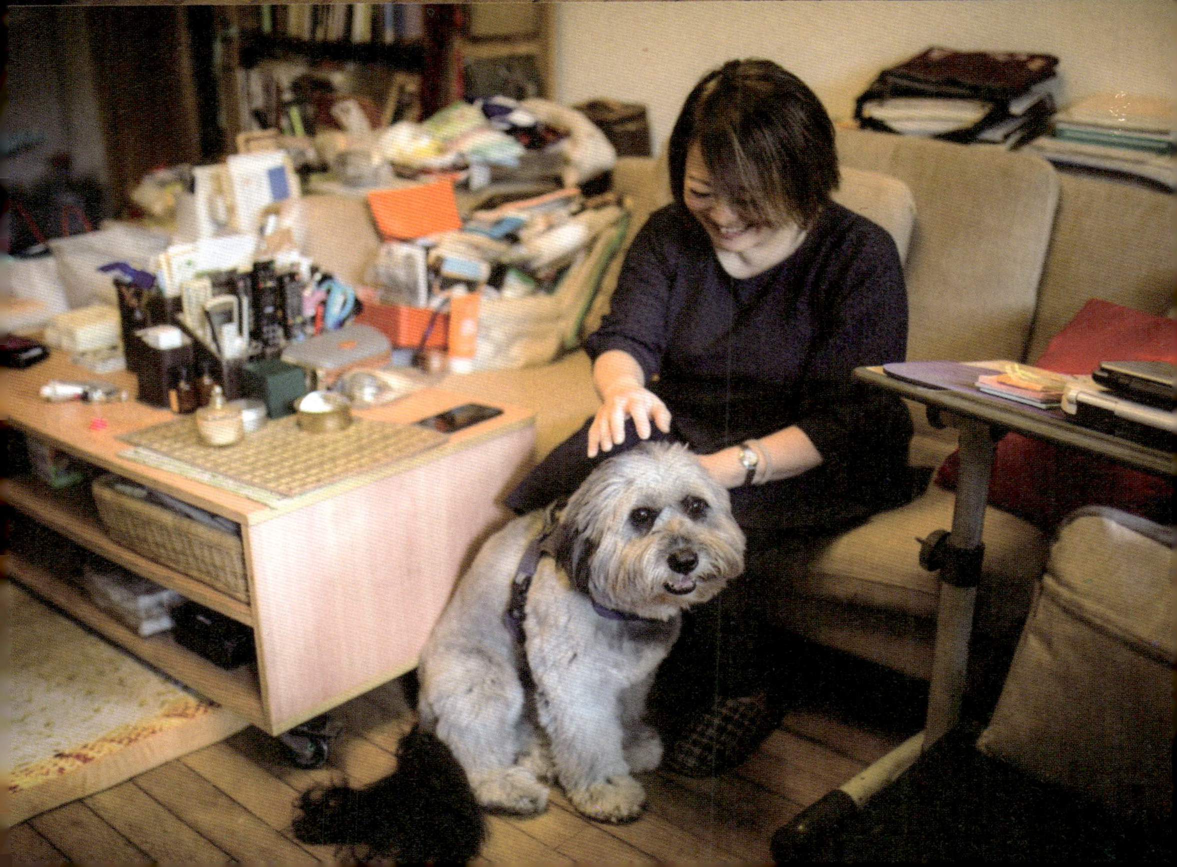

这一次要探访的这家主人,是来自中国台湾的小琬,在我的印象里,她就像是张小娴笔下的女子,温婉知性又透着些许烟火气。说话的时候,声音轻轻的,悠悠的,说到情深之处,似有哽咽,也会不经意地调整气息,却仍然微微笑着,完全就是一个佛系的女子。

许多人都说"宠物的性格会随自家主人",这句话在小琬家又再次得到了验证。往常的探访,我总是第一眼就能看到一早站在门口或好奇张望,或警惕地吠叫几声以示欢迎的毛孩子们。这回到了小琬家,进门环顾一圈,除了被眼前青灯黄卷的氛围所吸引,还真没发现狗狗的踪影。这个处处透着生活情怀的家,阳台上满是向着阳光自由生长着的绿植,客厅里是铺着软棉布的沙发,还有藤编的蒲团,看到一半的书籍随意地堆在地上,书籍旁边还有一块灰白色的花毛毯。

趁众人不注意,眼前的毛毯竟然打了个哈欠,再一细看,才发现是只雪纳瑞和古牧的串串,长长的眉毛盖住了眼睛,一动不动地趴在那里,也看不出是不是隔着头帘在观察我们,总之是一副淡定的样子。

这只佛系的串串有个很可爱的名字,叫水果皮,还必须用上海话来念。原来,水果皮的大名叫Scooby,是因为一开始救助人的儿子热爱史酷比而取的,小男孩希望它能与电影中的史酷比一样,永远有人可以依靠。后来,家里偶尔来了长辈,发现"Scooby"的发音和上海话的"水果皮"一模一样,于是它从此就多了一个俏皮的上海名字。

初见我们,水果皮还有些警惕,总是围着主人绕圈,在一旁观察丝丝的细节,评估我们与主人之间的关系。为了在短时间里拉近和它的距离,我和小琬在靠近它身旁的地板上席地而坐。我摸了摸它蓬松的长毛,顺道表扬了它,可它还是静静地趴在那里,以此回应我的热情。今年六岁的它就像是一位有阅历的中年人,早已看惯了世间俗事,一副云淡风轻、宠辱不惊的气质。小琬形容初次见到的它，像是一位儒雅的英国探长，机敏又沉着，完全就是小琬想象中喜爱的模样。

说来都是缘分，小琬与水果皮的初次相见，是在某一年的春节期间。以往过年，小琬总是会回到中国台湾的老家，可偏偏就在那一年留在了上海，也偏偏在那年春节，她看到了救助人Shirley（雪莉）母子在社交平台上发出的紧急帮"水果皮"寻找领养人的信息。模样可爱的水果皮吸引了几个家庭的关注，最后只有小琬通过了它的面试。

其实，在水果皮之前，小琬也有一只与她朝夕相伴的狗狗。那是1997年刚到上海定居时，她的先生在花鸟市场里买的一条沙皮狗，从初来乍到的不安到立足后的安稳，自此陪伴她度过了长达将近十年的岁月。后来，小沙皮晚年因为不敌肾脏疾病而离去，这让小琬在它离世后的六年时间里，一度无法走出悲伤的阴霾而不敢再养狗，甚至尽力避免接触任何狗狗，直到水果皮的出现。

"这一切都是命中注定的，我们是彼此生命中的贵客。我给了水果皮一个家，它也治愈了我曾经的伤疤。"小琬如是说。

小琬眼中的水果皮，最爱做的事情就是趴着，像是在思考它的"狗生"。和其他多数狗狗不同，它不爱玩球，也不爱毛绒玩偶，看到猫也只是温柔地嗅嗅，从不与猫追逐打闹，每天就是这样趴着，十分佛系的状态。它最喜欢的位置是在阳台上，那里时常会有阳光洒下的光圈，它就懒洋洋地待在那个光圈里，就算那个光圈换了方位，它依旧趴在原地，也不睡觉，就这么静静地趴着。水果皮的另一种思考方式，是绕着餐桌踱步，一圈又一圈，直到找到自己想要的答案才会停下。小琬说，她一直想找个宠物沟通师，请他来问问，小家伙的脑袋里到底在思考些什么。说这话时她歪着头，垂手摸着水果皮的脑袋，眼神里都是爱意。

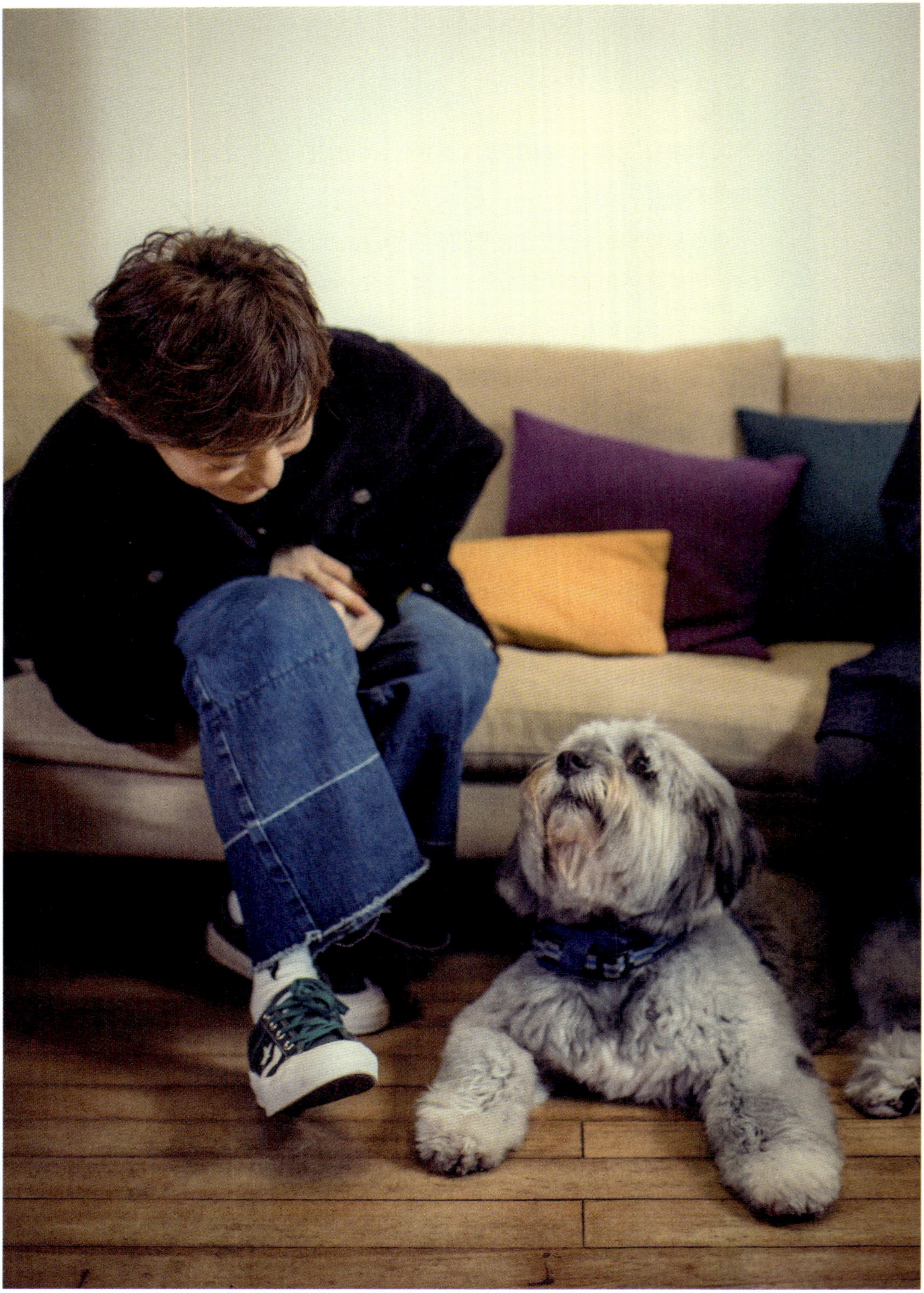

有人说,"爱一个人的时候,会为他的欢欣而笑,为他的悲伤而感到无力",这句话在水果皮的身上有着最好的诠释。在我们聊天的过程中,小琬有两次忍不住眼眶含泪,尽管她很克制,脸上始终带着微笑,这细小的气场变化还是被敏锐的水果皮捕捉到了。

一次是谈及水果皮被弃养的经历。当时八个月大的水果皮被原先的主人带到世博园附近,从车上推下,随之便扬长而去。不知道发生了什么事的它只能惊慌地在原地徘徊,看到带着小男孩的家庭便会开心地上前,似乎认为原先的主人还会回来接它。"它对主人这么忠心,肯定经历了从慌张无助到悲伤失落的过程,所以至今它还很怕坐车。"每次小琬带它坐出租车去医院,它总会在车上抖成一个筛子,尽管小琬一直抱着它,可它仍然紧张到体温升高,茫然地张着嘴,到了医院总要冷静半天才能接受医生的检查。每当看到水果皮如此恐惧,小琬总会非常心疼,心疼它曾被遗弃,更心疼过去的经历给它留下可能终生都难以抹去的阴影。聊起这段往事,小琬停顿了几次,努力保持着镇静。一直趴着的水果皮,突然转过来把脑袋搁在了小琬的腿上,很乖很乖的样子,算是感同身受,也算是安慰。

另一次是说到水果皮在家中厨房发生的一次"血案"。原来除了坐车,封闭的环境也会让水果皮万分紧张。那天,从不偷吃东西的它,不知为何进了狭小的厨房,还被困在了里面。为了自救,惊慌失措的水果皮竟然咬掉了厨房门上四片木质的百叶栏,再从那个满是扎人木刺的小洞里挤了出来。它的鼻子和舌头都被划开了口子,血从厨房一路滴到了它的小窝,甚至染红了它的水盆。回家看到这一幕的小琬心疼无比,立刻抱起一直呜咽的水果皮冲到了医院。回想起当时的场景,小琬至今还惊魂未定,她心疼地捋了捋水果皮头上的毛,而水果皮也像回应她似的,委屈地呜了两声。

不过值得庆幸的是，过去的经历并没有让水果皮失去对人的信任，流浪的经历好像让这些毛孩子变得更加懂事和感恩。它知道小琬是给它新家的人，因此也只认她为新的主人。尽管它的表达不是这么热烈，可还是很明显地关注着与主人有关的一切。

我们后来挪到了沙发边坐下。刚坐下，水果皮就起身朝着我笔直地走了过来，好奇地看看我，又转头看了看主人，然后竟一步步挪到了我旁边乖乖地坐了下来，任由我轻轻地按摩它的颈背，露出了一脸雀跃的样子。在小琬的提醒下，我拿出它最爱的奇异果鸡肉，它就吐出粉粉的小舌头舔着，很开心地吃掉了，同时抬起一只爪子来跟我握手，脸倒是有点害羞地扭向了另外一边。这迟来的友好互动让我受宠若惊，我捏着它的爪子开心地晃来晃去，小家伙居然又转过脸来笑开了花，不禁让我怀疑它刚才的淡定是不是一种伪装。

这样的举动，让一旁的摄影师十分惊讶，因为他总是拿着相机满屋走，生怕错过任何一个生动的画面，鲜有机会与主人交谈，一有新的动作，立马就会引来水果皮警觉般的叫声。即使他想喂它同样的零食试图缓解"紧张关系"，水果皮还是一脸犹豫，最后在小琬的鼓励下才鼓起勇气，走过去把零食叼到一个角落放下，又回到了原来的位置趴着。小琬笑着为我们解答，这可能是因为我坐在了她平时最爱的位置上，所以水果皮对我的任何举动都很安心。在它的世界里，能坐在这个位置上的人，一定经过了主人的认可，是会对它好的人。

对小琬的先生，水果皮的态度也是如此。尽管有时候它会小小地嫉妒她与先生亲昵的动作，但它很清楚地明白他是小琬所爱的人，所以它也应该对他好。每天晚上，小琬的先生下班回家，水果皮总会去门口迎接他，摇头摆尾，很是热情的样子，可是等先生脱鞋准备进屋的时候，它就会立马掉头回到小琬的身边，日日如此。对于水果皮而言，这一切就如同例行公事一样，不可或缺又有

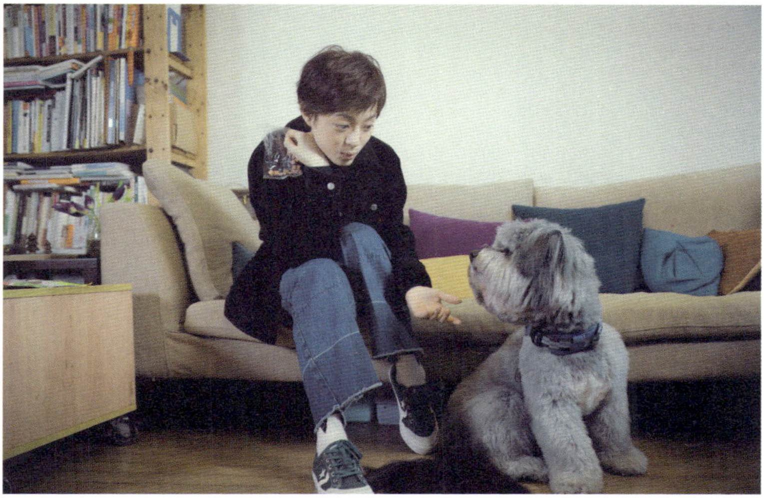

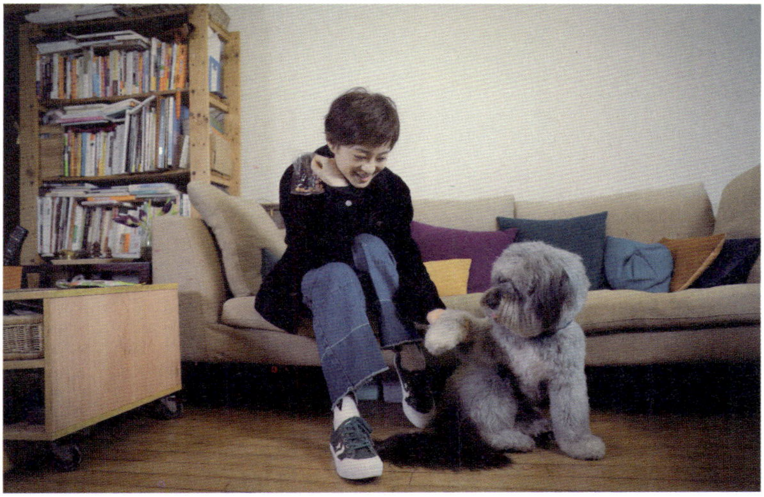

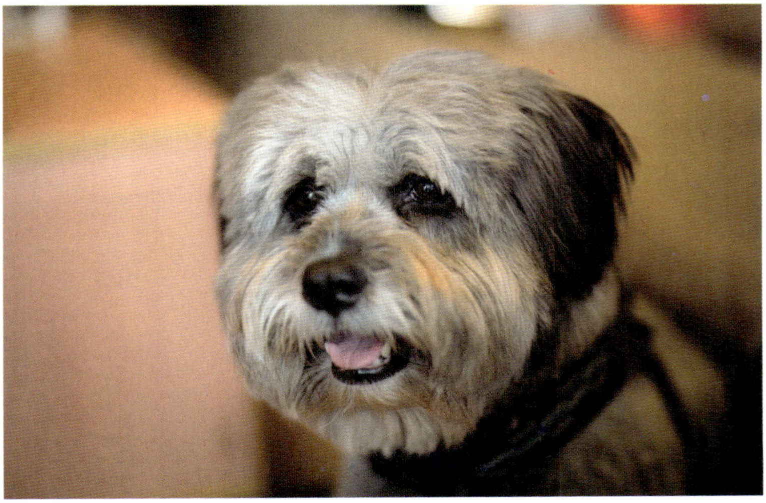

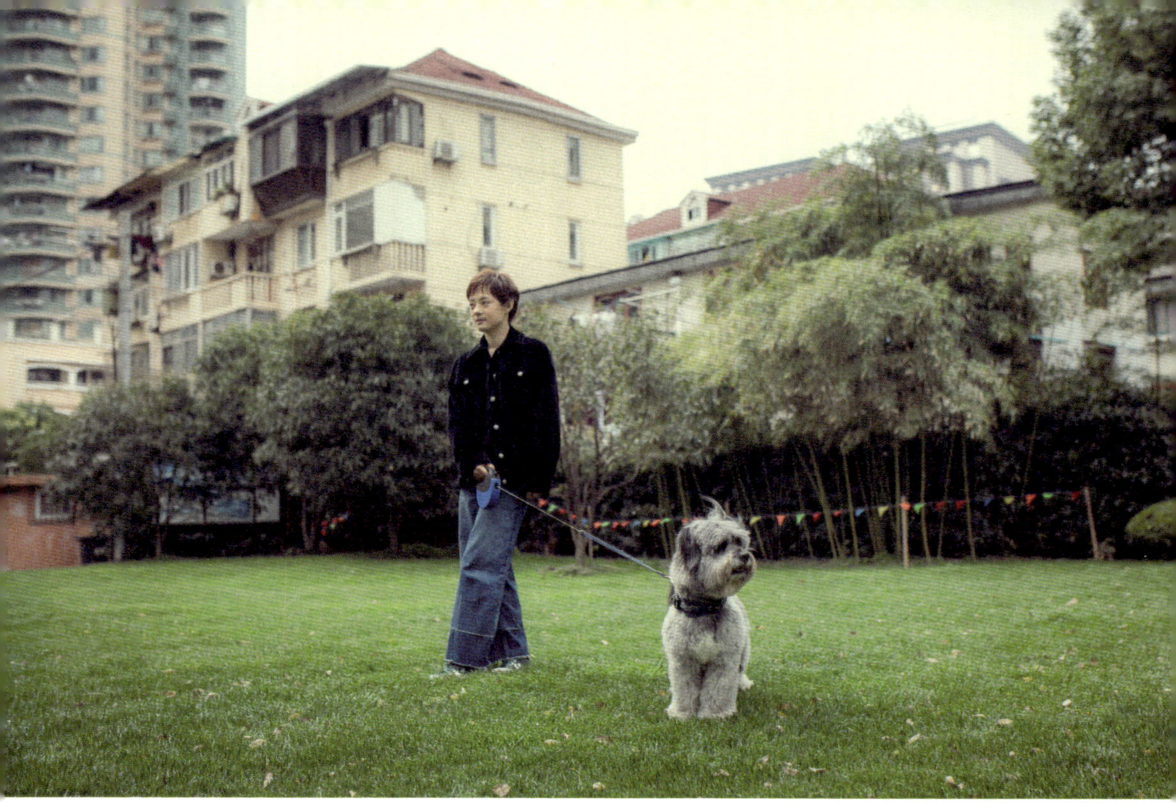

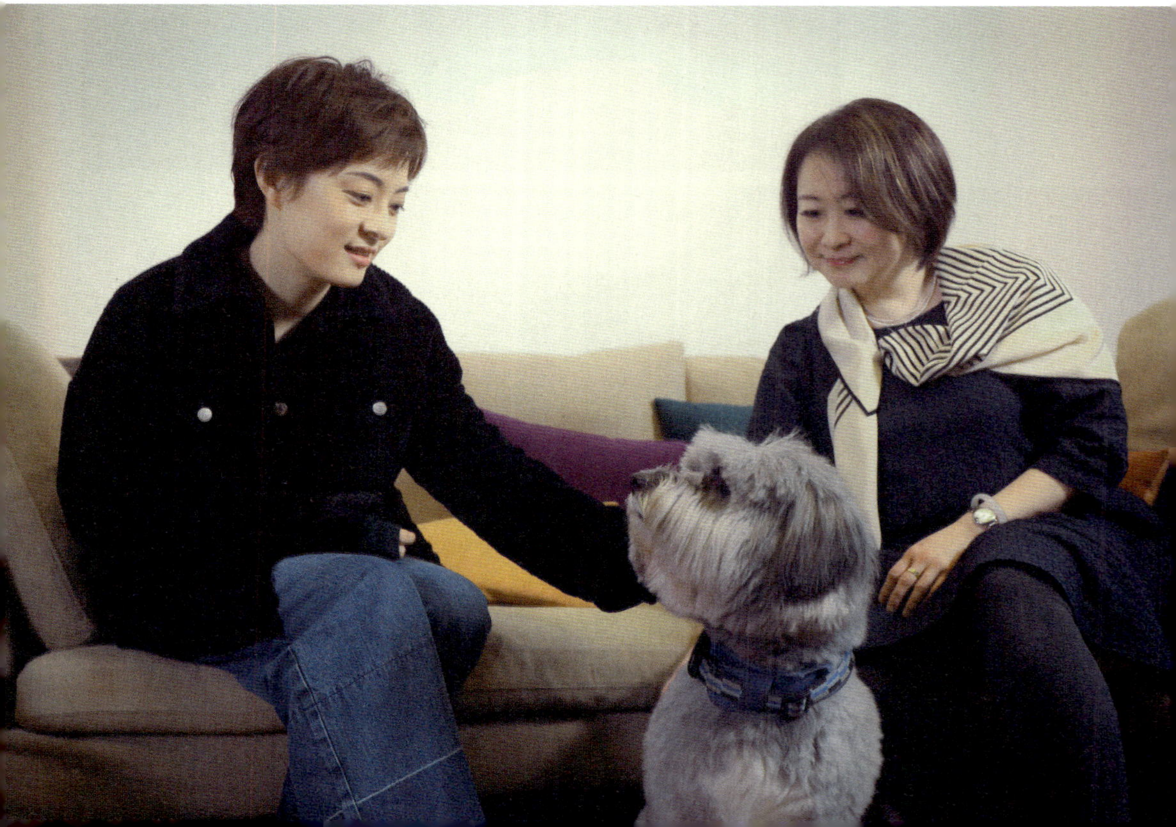

些敷衍，让人捧腹大笑！

　　说起水果皮这只佛系萌犬的另一大特点应该就是养生了。对于这位唯一的主人，水果皮有时候会像个老妈子一样操心她的生活。小琬晚上爱看日剧，总会到十一二点还无法割舍。每到此时，水果皮总会跑来用鼻子顶顶主人，催促她去睡觉，这样一次、两次、三次，不厌其烦，直到小琬乖乖起身关掉电视。如果小琬"屡劝不听"仍然沉浸在剧情里，它还会赌气地两腿一迈，自己跑去先睡。对此小琬忍不住向我吐槽："你们不觉得这很像爸妈在催我们去睡觉的样子吗？爸妈总是到点就提醒我们晚了，他们要先睡了！"

　　水果皮如今已经将近七岁，医生嘱咐小琬注意它的饮食和种种习惯。这隐隐是一种暗示，我们一度担心面对离别，小琬会不会再次崩溃，但经过岁月的洗礼，现在她很释然。她说，在一起的时光才是最重要的，她一定会给水果皮最长的陪伴。她现在只希望上海这座友爱的大都市，可以再多分一点点爱给这些毛孩子，让它们上出租车不会被拒载，坐电梯不再被驱赶，可以去任何一座公园被主人牵着走一走，嗅嗅新鲜青草的味道，在草地上打个滚。

　　正说着呢，水果皮就又跑去轻轻地拱它的主人了。小琬笑笑说，这是到了要出门散步的时间了。每天这个点总要带它出门遛一遛，有时候它也不是要上厕所，好像就是为了要拉我出来运动下。于是，我们就牵着水果皮下了楼，小琬家门前就是一片很大的草地，水果皮在前面低着头走着，三四步就要回头看一下主人。这时候有另一只狗在远处对着它吠叫，水果皮就像没听到似的，继续在自己的节奏里漫步。

　　我们在草地上与他们道别，小琬站在那里跟我们挥手，而水果皮就站在主人身旁，目送我们远去……看着他们和谐的样子，我真心觉得他们的遇见是彼此的幸运。希望这份幸运，能扩散到我们周遭，让更多人可以拥有。

CHAPTER 09

楷羚 ╳ 瘫痪猫

善念、智慧、勇气

中国有句老话,"相由心生",说得特别在理,尤其是当我见到了楷羚。她有一种不带喧嚣又生动的美,一颦一笑,眉宇间尽是她对生命真挚的善意。

楷羚来自台中。多年前,身为品牌策划人的她,来到上海工作。她与先生的缘分来自1999年的海峡两岸高中生交流,将近20年的情缘让我预感到,这会是一个充满爱和故事的家庭。我们刚进门的时候,一只很漂亮的小猫咪飞立和楷羚一岁半的儿子噜噜米映入眼帘,噜噜米万分可爱,完全不怕生地眯着弯月眼睛,嘴角挂着灿烂的笑容,手里正捧着一束花迎接我们。我蹲下去跟他打招呼,没想到这时他反而十分腼腆地跑走了,转而用他肉肉的小手抓了两块哈密瓜，跑回来递给我，这个动作并没有受到他爸爸妈妈的一点点指示，一个年仅一岁半的孩子，就已有了随时愿意与人分享的贴心举动，即使我们只是第一次见面的"陌生人"。然而我并不觉得惊讶，因为在这些从小与小动物亲密相处的孩子身上，懂得分享和谦让是他们习以为常的品行。

我与楷羚打招呼时，一旁的小家伙一会儿对着我们露出放电式的阳光笑容，一会儿毫无预警地朝飞立追去，地咚飞立，抱住它狂亲。飞立虽然一脸蒙圈，却没有丝毫挣扎，滑稽的样子引得大家一阵欢笑，看来这是他们相爱相杀的日常。

楷羚眼睛笑得弯成了半月牙一样。她说，噜噜米和飞立是最好的朋友，就算噜噜米因为年龄小，不懂得控制力道而经常不小心抓了它一手的毛，飞立也从没有对噜噜米生过气，伸过爪子。

这样温馨的场景，也时常在我的生活里上演。等等和小花妹妹总是喜欢追着家里的狗狗玩耍，相较于老成的叶子，年轻力壮的奶牛往往成为他们蹂躏的"目标"。最近家里又来了两只自来猫，两个孩子对它们毫无戒备，总是蹲在那边摸摸它们的脑袋，有时候抓抓它们的尾巴，这些小动物好像从没有不情愿的时候，尽管有时候表情很无奈，却从没有反抗，也不曾伤害过他们。我想与小动物亲近是孩子的天性，而这些小动物对主人的小孩也有着出人意料的包容。

在楷羚的家里，除了噜噜米，还有其他三个宝贝，老大叫作阿贵，是一只脸上有着霸气黑斑的白猫；老二是网红，叫作飞流，是一只大脸橘；噜噜米排行老三；他最好的朋友飞立则是老幺，楷羚统一称他们为宝宝，因为在她的心里，他们都是她的孩子，是一样重要的家人。

这个家飘散着的幸福与温暖乍一看似乎很寻常，但细心观察后，可以发现

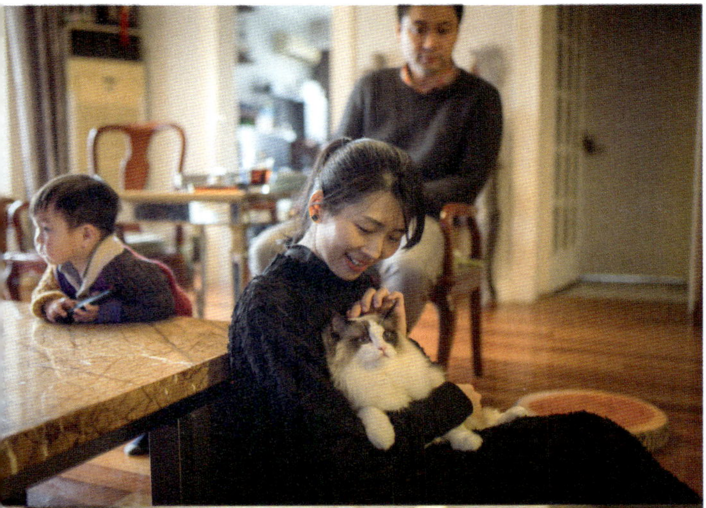

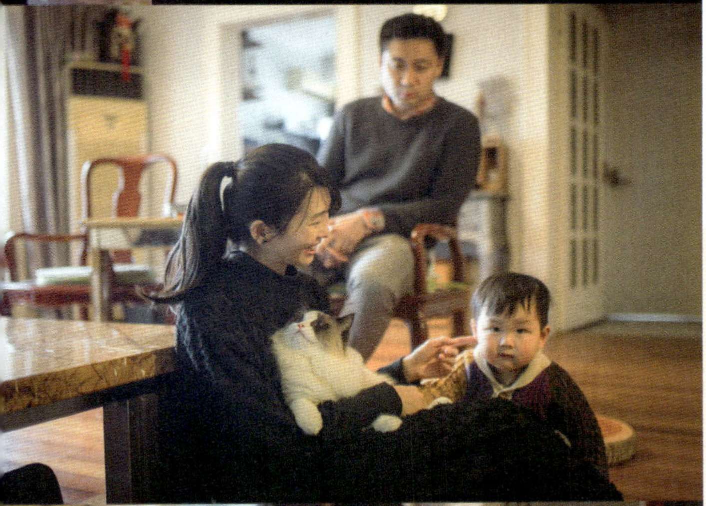

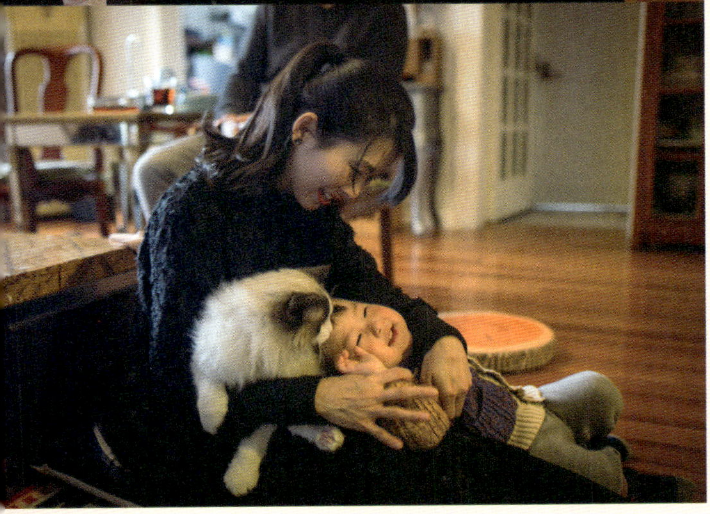

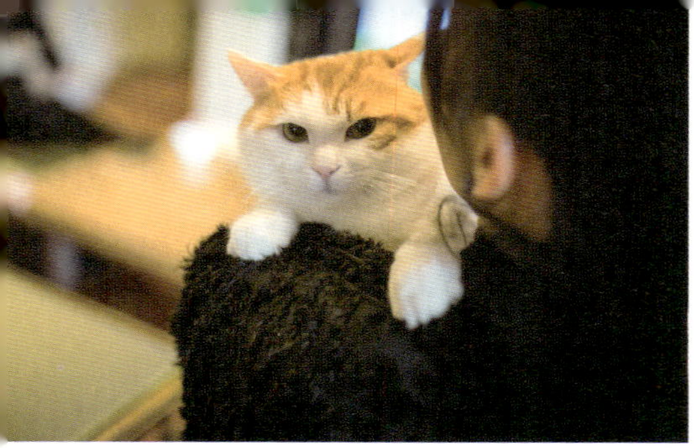

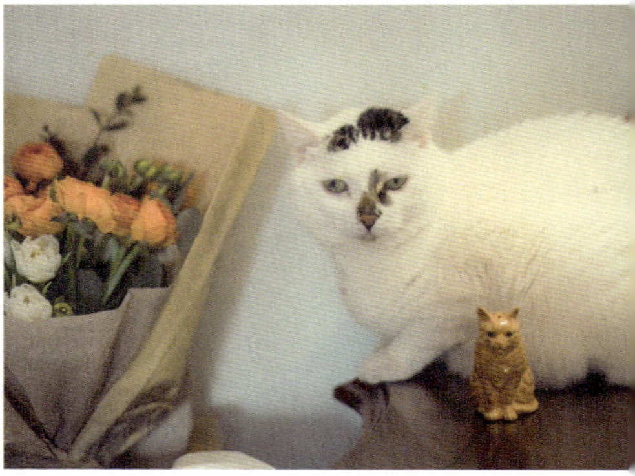

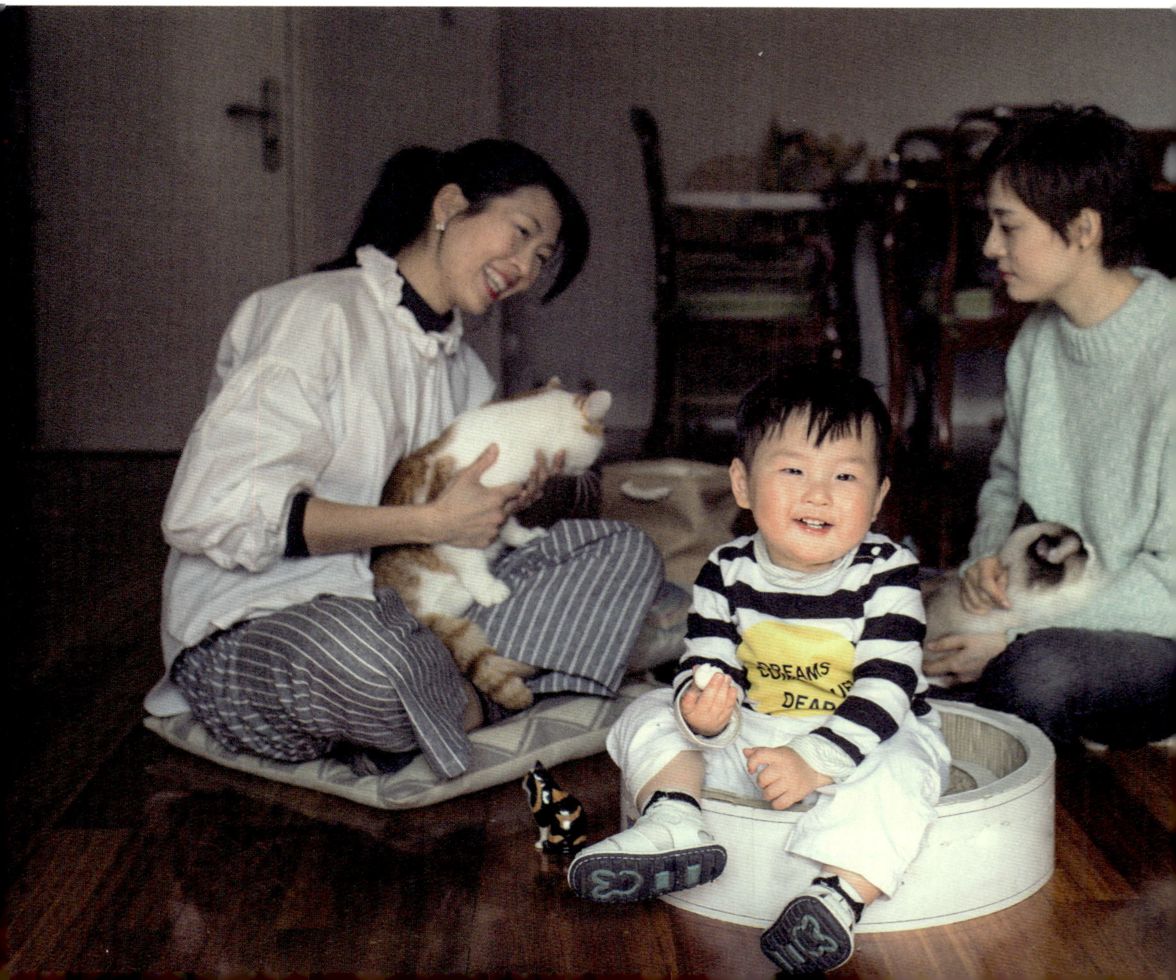

阿贵、飞流和飞立这三个宝宝都有着令人心疼的"与众不同"。

老大阿贵是个有些神秘的暖男。和调皮的弟弟们不同，它很少玩耍，很少扑到楷羚和她先生怀里撒娇，甚至很少接近大家，可它却用自己的方式，参与着这个家的一举一动。在整个探访过程中，我记得我只见过它三次。第一次是我们进门，阿贵站在橱柜和墙角之间，一动不动地看着大家，我唤它阿贵，它也只是静静地待在那个角落里。第二次是我和楷羚聊天的间隙，飞立打翻了食盆，阿贵就站在桌上默默地看着它。第三次，它从桌子底下钻了出来，在我们面前踱步而过，楷羚伸手一捞把它抱到了怀里，我这才看清了它的样子。它的眼睛是淡淡的湖绿色，非常漂亮，但右眼瞳孔里却有着异样的涣散。"这个右眼，像是阿贵的勋章，记录了曾经在它身上发生的奇迹。"楷羚温柔地对我说起属于阿贵的故事。

刚刚发现阿贵的时候，它只有几个月大，因为长期在外流浪感染了猫鼻支病毒，导致双眼几近失明，它拖着孱弱的病体，倒在楷羚公司楼下的花坛里，微弱地发出求救声，却始终等不到那个可以帮助它的人。直到楷羚的出现，当时刚看到阿贵的她几乎都要尖叫出来，除了它痛苦的样子让人心疼，更因为它身上的花斑几乎和她到上海的第一个毛孩子巴乔一模一样！

"巴乔是哪个宝宝啊？"我左右环顾，以为这家里还藏着一个毛孩子，楷羚停了两秒，才悠悠地吐出一句："它已经离开我好几年了。"

巴乔是楷羚刚来上海的时候，从朋友家接盘的猫，在楷羚独

自奋斗打拼的两年里，巴乔把自己的全世界给了她，陪伴她的孤独，舔舐她的不易，却在楷羚将要带它一起和先生组成"三口之家"之际，患上了急性肾衰竭，它突然的离开，成了楷羚心里永远的痛。

　　见到阿贵的时候，楷羚恍惚间觉得是巴乔回来了，这给了她莫大的动力，拎起瘦得只剩皮包骨头的阿贵就往医院奔。尽管医生说，阿贵的视力最多只能恢复到五六成，但楷羚仍决心带它回家，无微不至地照顾它，大概就是楷羚的这份真心召唤了奇迹，4~5个月后，阿贵竟恢复了八到九成的视力，可以自由自在地生活了！

　　现在的阿贵与正常猫无异，不知道是不是因为感激命运的垂青，作为老大的它，对家里后来中途来的每一只小猫都特别照顾和体贴，楷羚经常能看到飞

流和飞立在阿贵面前低下头，阿贵就开始温柔地舔舐它们脑袋上的毛，像是一只母猫对待自己的幼崽那样。

　　楷羚始终相信阿贵是巴乔派来的天使，继续守护她和她的家，说这话的时候，她微笑着望向远处的阿贵，那个幸福而恬静的样子让我深有感触。当我们被这个世界温柔地对待，我们自然也以真心回应这个世界，循环往复，这些小生命也是如此。

　　阿贵的出现，让楷羚开始更多地关注这些先天"特殊"的毛孩子，而飞流，就这么无意地闯入了她的世界。

　　飞流是一只先天性后肢瘫痪的橘猫（瘫痪猫照料详见拉页TIP-6）。那天，我和楷羚盘腿席地而坐，突然看到一团暖洋洋的毛球从我身边滑了过去。我一时没看清它的脸，只记得它快速向前方挪动的背影，像穿了一件拖地的晚礼服，裙摆优雅地放在地上，而后我才反应过来，那是它瘫软的后肢。我竟一时语噎，不知是该说"好可怜"，还是"好可爱"。楷羚像是看出了我的伤感，她转过头看着滑回窝中的流流，轻声安慰我："没关系的，它就是一个很有自己特色的可爱孩子。"我释然了，在这样的境遇下，它们需要的是正常的目光，而非同情。

但我想大家都明白，在让飞流变得像今天这般可爱之前，楷羚付出了多少心力。当年的小飞流被第一救助人丢弃在民间寄养点家里，因为后肢不便，它只能被关在笼子中，在那一方狭小的空间里孤独地长大。楷羚看到它的时候，笼子里横肆着飞流无法自控而漏出的尿液，它的后肢浸润于其中，被自己的尿液重度灼伤，鲜血淋漓。心如刀割的楷羚不忍心飞流在那个环境中再多待一秒。可是，那时的楷羚对照顾后肢瘫痪的猫咪毫无经验，只能凭着自己以往照顾许多中途猫咪仅有的经验，先是用袜子和护垫给飞流做了简易的尿布，再把飞流的后肢用纱布轻轻包裹了起来，以隔开被腐蚀的皮肤和尿液。可是，她万万没有想到，尿灼伤的皮肤需要全然的透气。结果，当纱布被拆下的时候，新长的皮肤随着纱布被再次撕下，楷羚的眼泪几乎是喷涌而出的。

后来，在医生和朋友的帮助下，楷羚渐渐地摸清了门道。她买来了烫伤药膏涂在飞流的腿上，又在忙碌的早晨把飞流悬空绑在身上，好让它后肢上的药膏通风晾干。飞流的皮肤终于开始结痂新生，楷羚又每天帮它剪去死痂，好让药物更快地吸收。为了帮助飞流控制漏尿的情况，她甚至还学习了针灸。

终究是皇天不负有心人，在楷羚的努力下，飞流的后肢皮肤不仅痊愈了，还华丽逆袭变成了一个可爱的小胖子，它圆滚滚的大头和一副"朕没兴趣"的表情在微博上收获了一大批爱它的粉丝。而飞流的名字，也饱含着楷羚对它的

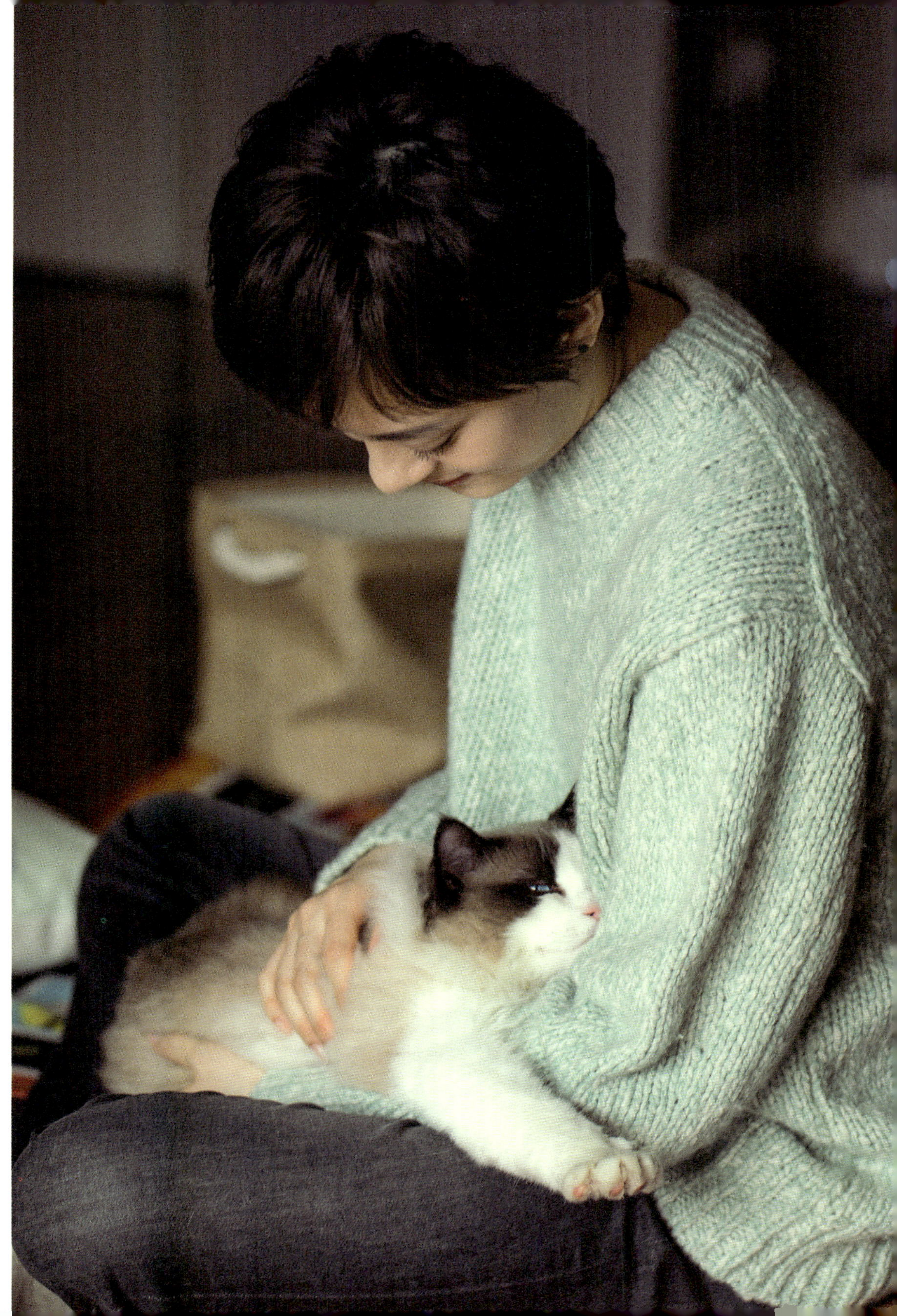

期待与宠爱，希望它终有一天能够站起来，就像《琅琊榜》中的小飞流一样，飞檐走壁，至少长成与小飞流一样呆萌可爱，重获新生。

如今的飞流尽管后腿不便，但小家伙依旧对外面的世界流露出了极大的兴趣。于是楷羚常常抱着它去游山玩水，上海周边的舟山群岛、东极岛，以及大巴车可以到达的地方都留下了他们的足迹。飞流最经典的形象是兜着尿布，身上穿着楷羚给它准备的各种小衣服。这个形象，让飞流无论走到哪里，都能收获众人好奇的目光和小女孩们的赞叹。

然而，我们去探访的时候，飞流并没有穿着尿布。原来经过不断地摸索，楷羚早已掌握了照顾飞流的技巧，她每天早晚都会帮飞流挤压一次膀胱，帮助它排尿，这样飞流就可以获得一天的干爽。楷羚讲述这些的时候特别专注，她搭配着手势向我们示意，就好像是一个终于熟悉业务的新手妈妈在传授经验，并没有把照顾瘫痪的飞流当作是一件特别心力交瘁的事。

"你们看流流的后腿，最近老是顶一下，是不是要站起来了？"原本话不多的楷羚的先生突然的一句话，让大家不自觉地顺着他手指的地方看去，飞流的前肢正扒着窝沿，其中一只后腿不断往后蹬似的一下一下跳动。楷羚抱膝看着它，她的双手用力地抓着自己的裙摆，在为飞流无声地加油。屋子里很安静，大家似乎都在期待一个奇迹，可最终飞流还是像以前一样抓爬着挪进了自己的窝。我似乎听到楷羚很轻的一声叹息，但她转过来的时候，还是与我相视一笑。"就算飞流永远是特殊的孩子，它也会活出自己的精彩！"我们一起相信着。

楷羚家里后肢瘫痪的猫咪，不只飞流，还有与它相爱相杀的飞立，也是一个穿着拖地礼服的漂亮男生。飞立是只纯种的品种猫，由于近亲交配的繁殖，导致先天基因缺陷，让它生下来就无法站立，本来无法逃脱被安乐死的命运，却在楷羚起心动念的善良中，成了这个家庭新的一员。这也是我们一直提倡领养替代购买的原因，希望能减少更多像立立一样的悲剧。

飞立可以说是这个家里最最亲人的宝宝，长达一个多小时的时间，就这么静静地依偎在我的怀里。同行的摄影师趴在地上想要捕捉它的神情，没想到这小家伙顺势倚在了他的腿上，小脑袋还搁上了人家的膝盖，十足撒娇界的一把好手！等它玩够了，又会挪动着身子，"滑"到我怀里。我挠挠它的下巴，小家伙就把头靠在我的怀里，闭着眼睛享受我的按摩，十分惬意的样子，逍遥似神仙。我们聊天聊到一半，突然闻到一阵臭臭的味道，原来小家伙居然舒服得放了一个屁。我忍不住低头看着这个搞恶作剧的小家伙，正巧对上了它正偷睁一只眼睛观察的目光，一脸不好意思的模样，让人捧腹大笑。

很难想象飞流和飞立这两个"特殊"的宝宝，活泼程度一点不亚于正常的猫咪，互相追逐打闹对它们来讲简直就是家常便饭。在拜访的过程中，我的脑海中一直浮现着《带我回家》中那只瘫痪猫的身影和无助的眼神。其实它们都在等待一个温暖的家，以及愿意用心照顾它们的主人。眼前的飞流和飞立遇见了楷羚，邂逅了属于自己的未来和生的奇迹。瞧！它们又对我手中的逗猫棒流露出了浓厚的兴趣，随着逗猫棒前羽毛的左右摇摆，它们的目光紧紧盯着，再一击扑杀，那奋力追逐目标的样子，好像以它们的方式在诉说着，所谓先天的残缺只是我们的一记错觉。

对待这些先天带有残缺美的毛孩子，我们需要投入更多的心思与了解，才能让它们在健康无忧的环境中快乐地成长。曾经有一位朋友告诉我，她领养了一只"艾滋猫"（艾滋猫详见拉页 TIP-6），许多人的第一反应都是："不怕被传染吗？"也有人打趣猜测："是不是这只猫在外面太逍遥了？"但其实这仅仅只是猫的一种免疫性病毒疾病，只要我们多一点了解，就能给这些毛孩子

遇见你，陪伴你　　　　　　　　　　　　　　PART - 2　陪流浪的灵魂回家

多一点生存的机会。

可能同为毛孩子的母亲，楷羚的许多想法和我出奇地一致。为了给更多残疾宝宝找到自己的家，她带着噜噜米、飞流和立立，积极参与了很多公益活动，以自身的经验，给那些想领养残疾宝宝却怕照顾不周的人最大的信心和鼓励，从而发现它们的可爱。在分享它们的故事的同时，她也经常从教育孩子的角度去推广人与动物之间相处的关系，希望通过父母的选择在下一代心中种下善良的种子。在这些活动中，她结识了许多"同道中人"，建立了专属的微信群。从飞流和飞立开始，群里开启了"飞"字辈的命名传统，代表对这些毛孩子的祝福，希望它们有朝一日，不仅能站起来，能跑能跳，甚至能飞跃命运带给它们的鸿沟。在这个群里，每天都拥有满满的正能量，让他们心存感激。比如有一只全瘫名叫飞白的狗狗，当时被一位怀孕的群友收养，在群友定期带它去针灸的精心照顾下，最后竟然出现痊愈站起来的伟大奇迹。现在这个已超过百人的群，成了很多已经领养以及想要领养残疾宝宝的好心人不可或缺的组织，因为在那里，他们可以互相交流经验，互相帮助，每个人所做的一切努力，只为了能让这些特殊的毛孩子可以享有更好的生活。

楷羚想要做的事还有很多，包含正在进行推广的流浪动物"中途之家"，希望号召更多的人，短期或长期地帮助流浪动物、残疾宝宝进入家庭，找到一辈子的家人。对她而言，让这些流浪天使幸福好像已经变成老天委任给她的使命。她抱起身边的飞流，神情泰然而坚定，我真心祈盼能有更多人，像她一样，用自己的善念、智慧和勇气守护着这些需要被帮助的毛孩子。

Chapter 10

马来西亚大杨
✕ 11郎

我只喜欢
中华田园犬

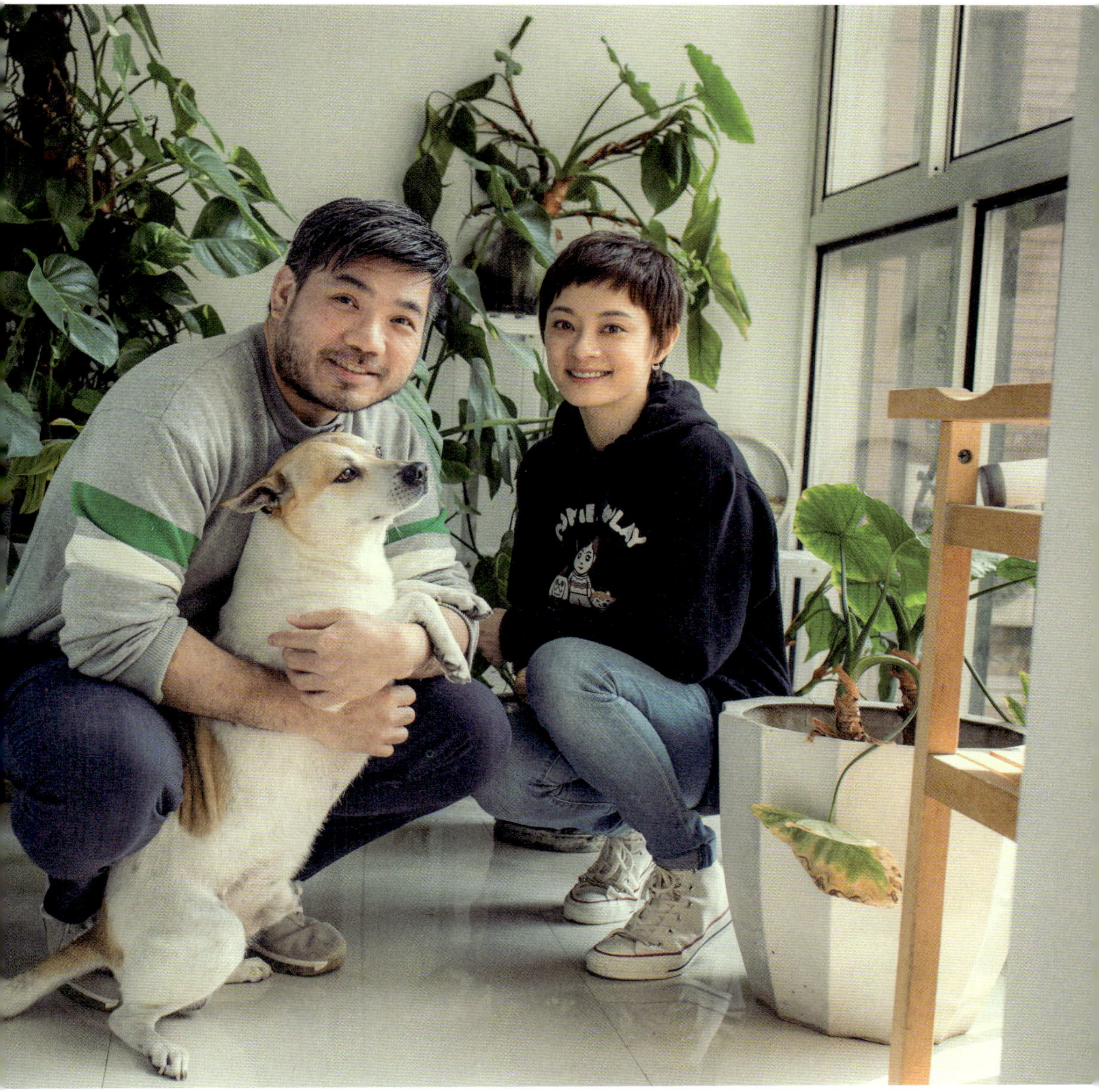

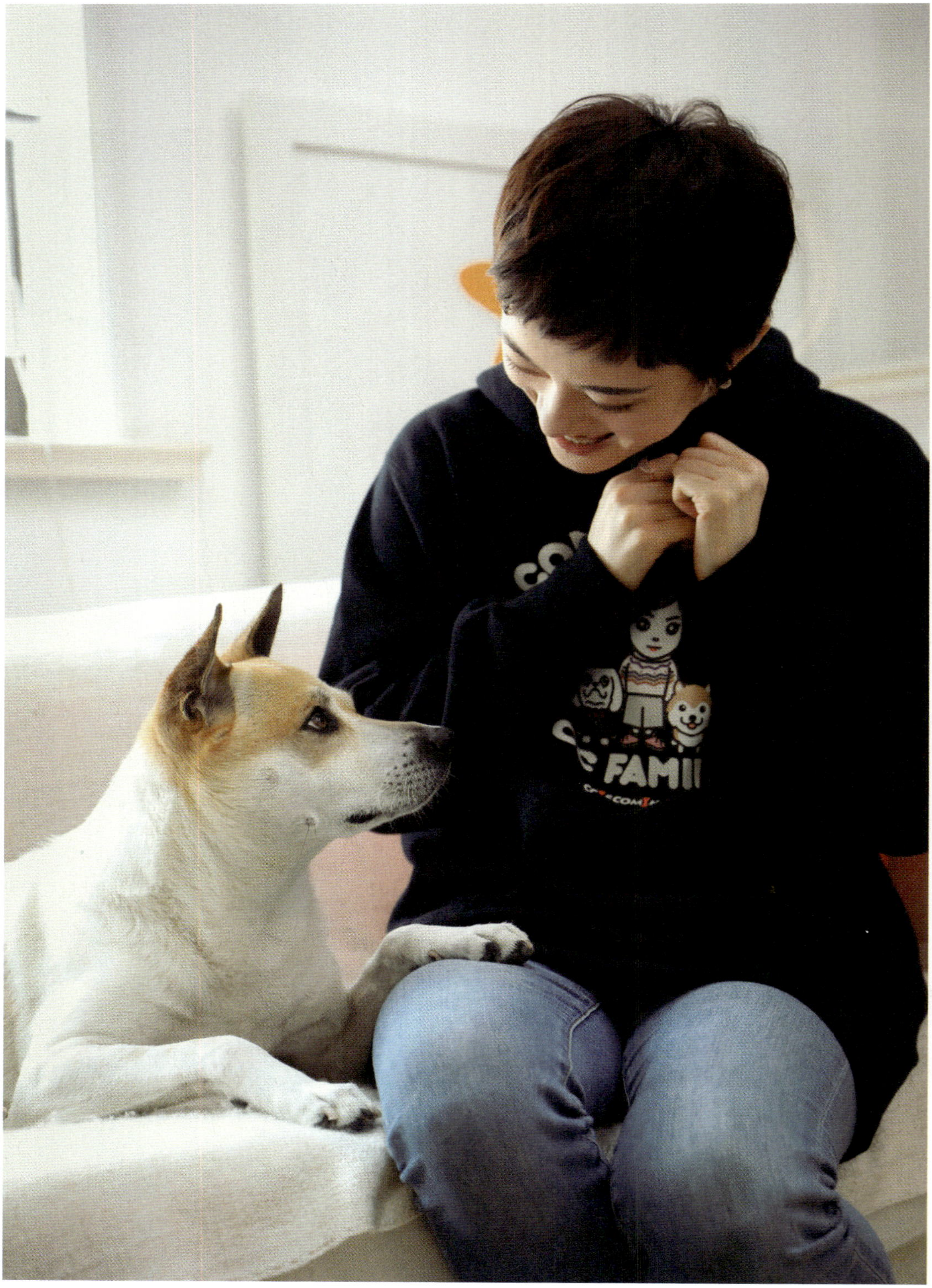

有一段时间，经常听见许多想养毛孩子的人说，他们特别喜欢泰迪、比熊、斗牛，看到它们洋气时髦的样子就很想带它们回家。经常救助领养流浪动物的朋友告诉我，如果是这些品种的狗狗，即使它们有时状态不佳，也会很快被领养出去。但我们自己的田园犬宝宝们，却好像没有受到相同的待遇，即使它们千百年来就土生土长在这里，即使它们的生命力更强，即使它们也很可爱。可我们去探访的大杨却是个例外，这个来自马来西亚的华人，毫不掩饰地向我们直接表达了他对中华田园犬的情有独钟，他只喜欢中华田园犬。

我们去探访的地方，是大杨位于住宅公寓里的设计工作室。我忘不掉那满眼宽敞透亮的明媚，工作室有一间放满绿植的小屋，天窗有阳光渗透进来，洒在叶瓣上，特别柔美。

进门第一眼我就看到了一只特别帅气的白色狗狗，它正背对着我，似乎在盯着大杨手里的零食，一身飒爽的短毛，背上有一块咖啡色的花斑，像是痞痞地背着一个书包一样。看见我进门，大杨热情地走过来打招呼，他很高、很壮，40岁左右的年纪，脸上的表情非常丰富，笑起来又像一个纯真的大男孩，连眼睛都眯成了一条缝。在他的身上，我找不到任何陌生人之间的距离感。狗狗跟着他走，头刚转过来的时候跟我对视了一眼，就低下了头，专心看着地上，大概是在找有没有之前掉下的肉渣。这时我才看到它的帅脸，眼睛上有一圈很深、很黑的眼线，像画了烟熏妆似的，特别魅惑。

"咦？它居然没叫！"同行的摄影师一脸的意外。一问之下才发现，原来在我上来之前，每个初入此地的工作人员几乎都被这只小帅狗给"凶"过。大杨宠溺地看着狗狗笑笑，好像有点不好意思地对我们说："中华田园犬的领地意识特别强，每个第一次来工作室的人都要被它检查一遍，比安检流程还要严苛。"像我这样被"无声"放行的，倒还真是个例外，工作人员都觉得我可能太有宠物缘了，因为这样的例外，在我们探访领养家庭的旅程中经常上演。不过，也许是这些小生命有着我们想象不到的灵性，它们知道自己将代表它们的群体，不好好表现可不行。

哦，差点忘了介绍，这只聪明的门神狗狗叫 11 郎，因为它是年初正月十一在沟渠里被捡到的。说来也是缘分，捡到它的救助人特别喜欢猫，最初发现四个月大的 11 郎时，因为它蜷缩一团的模样看起来像只小猫便救了它，结果发现是一只小狗，就随便取了个名字，放在了宠物店里寄养，店员们都叫它 11 郎。大杨看这个名字很特别，又是他最爱的田园犬，就决定带 11 郎回家。

说起来这个 11 郎还真是一条性格特别"霸道总裁"的狗狗。作为一条田园犬，它天生就带着一种不可侵犯的酷劲，过往的经验告诉我，它应该不大能接受陌生人随便的触碰。可是随着我们聊天过程的互动交流，它开始慢慢地一点一点地卸下心防，最终完全地接受，甚至主动趴在我的身上，这种来之不易的信任，给我带来了强烈的成就感和幸福感。

我记得我跟大杨刚坐下聊天的时候，它只是安安静静地在主人身边，或趴着，或徘徊，从不会主动靠近我，更没有一般狗狗的讨好和撒娇，只有当我伸手喂它零食的时候，它才会温柔地用舌头接过。探访进行到一半的时候，为了拉近我们的距离，我换到它最熟悉的沙发上坐下，11 郎趴在我和大杨的中间，聊着聊着，突然有一只爪子搭在了我的腿上，我惊喜地低头看它，小家伙居然还装模作样地把头转向了另外一边。过了一会儿，另一只爪子也搭了上来，可它还是不看我，我忍住笑想看看它接下来还会有怎样的举动。果然，没过多久，我的腿上又多了一颗热乎乎的脑袋，小家伙舒服地靠着我，眼睛半眯着，像是要睡着了。想起刚进门的时候，它高冷的样子，这巨大的反差转变，让我觉得又好笑又兴奋。

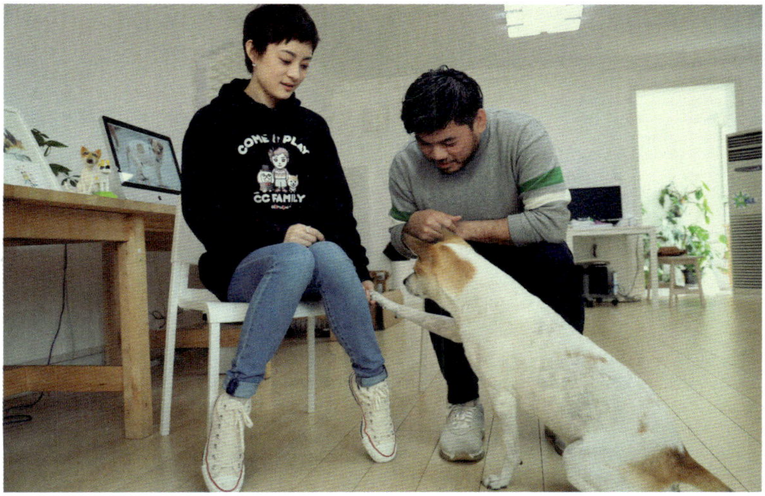
COME & PLAY
CC FAMILY

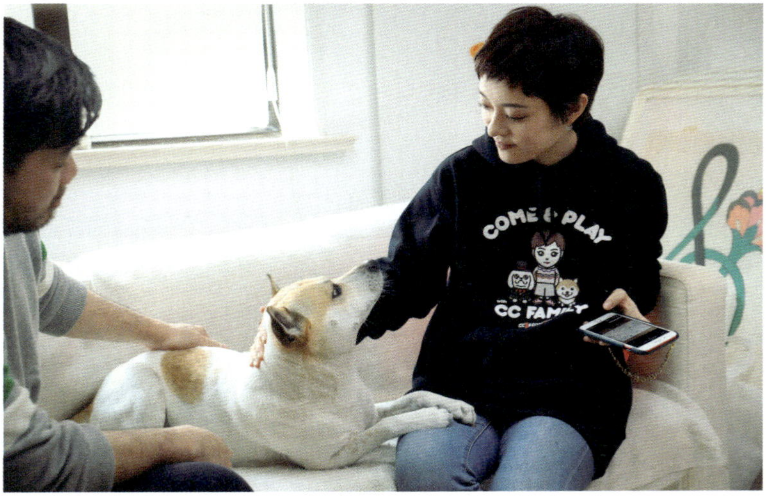
COME & PLAY
CC FAMILY

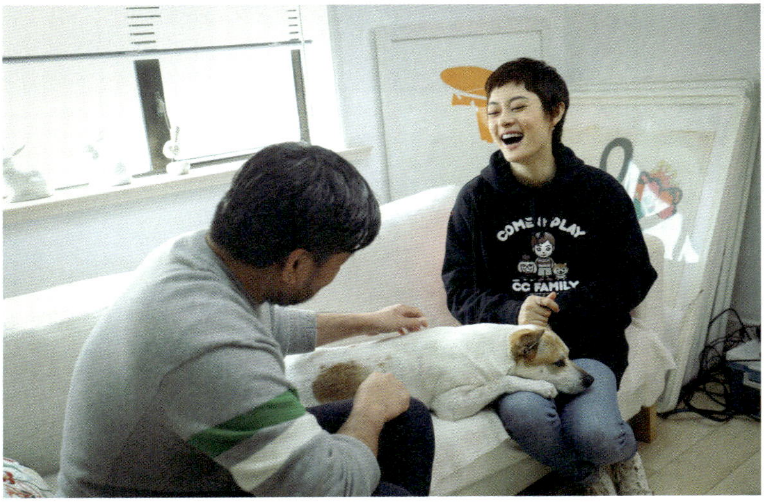
COME & PLAY
CC FAMILY

遇见你，陪伴你　　　　　　　　　　　　　　　　　PART - 2　陪流浪的灵魂回家

这些画面，大杨都笑着收进眼底，可以感受到他是真的宠爱11郎。在他眼里，除了可爱，田园犬还是最聪明、忠诚的狗狗。

大杨对田园犬的这种印象源于他小时候的经历。那时候，他和家人住在马来西亚。有一年的大年初九，那对他们而言是非常重要的日子——拜天公。那天晚上，有一只怀孕的母狗走进了他家的后院，自己找了个角落生产了两只小狗。奇怪的是，母狗产下小狗后，就自顾自地离开了，再也没回来过。大杨的父亲觉得这是老天的恩赐，便收留了这两只小狗。大杨小时候一直觉得很奇怪，为什么那只母狗偏偏挑了他们家来产崽？长大后回想起来，他才瞬间恍然大悟。因为他家是那一片区域为数不多的华人家庭，周边全是马来西亚的原住民。在马来西亚人的教义中，他们的人民是不能接触狗的，所以那只母狗如果跑进其他人的家里，下场很可能是被打死。听到这里，我倒吸一口冷气，有些不敢相信地看着大杨，半天说不出话来。大杨则一脸"我说它们真的很聪明吧！"的表情，有些骄傲和得意。

那只小狗只认大杨的父亲做自己的主人，这点也给大杨留下了非常深刻的印象。有一次，他父亲不在家，调皮的他偷偷地解开狗绳，想让那只小狗自由地奔跑。结果没想到，那只小狗看见一只猫，就飞快地追了出去，一路跑到了马来西亚人的片区。这可把大杨急坏了，他大声呼喊它的名字，它却毫无反应。急中生智的大杨就开始学他父亲的声音呼唤它，大概也是大杨的模仿能力超群，那只小狗很快就跑了回来，逃过了一次无妄之灾。

长大后，大杨来到了上海，带着对田园犬的这种好感，他一直想拥有一条属于自己的狗。遇到11郎的时候，大杨并没有独自照顾小狗的经验，一切只能靠摸索，在这个过程中充满挑战和惊喜，他非常享受。在他的眼里，田园犬宝宝们有自己的处世态度和喜好，这有先天的因素，也与它们曾经的经历有关，不管那些经历是好是坏，都成就了每一只狗的特别。这就像是结识了一个有阅历的新朋友，你总会在与它相处的过程中，一点点了解它，继而找到自己和它之间最好的相处方式。

霸道总裁 11 郎也有自己害怕的东西，比如遇到空中飘舞的黑色塑料袋。它只要一看到黑黑的东西在它的头顶上方，就会疯了似的逃走，好几次都差点把牵着狗绳的大杨摔个跟跄。水也是 11 郎特别嫌弃的东西，每次下雨天出门，平时都是一路冲在主人前面的它，就会耷拉着脑袋，拖拖拉拉地跟在主人身后，眼睛盯着地面，小心翼翼地避开所有的水坑，还会故意挑不会被屋檐溅到水的地方走。这种对水植根于心的嫌弃，让洗澡和一切与洗澡相关的东西，都被它列进了"要远离"的清单里，比如卫生间。有一段时间，大杨想要训练它去卫生间上厕所，谁知道它连门都不愿意进，就算大杨手里拿着零食，它也绝不就范。最好笑的是，平时路过卫生间门口，它都会故意绕开，不愿意贴着门沿，生怕有一点水沾到自己身上。

但是所有的害怕都抵不过与自己的主人分开时的恐惧。工作繁忙的大杨常要出差，有时候只能把 11 郎送去寄养（狗狗寄养详见拉页 TIP-8），尽管 11 郎当时总会表现得很乖，可每当大杨回来后，都会发现它的心情明显低沉，甚至会有尿血的情况。医生说，那是情绪紧张导致的，绝育后会好一些（宠物绝育详见拉页 TIP-3）。这方面我感觉自己还是有点经验的，我也跟大杨分享了早前带我们家丫头去绝育的经历。当时，我们把丫头和其他狗狗一起送去绝育，做完手术后，我和邓超去基地看望还没有拆线的丫头。看到我们，还被包着纱布的它看起来非常高兴，不断地用前爪来触碰我们。为了让它得到更专业的照顾，我们原本希望等拆完线再带它回家。可当丫头看到我们要把它留下，以为自己又要再度被主人抛弃，突然崩溃似的嘶喊起来，于是当时我们就决定马上

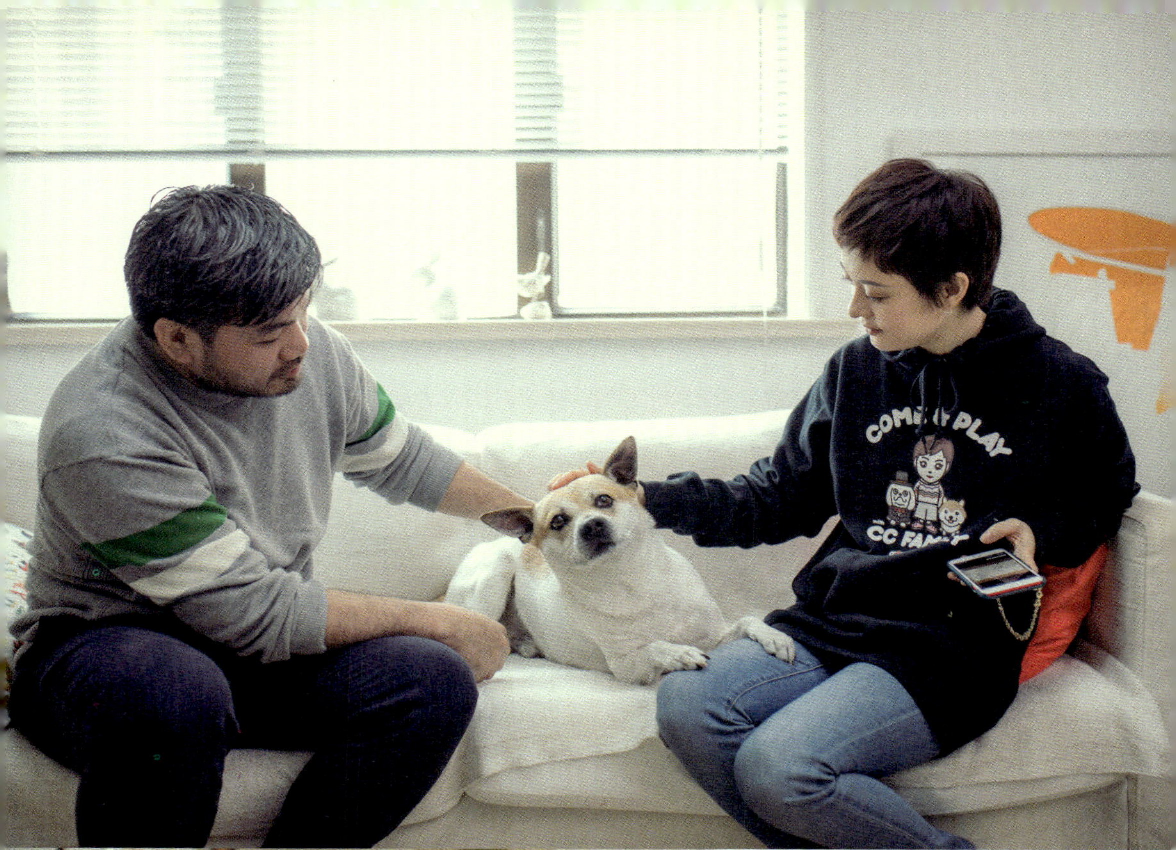

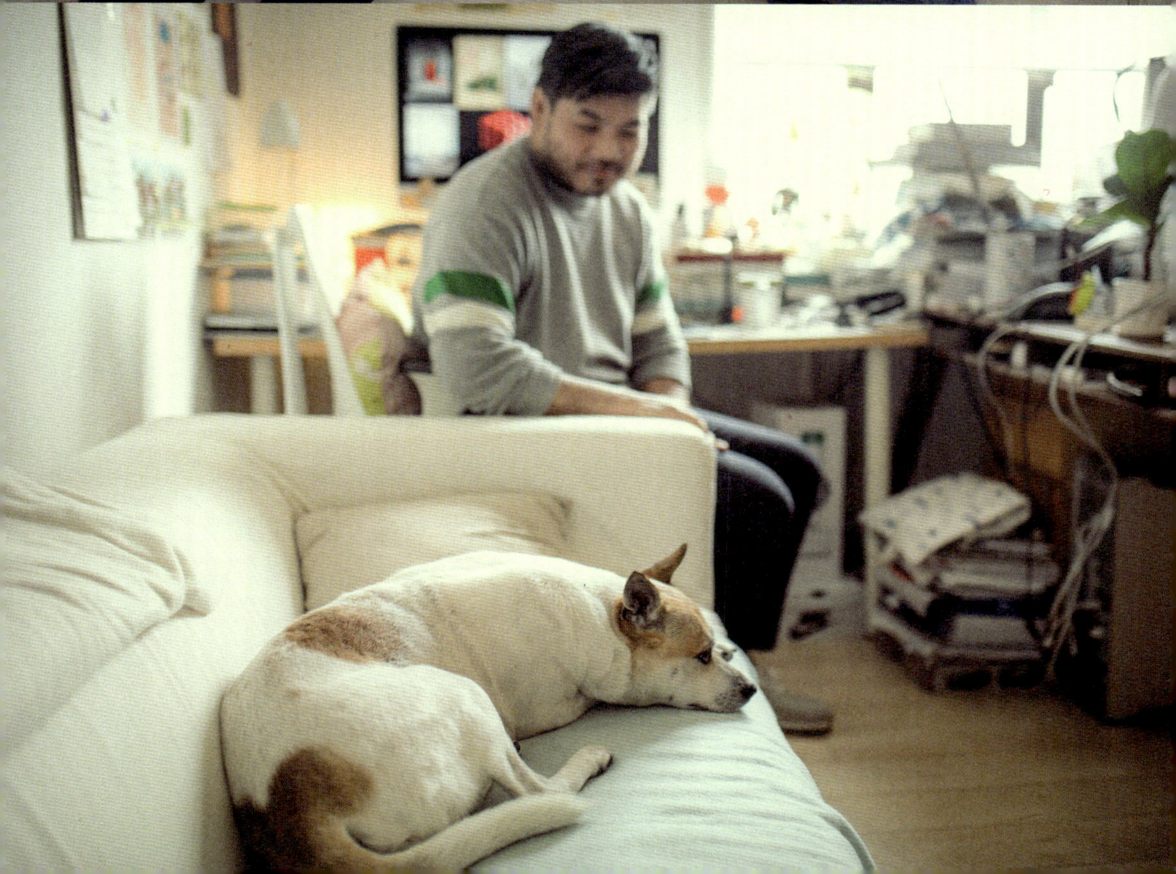

带它回家了。至今,每当我回忆起它那时的喊声,都依然无比心疼。对于性格特别敏感的狗狗而言,绝育会让它们避免很多疾病。不过,绝育的时候,一定要给狗狗做充分的心理建设,让它有安全感,让它理解我们不会伤害它,手术结束后我们还会带它回家。

虽然 11 郎偶有害怕的时候,但总体而言,它还是一只性格成熟的狗狗。大杨形容,11 郎独有一套设身处世的分寸感,它清楚地知道什么是自己该遵守的礼仪,什么时候又可以稍微任性一点。11 郎特别爱咬大杨买给它的毛绒玩具,看到棉花跑出来好像对它而言总有很大的快感,但对于工作室里的任何物品,它连一个牙印都没有咬上去过。有时候大杨出差,11 郎就自己睡在我们聊天的这间屋子里,即使彻夜无人看管,屋里众多的书籍和艺术摆件也从来没有一点损坏。面对这么乖的 11 郎,大杨总会变着法地做很多好吃的营养餐,比如鸡胸肉、胡萝卜。但长时间过后,11 郎每次看到胡萝卜就露出一脸嫌弃的表情,或是撒娇发脾气,直到大杨把胡萝卜拿走为止。

大概是听到了"胡萝卜"这三个字,本来已经趴在我腿上快要睡着的 11 郎"呜"了一声,竟然皱起了眉头,这只表情丰富而心思细腻的狗,实在让人不得不爱。当然,被它的魅力收买的肯定不止我一个,可以说整个工作室的设计师都早早地被它收服了。因为 11 郎非常聪明,握手、转圈、倒地等技巧对它而言就是换取零食的法宝,只要给吃的就开始"表演"。于是,设计师们经常拿零食发号各种指令。时间长了,不等大家发号指令,它就会自己迅速做一全套的"广播体操",再乖乖坐在地上,仰着头张着嘴,示意大家可以给打赏了。它这副精明的样子，给平日里工作压力很大的设计师们带来了太多欢乐，也减轻了大家的疲惫。拜访时，我座位旁边的橱柜上，放着设计师们给11郎手绘的水彩画和一只毛毡玩偶，不难看出它真的拥有集万千宠爱于一身的地位。

11郎不仅人缘好，它在狗狗的社交圈里也是很有一套的。它是一个典型的绅士直男，对母狗万般体贴，对小狗束手无策，对与自己体形差不多的公狗有很强的竞争意识，尾巴总是像旗杆一样直挺挺地立起，头也要高昂着朝对方吠叫，试图在气势上压倒对方。但是一旦碰到体形比自己大很多的狗，又会非常识相地走开。它最讨厌的狗是泰迪，因为大杨曾经在拉架的过程中被泰迪误伤过。伤主之仇，11郎一直怀恨在心，每次看到泰迪，它都会龇牙咧嘴。但神奇的是，它最好的朋友也是泰迪！小家伙的世界还真是比想象中难懂，看来狗之间也有所谓气场相投的道理。

"可不是嘛！狗的社交圈很复杂的！它们有帮派和狗王的！"大杨说的时候，笑得合不拢嘴。在他们原先住的小区里，有一只非常凶的哈士奇，是大家公认的狗王，而它的敌人是一只拉布拉多，它们两个把小区里的狗分成了两派，互不干涉对方。11郎平时跟拉布拉多更加玩得来，因此归属于拉布拉多的派系，平时看到狗王都会躲得远远的。

大杨说得绘声绘色，我们所有人也像在听武侠传奇一般，听得入迷，这时的11郎却已经趴在我的腿上睡着了，肚子随着呼吸起伏，睡得非常安稳。我坐在那里，不敢乱动，生怕打扰了它的美梦，事实上，我也不想这么快打断被一只小狗如此信赖的美好时光。

CHAPTER 11

瑞士老外沃特 ╳ 橘子酱

如果深渊没有尽头，
那我们只能创造更多的美好

在上海这座大都市中，外籍人士领养流浪动物很是常见，沃特就是其中的一员。沃特来自瑞士，却早已把自己和儿子的家安在了这里，用"新上海人"来称呼他再合适不过了。

沃特的家在市中心的一栋老式洋房里。这也许是他们爱上海的一种方式，于是想在生活的方方面面都能体验到最真实的上海味道。那天到了沃特家楼下，他亲自下楼接我们，简单寒暄后，又一路引领我们上楼，似乎不希望我们错过过道墙边的马赛克瓷砖和碎石子铺就的地板，这些细节无不让人感受到老上海的韵味。

上楼后，一只参了毛的小家伙在门口站着，不吵也不叫，很乖地待在那里"迎宾"。它身上的毛发走的是随性凌乱的路线，眼前也酷酷地飘了几缕，缝隙间露出它无比天真的眼神，这反差萌让人一下就喜欢上了这只小狗——"Marmalade"（"橘子酱"）。

我蹲下身来跟眼前的小家伙打招呼，发现它一点都不认生，还二话不说就开始舔起我的手，仿佛我的手是世界上最好吃的东西。

我抱着它往里走，这娇嗔的小东西居然十分顺从地靠在了我的怀里。从沃特家的客厅可以看出他是真心着迷于亚洲文化的美和深意。他的家里摆满了佛像、禅像、茶叶，以及老式的樟木箱等充满亚洲风情的装饰品，不知情的人，怕是很难想象这个空间属于一个来自西方的人，十有八九会猜主人是一个懂"道"的中国老爷子。

沃特的待客之道亦是如此，他熟练地沏茶招呼我们，看着橘子酱舒服地窝在怀里。橘子酱是沃特为儿子领养的狗狗，所以小狗的主人是他的儿子，平时只要儿子在家，橘子酱就总是黏着自己的主人，形影不离，每到下午四点半的放学时间，它总是跑在最前面，去迎接校车里的小主人。

然而，橘子酱并不是沃特在中国领养的第一只狗。在此之前，这个贴心的男人，为了圆女友想要拥有一只狗的愿望，替她领养了"小小"，和橘子酱一样，都是中华田园犬的串串。

但是领养的提议，一开始却遭到了反对。在女孩当时的观念里，买来的狗狗更为可爱和顺从。这时，沃特刚放学回到家的鬼马儿子，听到了我们的对话，做出一个夸张的表情，边摇头边连声说了三个"No！"表达他的立场，一本正经地掰着手指头，人小鬼大地给出了三个不能买狗的理由："第一，要花钱；第二，花钱买不到狗狗的爱；第三……"第三个理由小家伙好像卡词了，连忙抬头向老爸求助。沃特假装沉思了下，然后告诉儿子，最重要的是要避免那些

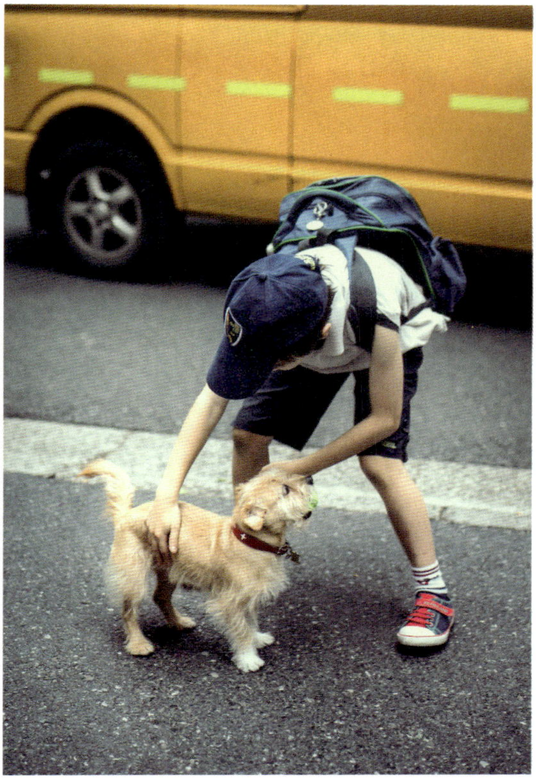

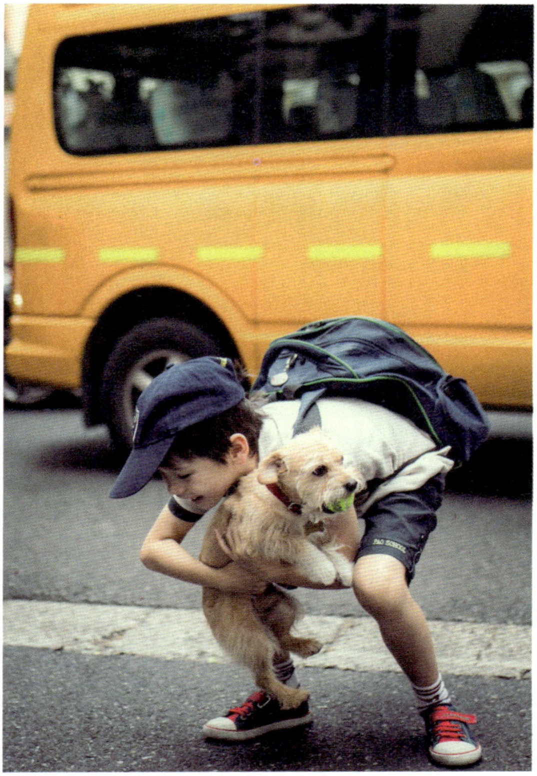

↓ 左,橘子酱。右,姜姜。

工厂用很残忍的方式繁殖更多的狗狗。小男孩睁大眼睛，好像听懂的样子，转过头来，似乎在寻求回应。我给了他一个肯定的眼神，小男孩就特爷们儿直率地说了声"OK"。

后来沃特只好通过"软硬兼施"的方式来说服前女友领养中华田园犬。简单来说，就是动之以情，晓之以理。在瑞士，大多数拥有炫耀心态的人才会去购买"品种狗"，但是中国的中华田园犬却得天独厚自带"独一无二"的属性，不仅每只都长得不一样，还特别有个性，绝不会与其他的狗撞脸。

就这样，那位女孩因此走上了领养的道路，体会到了这些毛孩子的乖巧和懂事，亲身经历过的爱，总是如此真实和具有影响力，她开始向周边的人推广领养代替购买的理念。这样的故事，也经常发生在我周围朋友的身上。

小小最后因两人分手而被女孩带走了，这也让沃特跟儿子诞生了想再领养一只狗狗的念头。因为对他们而言，狗是家的延续，会让生活变得更加幸福美满。对孩子而言，狗狗是他们的第一份责任，学会尊重和照顾它们，是对他最好的教育。于是沃特带着儿子来到救助人家，小男孩一眼就看中了一只与小小外形相仿的小狗，并想给它取名叫"小小二号"，沃特很严肃地告诉儿子："没有人喜欢被当成替代品。我们可以带它去走一走，但你必须真诚地再想想，给它取一个属于它自己的名字。"那一路上，小男孩牵着小狗，一直低头沉默，最后，他抬起头很坚定地告诉沃特："我想叫它橘子酱，因为我希望它像电影中的橘子酱一样，遇到什么麻烦，都有主人可以依靠。"

小男孩的这句话，是祝福，也是承诺，这份责任心干净得没有一点杂质。

除了橘子酱，沃特家里还住着另一位从猫工厂里救回来的猫朋友"姜姜"。因为基因缺陷，它的鼻子天生塌陷，像是缺了一块似的，凹陷在它可爱的大脸上，导致它没办法十分顺畅地呼吸，失去了商用价值后，小家伙就被狠心地遗弃了。沃特轻轻地从沙发底下抱出这只英短蓝猫，指尖才刚碰到，它就打了个冷战缩了下脖子。小家伙每天都得靠吃止痛片过日子，手上稍稍用力不当，都会让它痛苦不堪。

虽然姜姜一脸惊恐，却很顺从地被沃特抱了起来，蜷缩在了他的怀里。大概是看到了久违的伙伴，橘子酱跳了起来，凑到姜姜身边，左左右右地闻闻它的脑袋，还伸出爪子轻轻地推了推猫咪的头。"橘子酱，你不能欺负姜姜！"随着沃特的"警告"，橘子酱乖乖地趴下，眼睛却还是舍不得离开它的小玩伴。在沃特眼里，猫跟狗最大的不同是"狗是家人，猫更像朋友"。因为猫可以在一起玩，可是也需要彼此个人的空间。但是狗却不一样，一有时间就想和主人待在一起，对彼此而言都是不可或缺的陪伴。每个人对宠物都有着自己独到的见解，或许相处模式各不相同，却都是以感情作为积淀。

沃特托着腮温柔地看着橘子酱渐渐放松的表情，看得出来，他对这个"朋友"倾注的可不只是普通的友谊。这个画面让人不难理解沃特对暴力繁殖的抵制。如果深渊没有尽头，那我们只能创造更多的美好来与之相抵。就如同小男孩所描绘出的美好画面："我的橘子酱和姜姜就像是加菲猫和欧弟一样，虽然有时候会打架，但还是会一起睡觉，我们不在的时候，它们还会挨在一起晒太阳，可开心了！"把握当下，人间处处有温暖，小动物们也是如此。不管它们曾经遭遇过什么，只要有一个安定快乐的家，就能给它们最坚固的幸福。

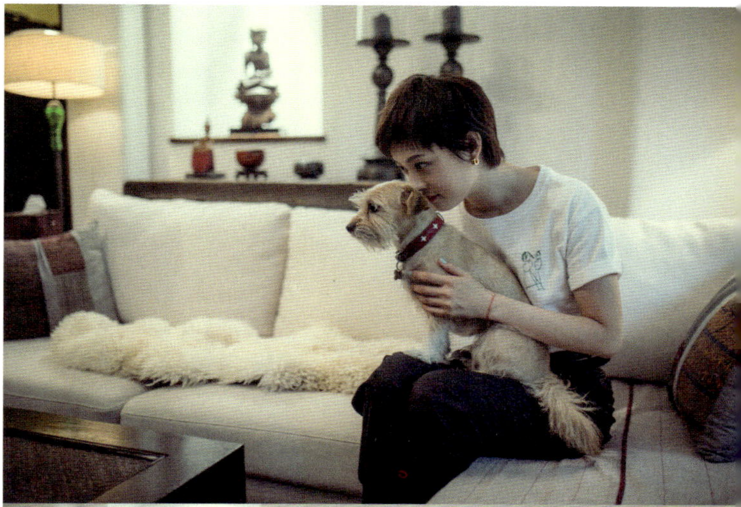
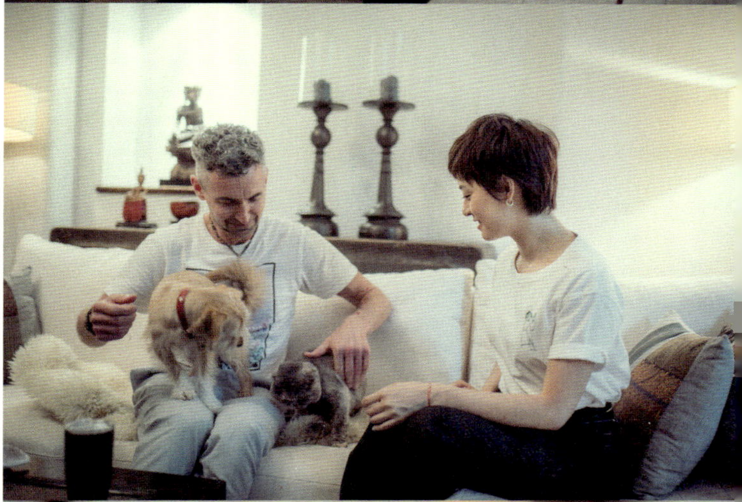
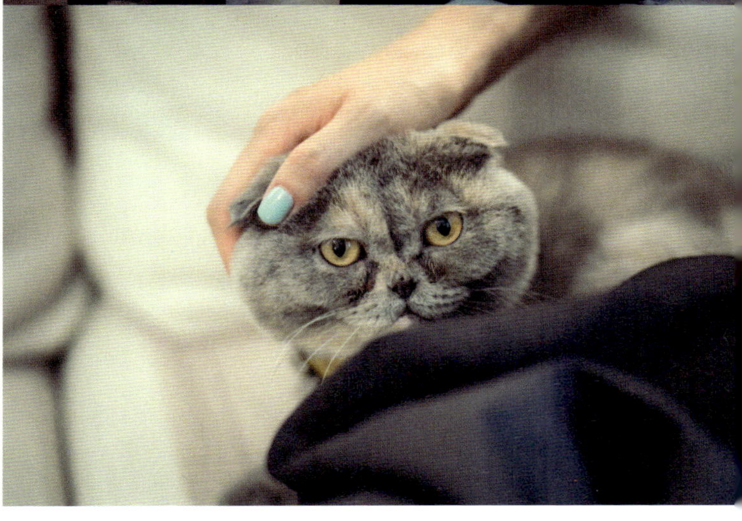

遇见你，陪伴你　　　　　　　　　　　　　　　　　　PART - 2　陪流浪的灵魂回家

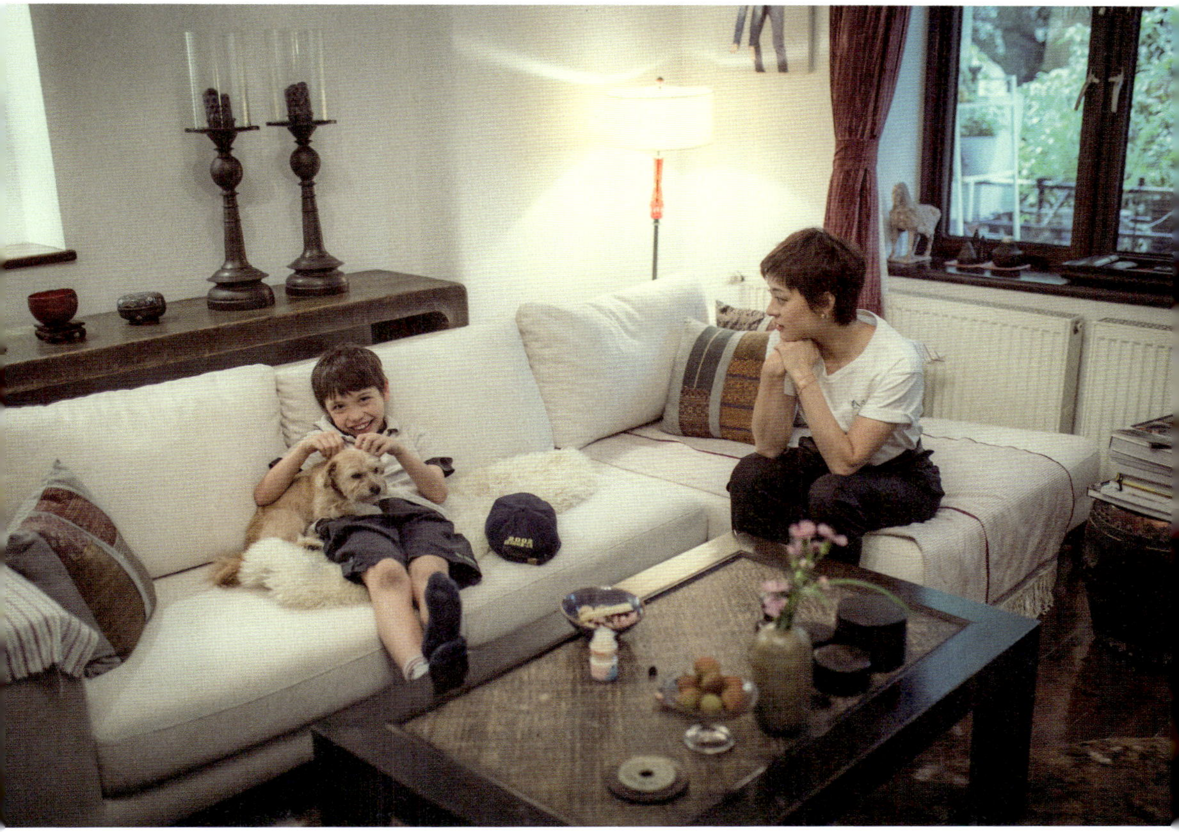

Chapter 12

两 位 阿 姨　×　百 只 流 浪 猫

所 有 的 动 物 都 值 得 被 善 待

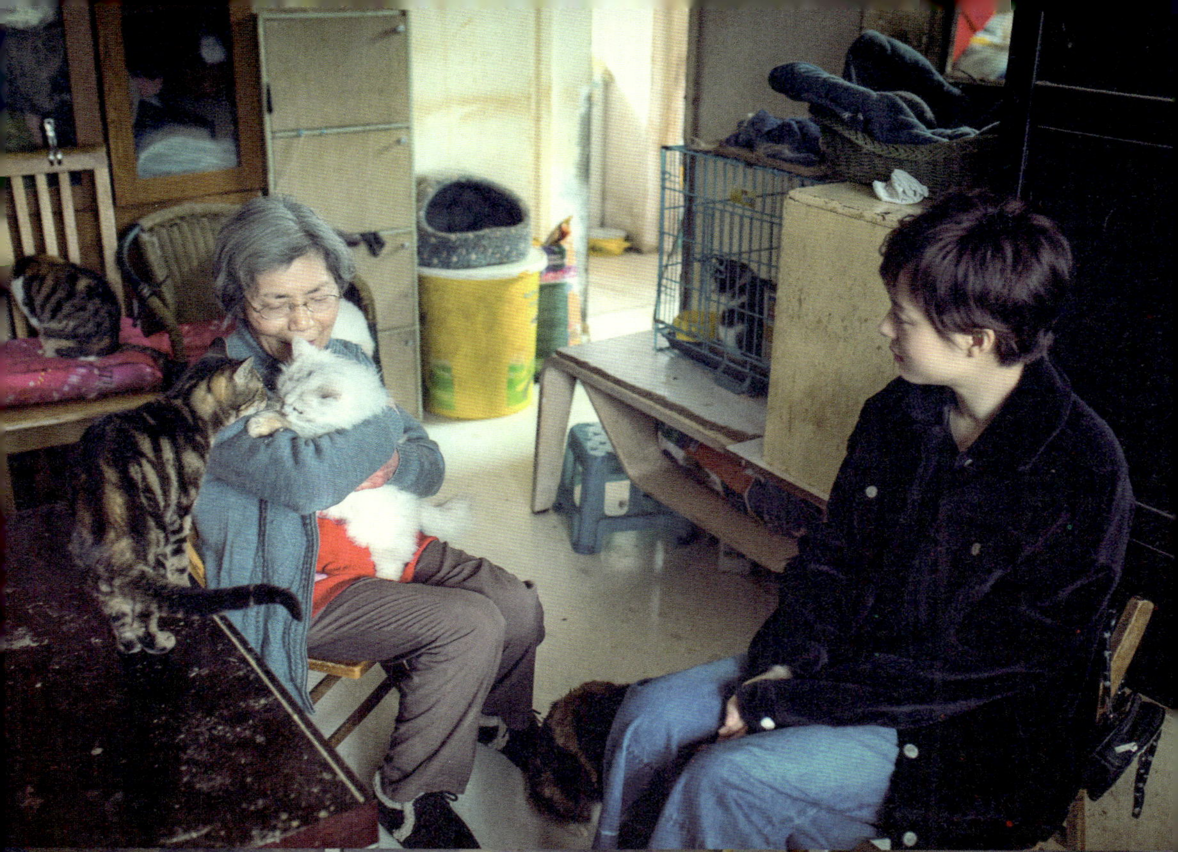

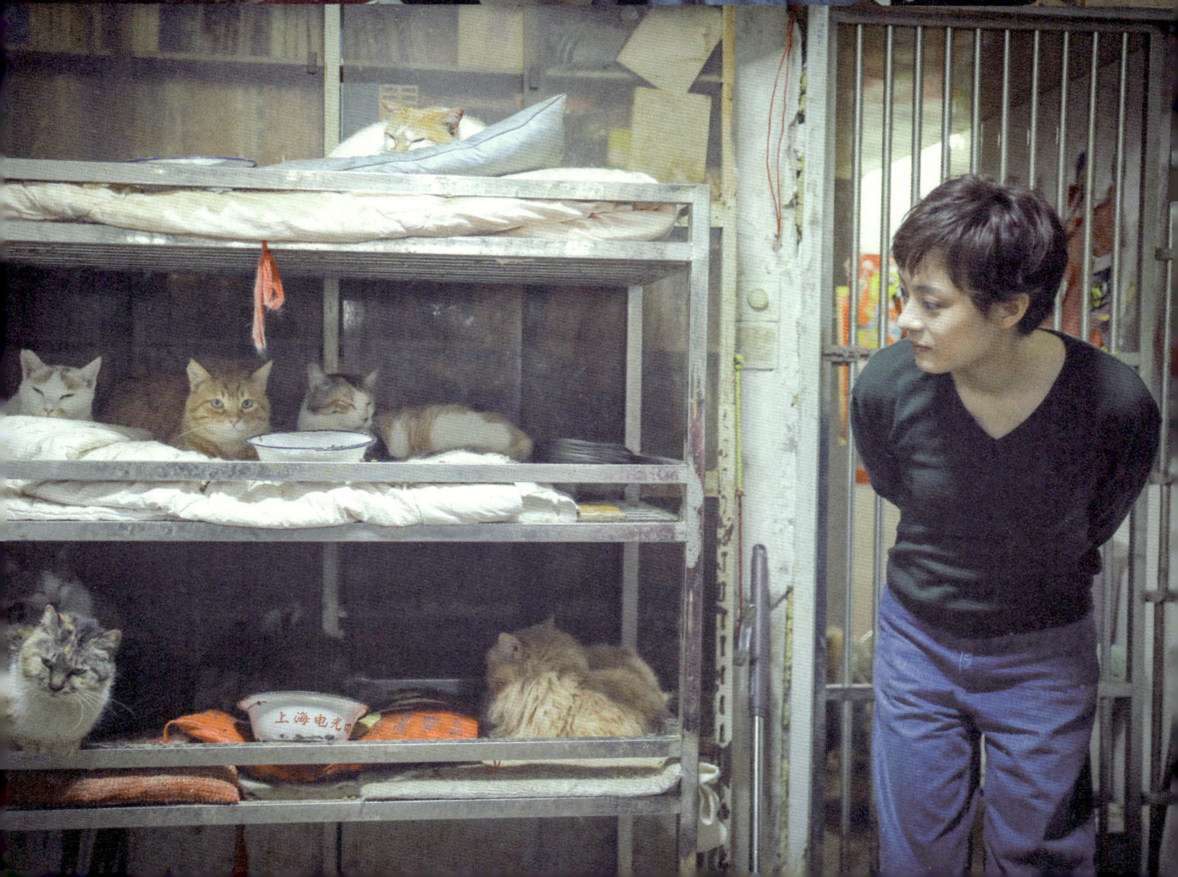

第一次与朱阿姨和罗阿姨接触，已经是七八年前的事了。当时在一次偶然的机会里，作为动物保护志愿者的妈妈，听闻了两位阿姨的故事，她们在有限的能力和条件下，各自将自己仅有的几十平方米的居住空间，分享给了数十只甚至上百只的流浪毛孩子。我还记得第一次听妈妈说起她们的境遇后，曾去她们的家里探望，很多画面在亲眼看到之前，根本无法想象。我们从一开始的震撼，到开始思考怎么在适度的范围里，尽可能地帮助这两位早已上了年纪的阿姨。

即使这些年一直关心她们的近况，但是随着阿姨们逐渐老去的身躯，还是让人有些担心：她们这样倾心倾力照顾满屋子的小动物，会不会或多或少对她们的生活造成影响或压力？

我们到朱阿姨家楼下的时候，正好是早上九点，这是她每天雷打不动要去小区里喂流浪猫的时间。不久，就看见朱阿姨提着一个看起来有点笨重的塑料袋下楼了，与我记忆中的样子相比，她明显老了很多，本来有些弓着的背，更驼了，说话也有些许的打愣儿。她提着那一大袋有三四斤重的食物，不同于一般喂养流浪猫的剩饭剩菜，里面装着的是金枪鱼罐头和几个泛黄的外卖盒子。每天早晚不辞辛劳地在小区各个地点喂食风餐露宿的猫咪，可以感受到朱阿姨是真的用心疼惜这些流浪在外的小可怜。

我们跟着喂食了一大圈后，一起回到阿姨家。想不到一开门就像打仗一样，因为担心关门动作太慢，猫咪溜出去就找不到回家的路，所以我们进门时不仅要身手敏捷，更要兼顾八方。我站在门口，不敢贸然向前迈步。眼前看起来应该是客厅的空间现在却堆满了杂物，并且还有十余只猫咪，目光所及的橱顶、桌面、地上，甚至是杂物堆里，也处处都有它们的身影。猫咪们齐刷刷地盯着我们这群外来的客人，喵喵的声音此起彼伏。在它们的"欢迎声"中，我小心翼翼地走向里屋，生怕踩到了哪个宝贝的尾巴。

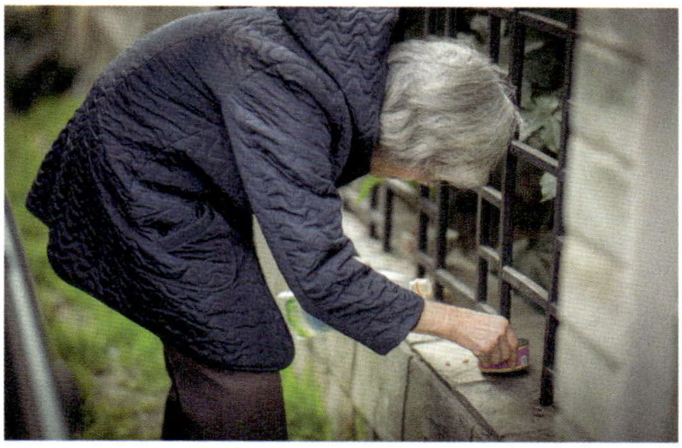
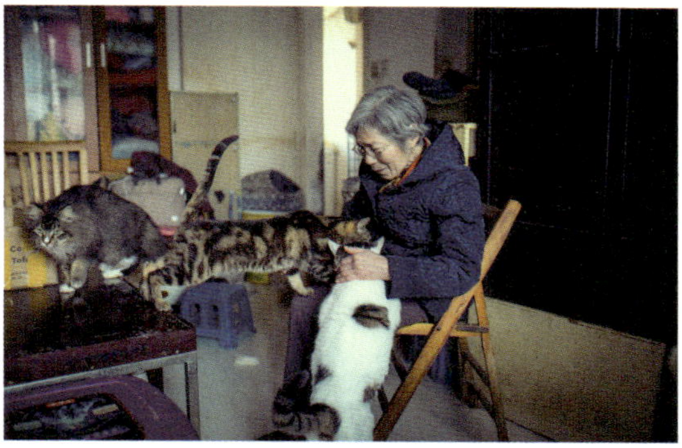
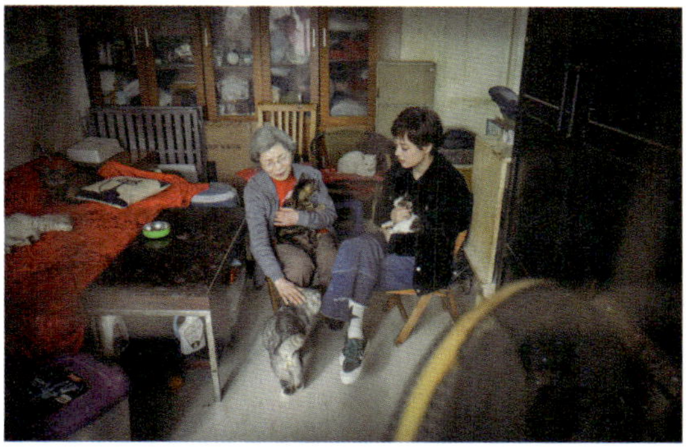
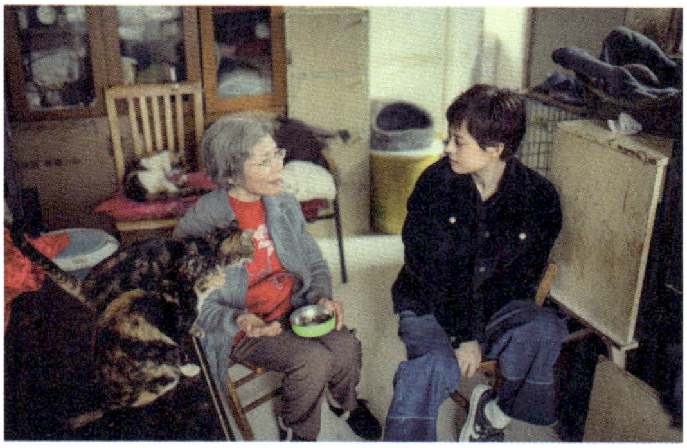
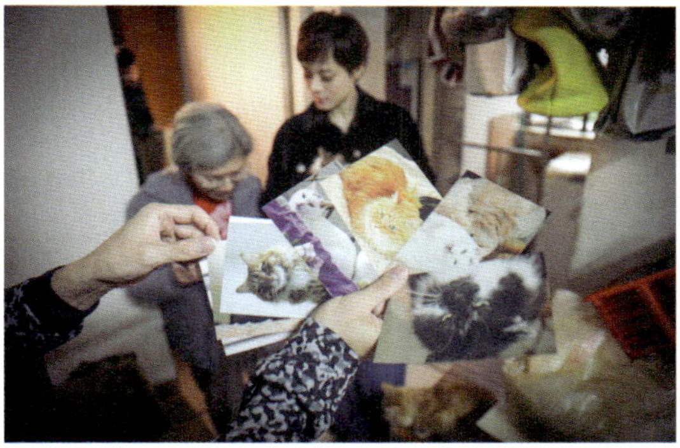
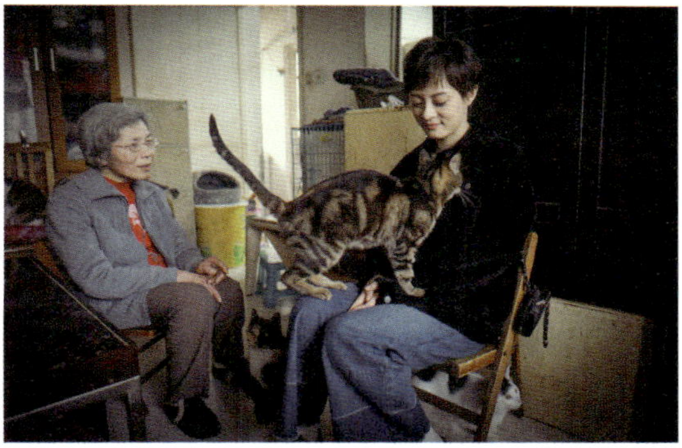
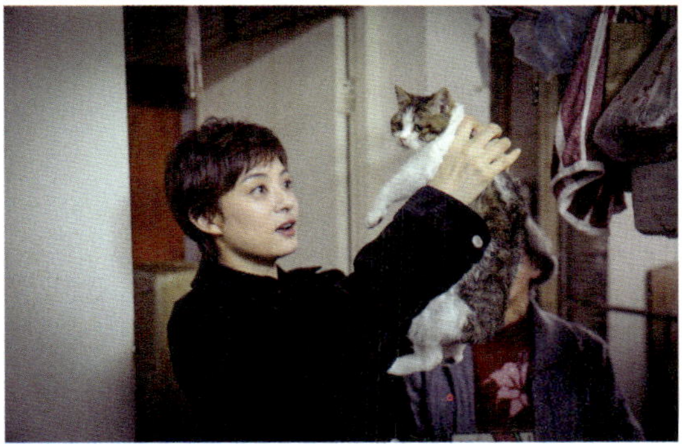
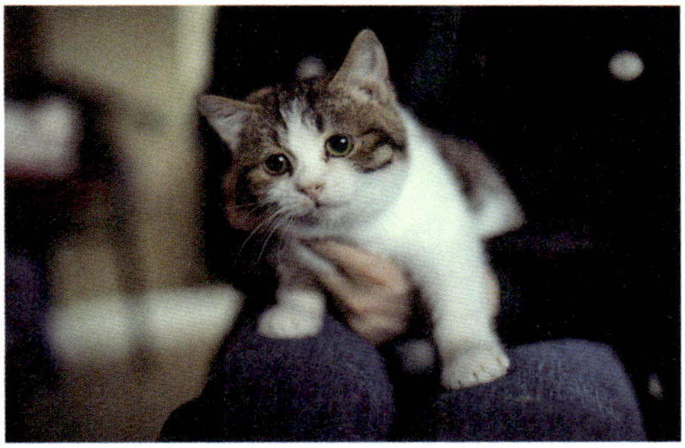

当大家进到里屋，发现这里才是猫咪的大本营，几乎所有的地方都已被猫大人占据。我看到的大约就有二十只，体形、毛色各异，或站、或躺、或跳蹿着玩乐，或在地上来回踱步，俨然是这里的小主人。看到朱阿姨进屋，小家伙们一拥而上围着她，有些胆大的干脆站起来扒着她的裤腿，就像是一群永远长不大的孩子，嗷嗷待哺。好不容易撇开它们，朱阿姨从夹缝中抽出两把老式的木质折叠椅，放在里屋中央唯一的空地上，我坐下后环顾四周，突然发现一个问题——这里没有床！阿姨指指橱边的角落，放着一张一碰就嘎吱响的行军折叠床，这就是她每晚睡觉的地方。

在我们聊天的过程中，有一只虎皮色瘦弱的老猫忽然从茶几上跳到了我的腿上，喵喵地叫唤，微微拱起的背上，两块肩胛骨就像立起的小山，身上的毛有些斑秃。朱阿姨每天清晨起床，一直不间断地忙到将近半夜，就是为了照顾这些毛孩子。她翻开一本珍藏的相册，里面一页页记录着这些"孩子"生活中的点点滴滴，其中有几只橘猫，我们也有过数面之缘。这里的猫，一只只地来，又一只只地走，就这样过了二十几个年头，我想朱阿姨自己都不清楚她给过多少只流浪的猫咪一个避风的港湾。

这些年，阿姨救过的流浪猫，有生病的、被弃养的、因为搬迁而被留下的，还有放在她家门口的。作为一个虔诚的基督教徒，阿姨说它们每一只的生命都是平等的，或许做不到拯救全世界的猫，但是她也无法放弃她眼前的小生命。为了这些流浪猫咪，朱阿姨付出了太多，也失去了很多，倾其所有的心力在这些小动物身上，甚至把家从市区搬到了郊区；逢年过节，全家也只能在外头找个饭店团聚，一切为的只是给它们一个安身的家。

在阿姨回忆的时候，一只眼角微微下垂、样子十分呆萌可爱的小奶猫，爬到了我的脚边，我顺势抱起了它。这是屋里年纪最小的猫，对朱阿姨而言，屋子里的每一只猫都像家人般的存在，这里虽然不是猫的天堂，但至少为它们提供了一个食宿无忧的栖身之处，不用担心会再受到任何的伤害。

朱阿姨和罗阿姨的家离得不远，罗阿姨家在一栋老式公房里，房门外一条长长的过道，过道的尽头拦着一道铁门，铁门的内外都堆放着成箱的宠物粮食。阿姨的房门一开，一条小黄狗就隔着铁门向我冲了过来，一下子就扑在铁门上，疯狂地摇着尾巴看着我。我一下就认出来了，这是我妈妈早前在公园里救助的流浪狗——妹妹，后来被罗阿姨接了过来，妈妈至今还一直惦记着这只小狗，时常来这里看望它。

罗阿姨退休前是核电站的工程师，在那个女生连读书都很难的年代，可以想见当时阿姨的才华学识。阿姨今年已近80岁的高龄，眼睛和耳朵都不太好了，一头花白的头发，看上去像是没时间打理，全都梳到脑后。她扶着自己的腰，用不太利索的脚蹒跚向前，她身上穿着一件红黑格子的罩衣，细看会发现上面沾着无数绵软的白毛，肩背上布满像是被猫抓破的小洞，阿姨却早就习以为常了。

阿姨家进门是一个狭长走道式的厨房，地上满是一个个用旧衣改造的棉布蒲团，作为狗狗们晚上睡觉的地方。走道的那一头有好几只小狗机灵地瞅着我们，胆子大的就上前闻闻，站起来扒着膝盖向你示好，胆小的就缩在一起，我们每向前一步，它们就叫两声，好像是在提醒着"不要踩到我们睡觉的窝"。

穿过走道，两侧各有一间房，门口装着整扇的铁栅栏，我来到了猫咪的地盘。我侧身挤进了左边大约十平方米的空间，里面围了一圈圈的笼格和架子，笼里笼外、架上架下，猫影幢幢，里面竟住了近百只流浪猫。虽然被眼前巨量的画面所震撼，但是伴随着屋里循环播放着的佛乐，让人的心灵也逐渐平静下来。这些佛乐是罗阿姨特地为毛孩子们所准备的，希望它们有佛祖保佑，可以

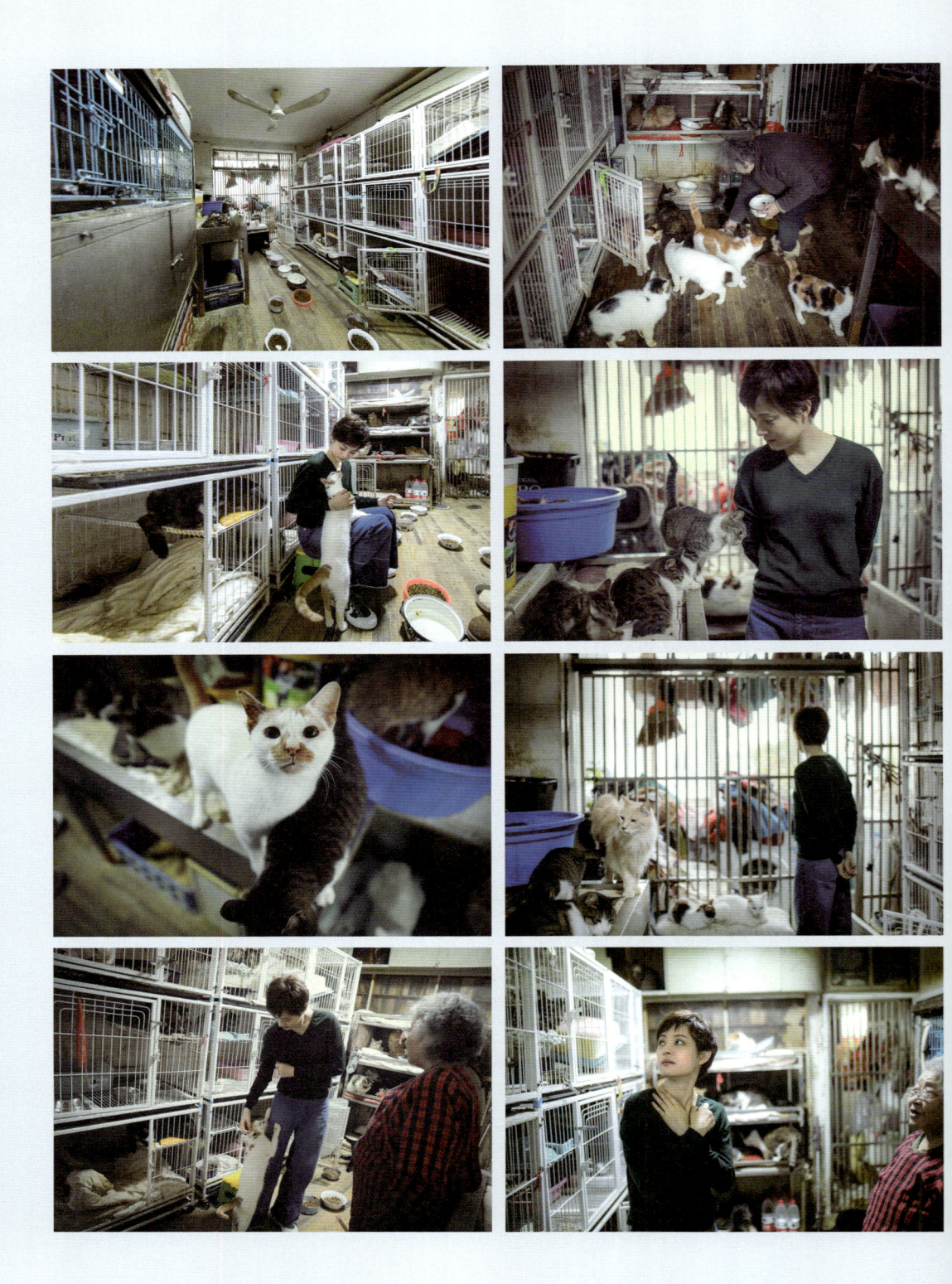

遇见你，陪伴你　　　　　　　　　　　　　　　　　　PART - 2　陪流浪的灵魂回家

少生病、少灾难。

我在猫笼边的小凳子上坐下，发现距离上次来的时候，已经干净整齐了不少，每个架子上和笼子里都铺设了可以取暖的毛毯、水盒和食盆。这里几乎多数是成年，甚至老年的猫咪，没有小奶猫。因为小猫更容易适应新家，被领养的概率也相对大一些，所以阿姨尽量帮小猫想办法找到新主人。其余老弱伤病、年龄较大的猫咪，她就亲自照料，因为领养需要一个磨合的过程，万一磨合不好，对猫咪又是一次伤害。

在罗阿姨眼里，所有的动物都值得被善待。她曾经奋不顾身地在马路中央救起一只小刺猬，听得我心惊肉跳，为眼前这位 80 多岁，为小动物奋不顾身的老人家担忧。罗阿姨和朱阿姨一样尽可能地将屋里最大的空间留给了猫咪跟狗狗们，唯一可以休息的东西，是一张躺椅，因为里面早已没有空间能容纳下一张床。

"我这个腰就是这样搞坏的。"阿姨云淡风轻地说着，就像在拉家常一样。探访尾声，我们跟阿姨走到铁门口，狗狗们又瞬间蜂拥而至，阿姨连忙把门关上，隔着铁门跟我们说了再见。

离开阿姨家后，同行的小伙伴们开启了热烈讨论模式，探讨如何帮阿姨们清理杂物，还有空间再造的可能性，大家希望能给那些毛孩子更为舒适的环境的同时，也能让两位老人家有充足的休息空间。如果每个人都能伸出温暖的一双手，也许就能照亮很多我们所不知的阴暗角落。

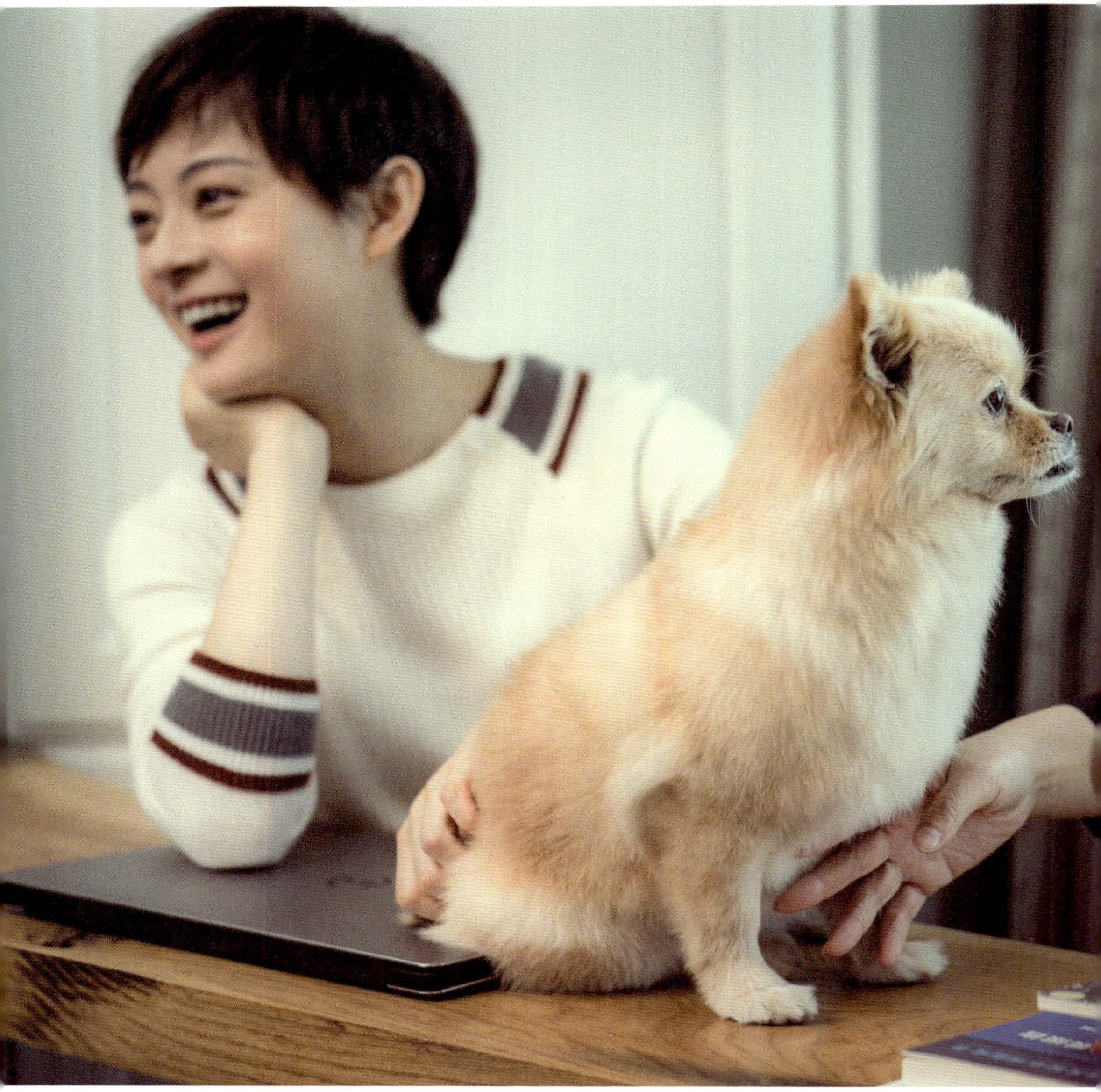

CHAP-
TER
13

骏哥、菜菜
× 狗肉节的嘟嘟

所有相遇，
既是偶然也是必然

说到流浪动物，很多人的第一反应就是脏，不太好亲近。但事实往往让人出乎意料，从我领养第一只流浪狗，到这次去探访领养家庭，我发现这些曾经流浪或者遭遇不幸的毛孩子，但凡重新遇到了真心爱它们的新家，大都惊人的乖巧懂事、性格温和、乐于与人亲近。这或许与它们过去那段流离失所的经历有关，让它们加倍珍惜来之不易的幸福家庭。

嘟嘟就是这样一只高情商的小狗。

这次是我跟嘟嘟，以及它的主人骏哥和菜菜的第二次见面。在几年前的一次领养日活动中，我们曾见过一次。那次，我从骏哥这里知道了嘟嘟被救助前的经历，万分心疼。嘟嘟是一只奶咖色的博美串串，脸上总像是在笑着的样子，长相十分可爱。你大概想不到，这么可爱的它，被发现的地方，却是在狗肉节的肉摊上。当时八岁大的它，被细细的铁丝箍着脖子吊挂着。铁丝深深地嵌在肉里，几乎要把它的脖子勒断。我不敢去想象嘟嘟当时有多恐惧和无助，也不敢想象他们在玉林看到它在那种状态下挣扎的样子会有多心痛。

嘟嘟终究是幸运的，尽管它曾经受到过如此残忍的虐待，它还是愿意相信它的新主人。它不仅非常顺从地配合治疗，也没有放弃过对人的信任。"其实，我们虽然给了嘟嘟生的希望，但最重要的是它没有放弃自己，才给了我们施予爱的空间。"骏哥一边回忆一边感慨，"相比之下，另一只狗狗就没有这么幸运，那段悲惨的经历让它患上了抑郁症，拒绝进食以及不接受一切治疗。最后它走了，我们只希望来生它可以重获幸福。"

其实嘟嘟与骏哥他们的相遇像是偶然，也像是老天一手安排好的。骏哥告诉我，自己年轻时曾在部队养过大型犬，但对小型犬知之甚少，而菜菜对猫毛过敏，所以两人虽然热爱动物，也经常在户外接触野生动物，但一直没有要在家中养一只宠物狗的明确想法。直到那天，两人无意间看到了领养日的海报，在那里遇到了嘟嘟。尽管它的经历十分坎坷，却一直安静而坚定地看着他们，顿时好像冥冥之中有种不可言喻的缘分，把他们紧紧地拴在了一起。

算算嘟嘟今年已经12岁了，这是它的第一个本命年，对狗狗而言，12岁已是古稀之龄。没想到我们才刚一进门，听见呼唤声，小家伙就抖擞着一身蓬松的毛，两三步跑到我跟前，努力踮着脚爪，抬头仰望，模样很是可爱。我挠了挠它的下巴，它就亲昵地用头蹭了蹭我的手腕来回应，它背上的毛，还和三年前印象中的一样柔软，看来这几年的光阴并没有在小家伙身上留下什么岁月的印迹。

在部队家庭出生的骏哥，虽年近50岁，可平时的爱好却是重型机车和潜水，全然是个心态年轻的硬汉。他蓄着有型有品的胡子，衣着时髦，家中的装饰处处都透露着他"品位不凡"的身份。看到嘟嘟和我亲昵的样子，骏哥憨厚地笑出了呵呵的声音。他被嘟嘟逗乐的样子，巨大的反差让人有点对不上号。菜菜是骏哥的太太，也是潜水的高手，金融界的女金领。她小骏哥12岁，看起来也是格外年轻，果然是"狗随主人"，这一家子都是隐藏年龄的高手！

我们刚在沙发坐下，这圆圆小小的一只就朝我跑来，像刚出炉的吐司躺在我的脚背上，翻出了肚子求摸摸。眼睛乌亮湿润，满怀期待地看着你，那种不谙世事的样子，让我忍不住把它抱到怀里，它也扭头对我咧着嘴笑。这时我发现它的牙很齐全，非常好，顿时让我想起曾经养过的一只流浪狗，到了嘟嘟这个年纪，一口牙几乎都掉光了。我忍不住询问骏哥和菜菜帮嘟嘟保养的秘诀，如何让它的牙和毛色看上去一点都不像12岁？

菜菜转身拿出一包三文鱼狗零食和一瓶洗牙剂，从配方成分、什么营养针对身体的哪一部分，到嘟嘟实际使用的体验都一一道来，可见这些东西都经过

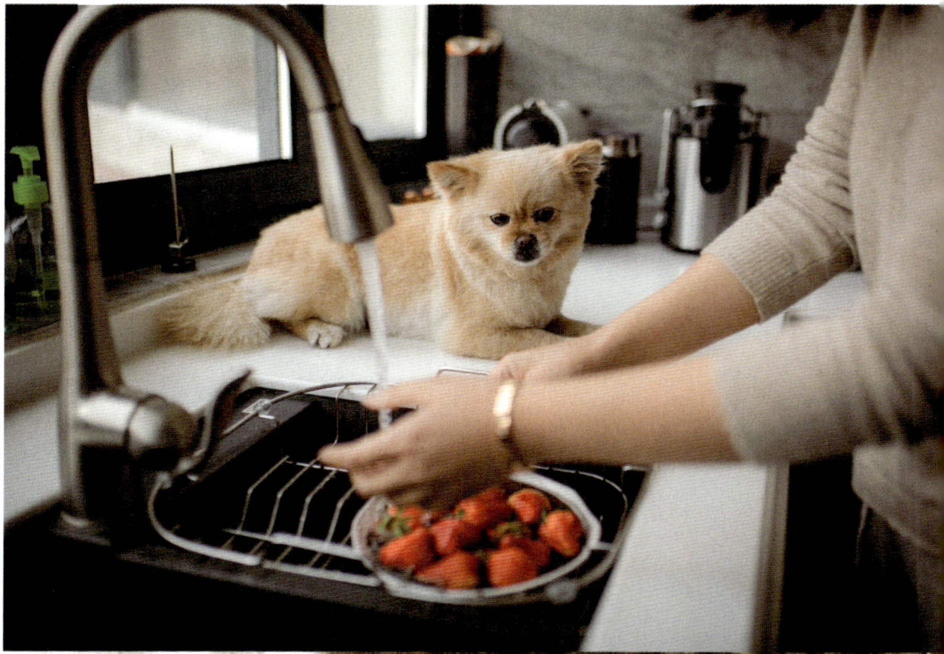

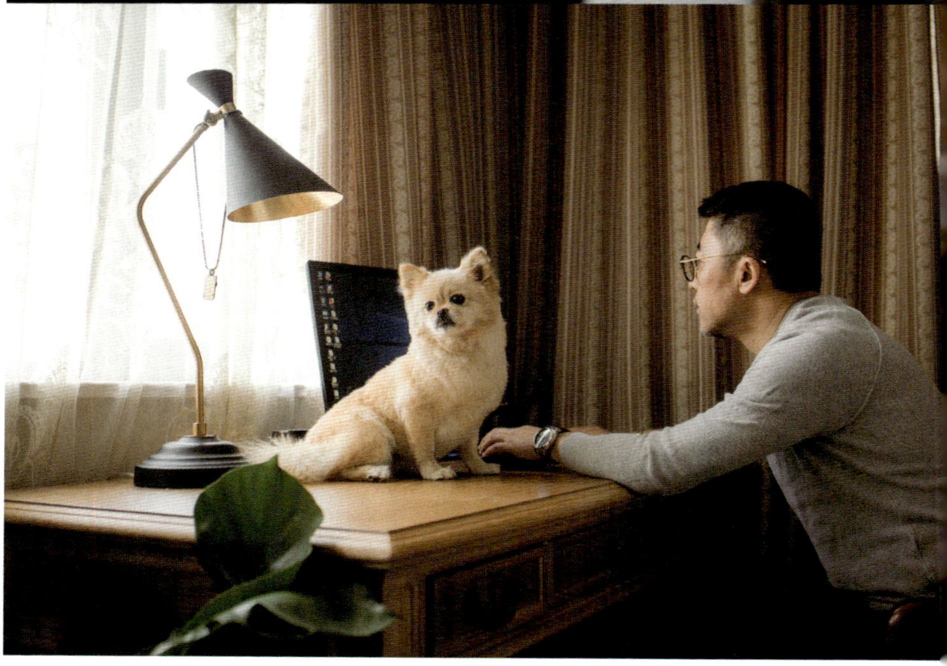

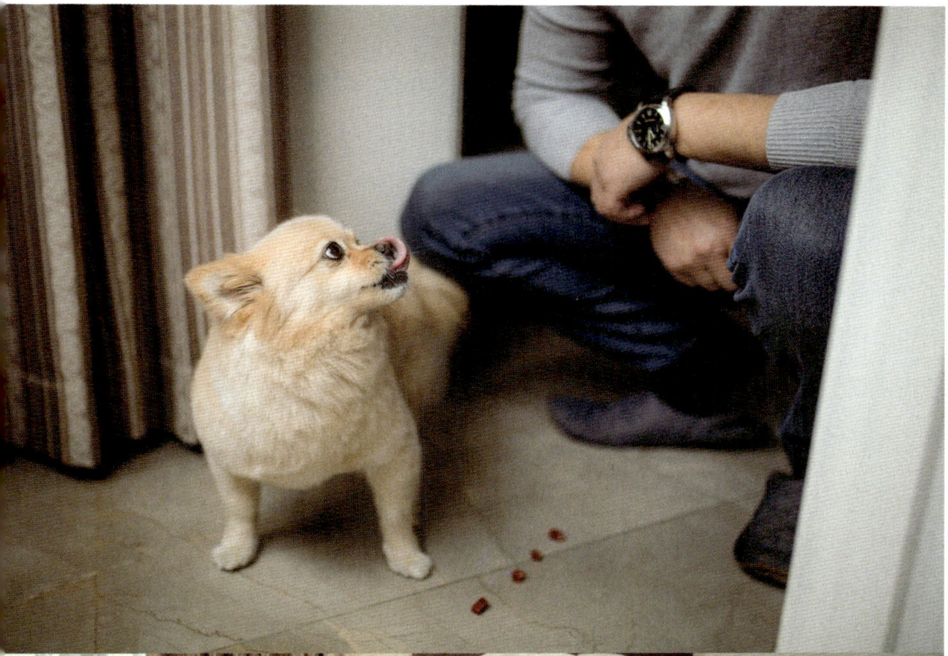

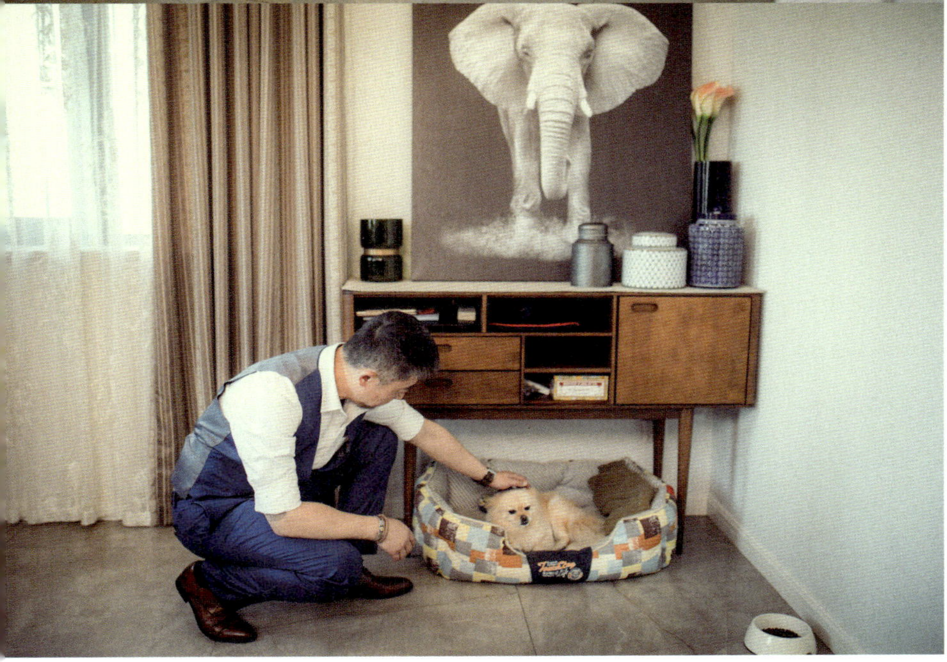

了他们的精挑细选及层层把关。后来，我们又讨论了最近流行的鲜粮，我才知道现在有专门为狗狗的体质定制的鲜粮，打算回头给家里那三只有着不同健康状况的"老狗"试试。都说做了爸妈的人，见面的话题总离不开儿女的生活和健康。其实，养了动物的人也一样，总想着给自家宝贝最美好的东西。

在这一点上，骏哥和菜菜比很多人都更加细致，小到嘟嘟的洗发水，都要一款款地去尝试和研究，什么样的配方嘟嘟不会过敏？什么样的味道是嘟嘟最喜欢的？他们认真的表情让我越发确信嘟嘟找到了真正的家。这个家不只有遮风挡雨的屋檐和三餐，更有发自内心疼它的家人，他们所关心的不只是嘟嘟外表的光鲜，还有嘟嘟是否快乐。

骏哥夫妻俩最有成就感的事情莫过于让嘟嘟卸下对其他狗狗的心防。骏哥发现，刚把嘟嘟领回家的时候，尽管它对人和善，却对其他狗带有一份戒心，看到大狗就瑟瑟发抖，见到小狗就出现具有攻击性的吠叫，没办法放松地与同伴们玩耍。这可能与它之前的经历有关，而骏哥和菜菜没有回避这个问题，他们坚信嘟嘟可以正常与同伴愉快地相处。为此，他们查阅了许多专业资料，观看了很多教学片，也尝试了很多的方法。皇天不负有心人，最近他们终于看到了嘟嘟的改变。

这个方法很简单，就是在散步的时候调换他们和嘟嘟的前后位置。在一般情况下，嘟嘟都会走在主人前面，这让它有一份保护主人的责任感，因而时刻紧张，不许别的狗狗对主人造成任何可能的伤害。当把主人位置调整到嘟嘟之前时，则给了嘟嘟一种"有人罩着"的安全感，它自然会放松很多。这个小小的改变，让嘟嘟出门不再紧张，平和了许多，看到同伴也会友好地互动，甚至还与一只白色的博美狗狗成了好朋友，每次大老远就想冲过去跟人家扑闹玩耍。

不过，在这个家里，这么在乎与疼它的人可不只骏哥和菜菜。嘟嘟的聪明可爱还成功收服了家里两位老人的心——菜菜的爸爸妈妈。

菜妈妈原先有点害怕狗狗，加上担心夫妻俩有了狗狗就没心思养孩子，所以十分反对两人养狗，连领养嘟嘟也是夫妻俩先斩后奏的决定。这个故事的关键性人物是资深"爱狗"人士菜爸爸。有了爸爸的里应外合，夫妻俩时常在微信群里转上一些科学养宠物的贴文与嘟嘟可爱的照片和视频，嘟嘟天生就有着很强的镜头感，镜头前的它，格外乖巧可爱。这种潜移默化的影响让妈妈渐渐接受了嘟嘟。今年过年，小两口提出想去旅游，菜妈妈竟主动提出要照顾嘟嘟，这可把大家高兴坏了！

到了接嘟嘟的那天，大家都有点紧张，生怕嘟嘟见到陌生人就会叫的习惯吓到菜妈。事实证明，他们的担心是多余的，嘟嘟表现得简直太好了！门一开，嘟嘟就三步并作两步地跑了过来，好奇地望着还僵在门口的菜妈。听到主人介绍来人是"外婆"后，嘟嘟原地蹦跳了下，像是回应它知道了。看到外婆还是不太敢进门，嘟嘟突然很识相地转身跑回了自己在角落的小窝，一动不动地趴着，竖着耳朵，头耷拉在前爪上，时不时抬眼看看大家，一副可怜兮兮的样子。骏哥觉得又心疼又好笑，心疼它的懂事，知道自己要很乖才可以得到外婆的认可；好笑它的演技，平时小家伙可是从不会大白天趴在窝里卖乖的。这个楚楚可怜的模样，让菜妈不久就卸下心防，尝试着伸出一根手指，摸了摸嘟嘟的头。那天晚上，嘟嘟很乖地跟着外公外婆走了，这让骏哥夫妻俩不只感到安心，还有些感动。因为他们终于不会再看到嘟嘟从宠物店寄养回来后，无精打采的样子了。

不仅如此，两位老人家几乎把嘟嘟宠成了"外婆外公带大的狗"。爱狗心切的菜爸会因为要过年了，一心记挂着要给嘟嘟吃点好的。于是他把新鲜的鸡肝精心切成小块，蒸好拌匀让嘟嘟大快朵颐。开了荤的嘟嘟立马就疯狂地爱上

遇见你，陪伴你　　　　　　　　　　　　　　　　　　　　　　PART - 2　　陪流浪的灵魂回家

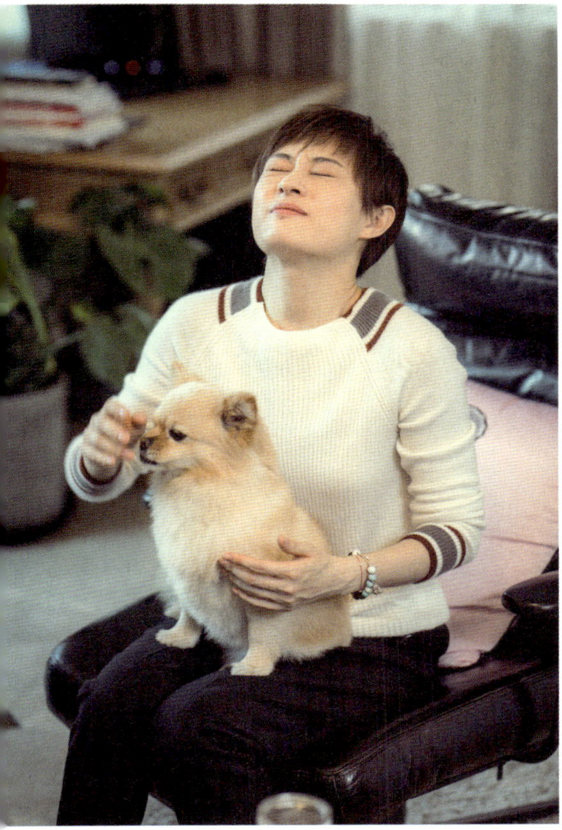

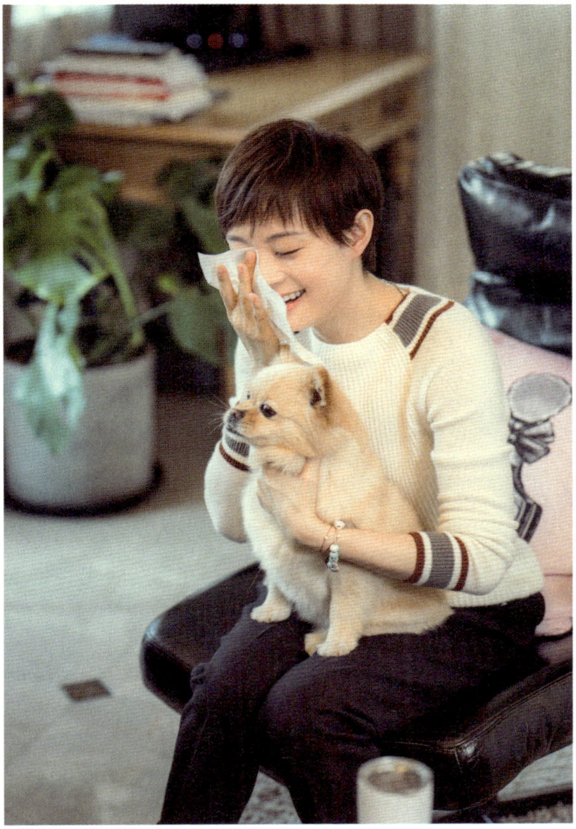

这个味道，菜爸也乐得为它隔三岔五地精心准备一番。短短几天，嘟嘟就成了长辈眼里无比可爱的"小胖子"，这让骏哥和菜菜哭笑不得，只能等回家后勒令它开始减肥，三餐之外，不准乱吃零食！看来这可怜的小家伙也要体验一回减肥了呢！

嘟嘟的出现，在某种程度上填补了两位老人家的生活空当，菜爸对嘟嘟的疼爱可以说是到了"青出于蓝"的地步。有天早晨，菜爸带着嘟嘟去散步，见到小区里没有太多人，于是就松开了绳子（遛狗牵绳详见拉页TIP-7），想让嘟嘟尽情地跑一跑。结果一眨眼的工夫，重获自由的嘟嘟瞅见了它最爱的猫朋友，刹那间就嗨了，撒了欢地向猫追去！那只不明所以的猫跳过了一个铁丝网的栅栏，慌乱地逃走了，嘟嘟立马就从铁丝网下的小洞里钻了出去，一路狂奔，一会儿就没影了！这可把菜爸急坏了，想也没想就抬脚从断头暴露在外的铁丝网上翻了过去，一下就把菜爸的厚牛仔裤划了个大口子！但是菜爸哪里还顾得上裤子，焦急地呼喊着嘟嘟的名字！还好，嘟嘟很快就从草垛里钻了出来，不知道发生了什么的它，跑到菜爸面前还是哈着气无比兴奋的样子！这时它突然好像发现了菜爸裤子上的大口子，朝着那个口子叫了一声，之后像做错事的孩子一样，嘴里呼噜呼噜的，不知道是不是在道歉。菜爸当然舍不得狠下心对它生气，心有余悸地赶紧抱着它回家。

在这个家里，嘟嘟可说是"集万千宠爱于一身"，但在骏哥和菜菜眼里，却是因为嘟嘟，才让他们的生活变得如此轻松和幸福。原来骏哥有个令人担心的习惯，常常忘记在入睡前锁门，但现在嘟嘟只要听到半夜里门口有脚步声，它就自动化身保安似的，警觉性地叫上一声来守门。这样机敏的嘟嘟，给了骏哥强大的安全感。自有了嘟嘟，"回家"成为骏哥每天最开心的时刻。因为当他把钥匙插进门洞的那一刻，门的那头就会有一个迫不及待见到自己的小家伙，不停地用爪子挠门。有时候，骏哥会故意只转钥匙，却不推门而入，只是觉得嘟嘟着急挠门的声音很可爱，一天繁忙所带来的焦躁和疲惫在那个瞬间烟消云散。

在骏哥眼里，小家伙犯错的时候最可爱。有一次，嘟嘟撕了放在茶几底层的纸巾（这是嘟嘟犯过最大的错了），菜菜刚想一本正经地教育教育这个不怎么犯错的"乖小孩"，但嘟嘟立马低下头，抬起前爪把菜菜指着它的手按下去，再按下去，意思是"好了、好了，别说了，都是我的错"。看见它这副可怜兮兮的模样，谁还会忍心再说它呢？

不知道是不是听到我们在讨论它犯错的事情，小家伙坐在我腿上突然"阿嚏"一声，打了一个挺大的喷嚏，喷了我一脸的口水，接着它仰起头来，无比天真地看着我一脸又好笑又手忙脚乱地擦着脸的样子，那表情足以瞬间萌化每一个人的心。

幸福感在这个家里是扎实又显而易见的。嘟嘟的乖巧懂事建立在它与主人互相信任的基础上。哪怕它曾经受过伤害，只要它愿意再给我们一次机会，千千万万像骏哥和菜菜这样充满善意的领养家庭，会用自己的爱和善良，慢慢抹去那段在它一生中留下伤痕的经历，去换取狗狗们最无邪的可爱和长久的陪伴。

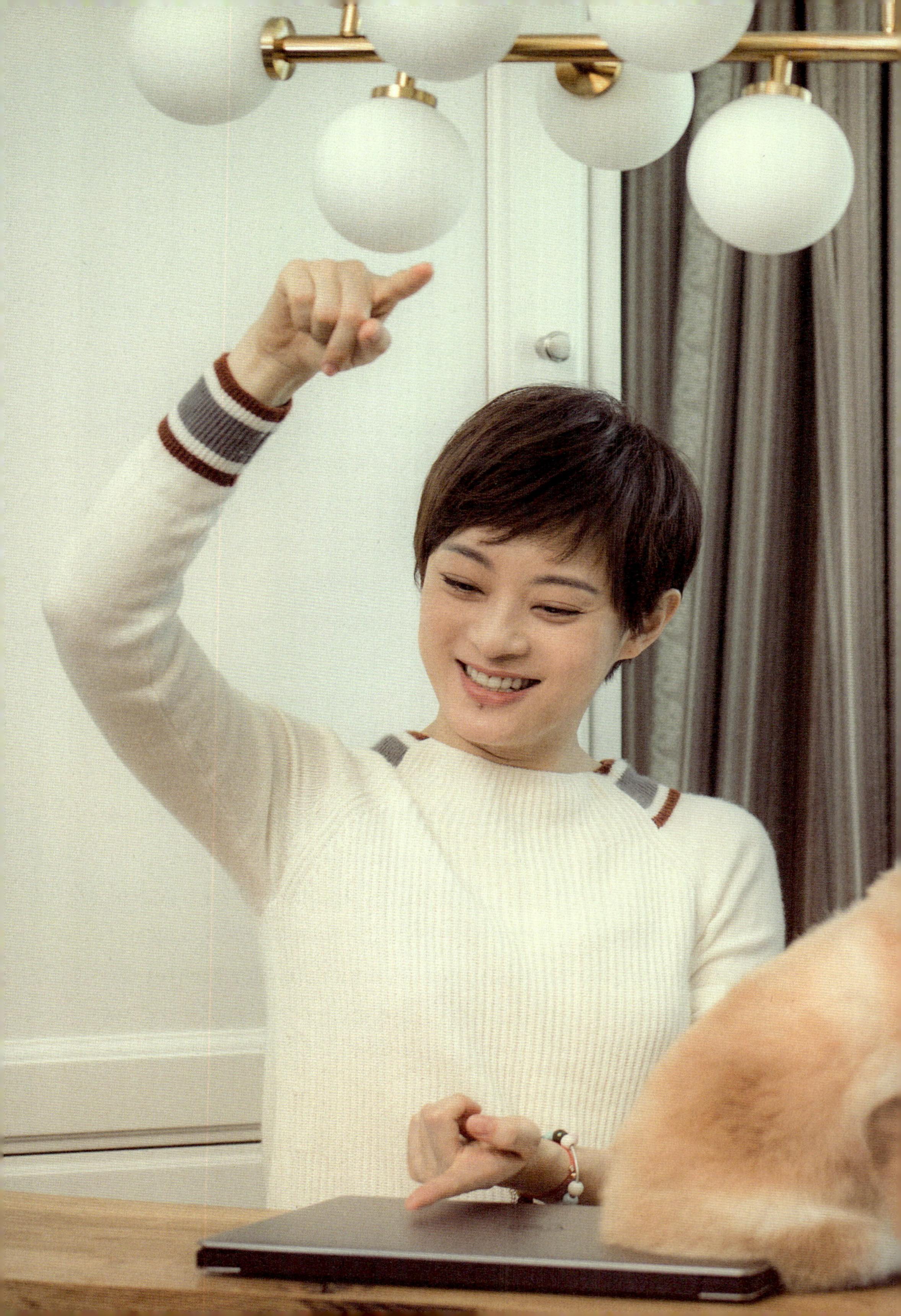

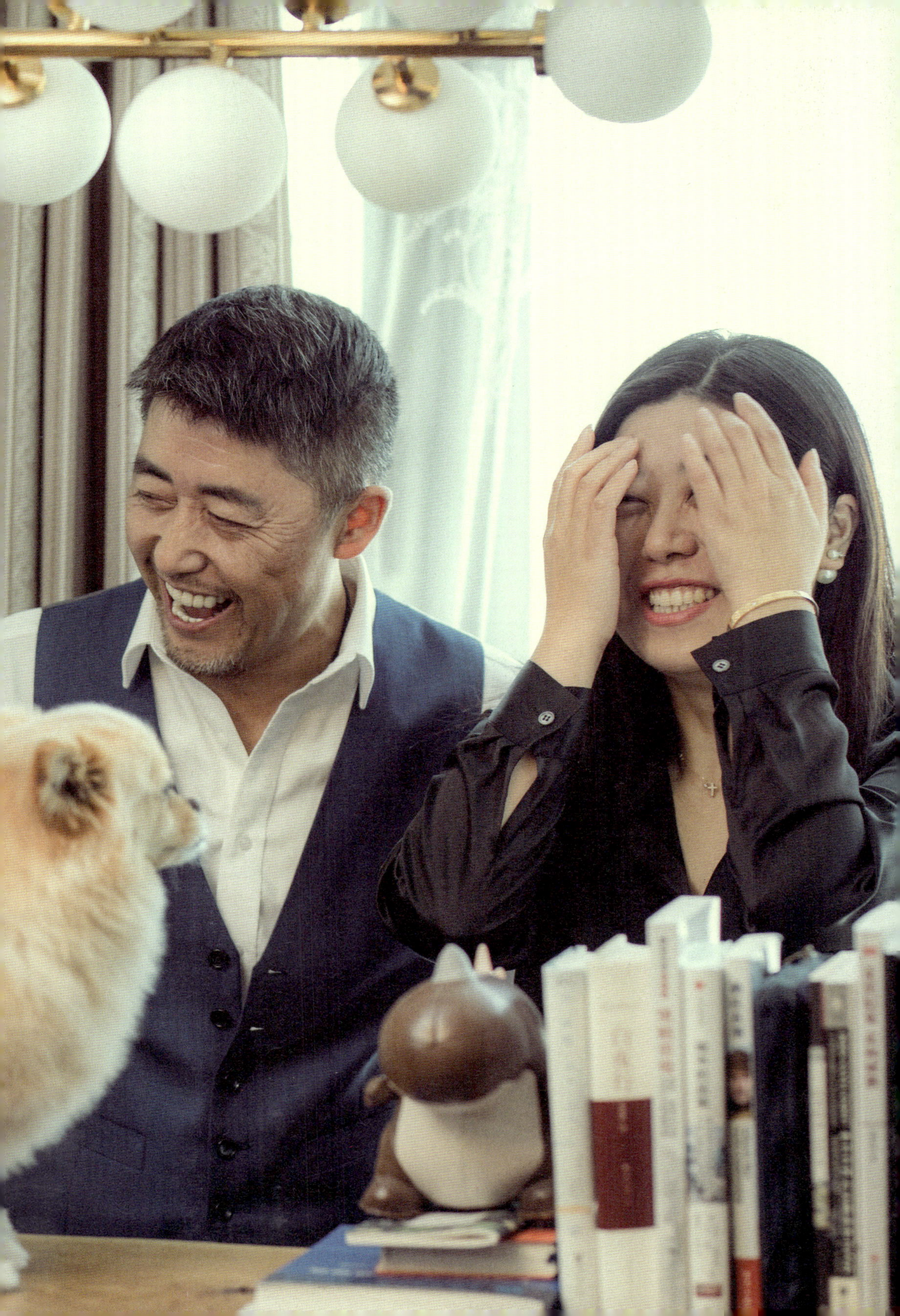

PART-3

每一个灵魂
都应该
被尊重

EVERY SOUL
should be
RESPECTED

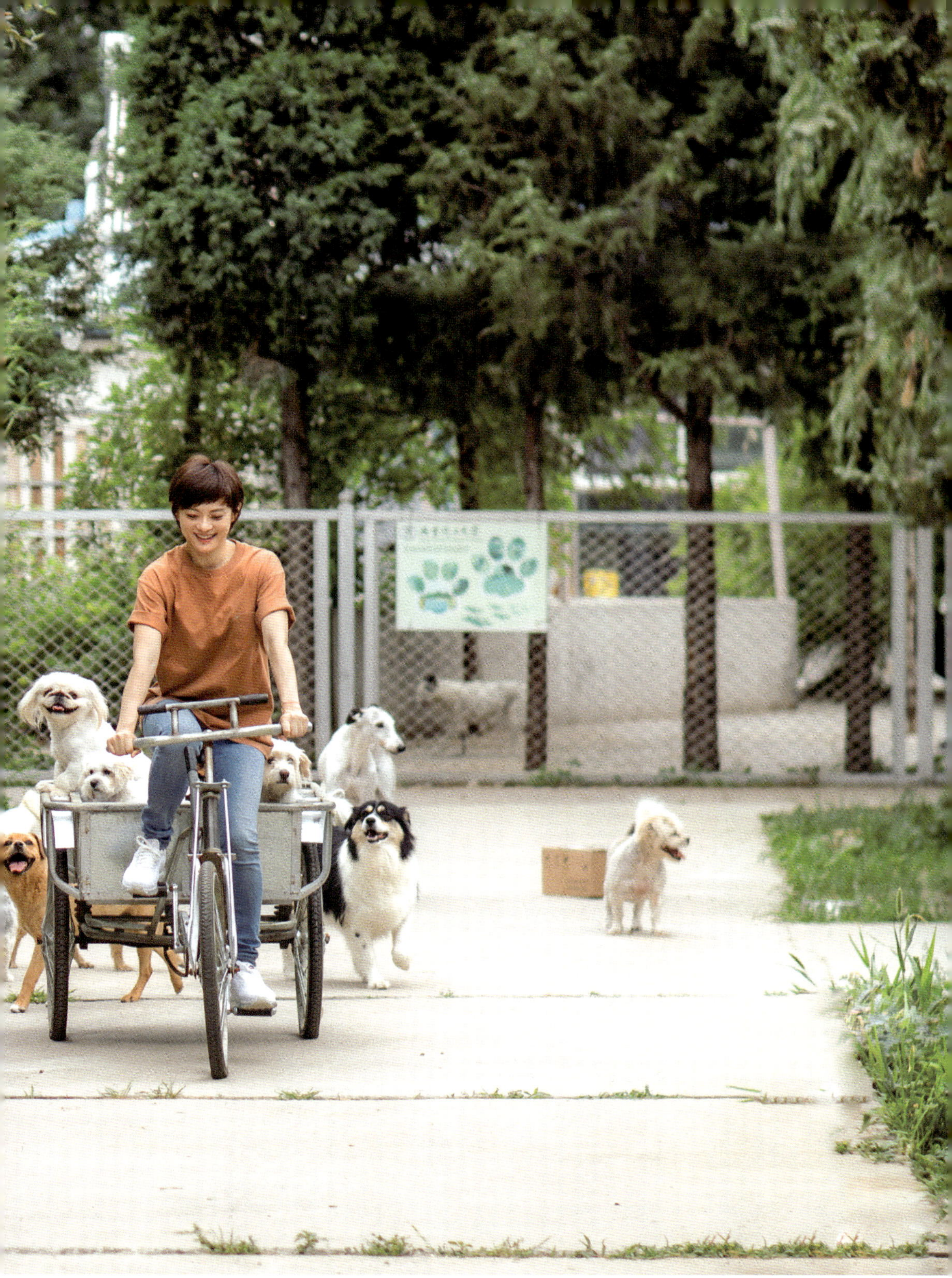

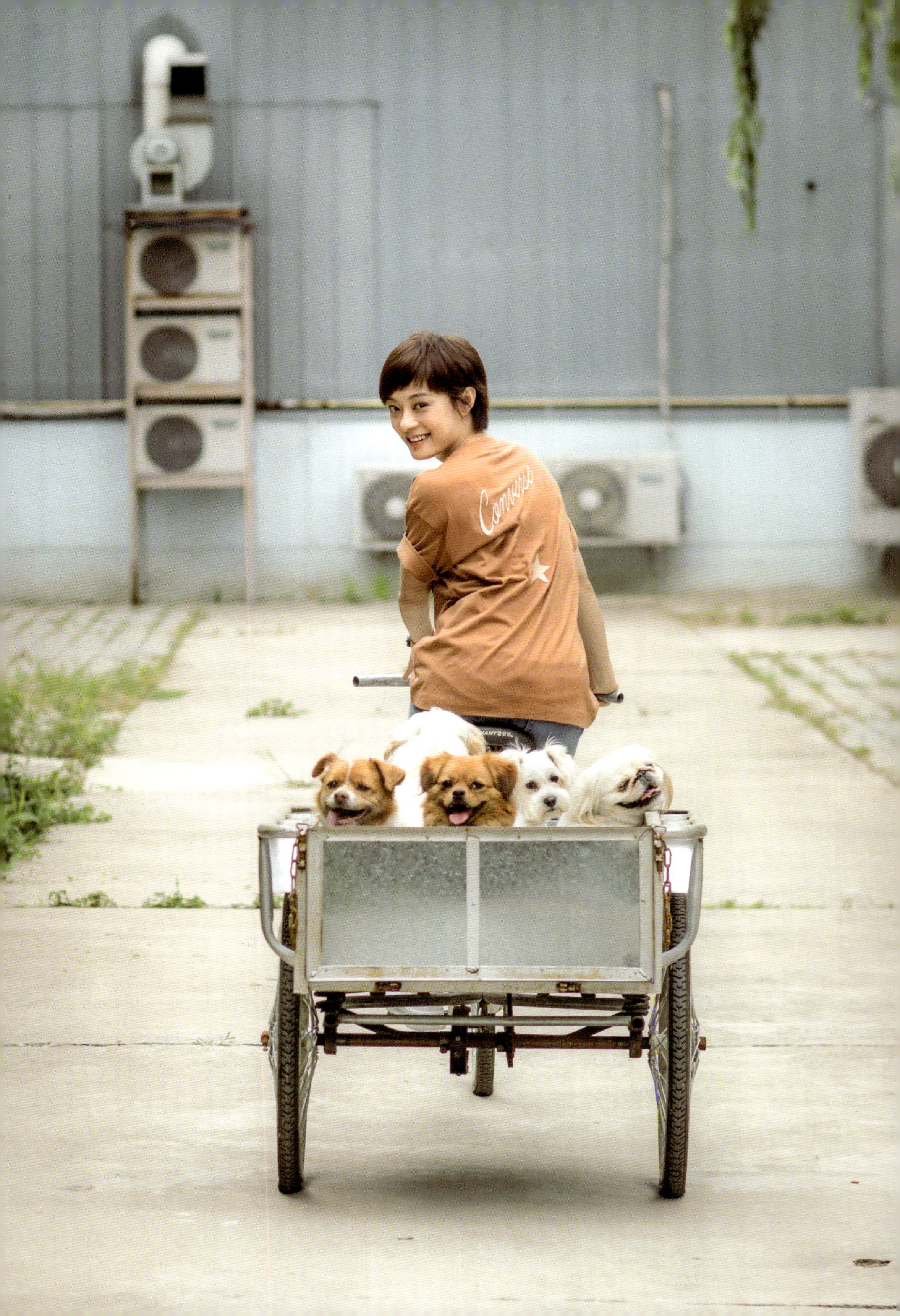
Converse

1#

十 年 改 变

时间过得真快，当我和朋友在一次偶然的聊天中，萌生出想要再出一本书的时候，我才意识到距离第一本书《带我回家》的出版，已经过了十个年头。作为当时书里主场景的基地——北京人与动物环保科普中心，我与它之间的缘分，却不止"十年"两个字可以概括。

记得第一次到访是一个大雪天。光阴弹指一挥间，如今这里也有了翻天覆地的变化。第一本书里记载着的小小身影，大多早已离开，毛孩子们来来去去换了好几批，唯一没变的是这里永远满载着的爱心和义工们忙碌不停的身影。

这里收容和救助了许许多多被人遗弃或是有残障的小动物，包括我家的叶子和毛团，也都曾经是这里的一员。而张阿姨（张吕萍）则是这个爱心基地幕后的最大功臣。今年年近 60 岁的她,在这份事业上,已经坚持了二十六年。这里从最初的一间小小办公室开始,再到十年前我看到的矮旧平房,最后才有了现在科学管理、整齐干净的基地。为了能让这些小动物过上更好的日子,她几乎倾尽全力。

回想起来,在我们认识的这十年里,她每天有多少时间醒着,就有多少时间在忙碌,不是带着基地的义工们一起给这个孩子治病,就是给那个孩子想办法改善营养。有时候难得偷闲,我们聊起天来,她的心思却还在这群毛孩子身上。她总是念叨着"俪俪,你说这里我还能怎么弄一下？那里我还不满意,我还想怎么搞一下"。

这些年,张阿姨在救助流浪动物这件事上没少花工夫,许多中外营养专家和兽医,都被这份善心所感动,自发自愿地来帮助她。就是张阿姨这股子认真的"折腾"劲,才让孩子们在基地里的生活有了质的飞跃。

十年前,我第一次见到的犬舍还是一个"大通铺",进门后会有一股浓烈的气味迎面而来,现在经过不断地改善和调整,犬舍不仅有大走廊、排风扇、排水沟、有序规划的单间隔断,还装了空调和暖气,连毛孩子们谁跟谁住都有讲究。还记得在《带我回家》里,我说的那张挤满了小猫的旧床吗？现在,张阿姨给它们购置了食品级安全的小房子,用基地里种的松树给这些爱好上蹿下跳的小东西搭了一个天然的爬架,四周还安装了护网保护它们。

为了这些,张阿姨把自己在市区里的一套房子卖了。之前有人问她后不后悔,她却一笑而过:"这有啥,我就喜欢住在这里,城里的喧嚣我还不喜欢呢！"

2#

生 命
没 有 排 序

　　七八年前，基地里多了很多农田，大家种起了各种瓜果蔬菜。刚开始我还开玩笑说，看来张阿姨和工作人员们要在这里过田园牧歌、自给自足式的生活了！后来一问才知道，这些都是张阿姨给孩子们做鲜粮的天然食材。

　　这源于张阿姨和来这儿做义工的营养专家发现，很多被送来基地的毛孩子都因为营养不足患上了各种各样的病症。在救治它们的过程中，有些看似病重的小动物，当营养跟上之后病情就会慢慢地得到改善，甚至很快痊愈。可是，一般我们喂养毛孩子们吃的膨化粮，在选材和加工工艺上就注定了无法有效地保留全部营养。

　　"与其花大钱帮孩子们治病，我宁愿在源头上让它们吃得好一点、有营养一点，少受这么多苦！"张阿姨是这么说的，也是这么做的。

这次去拍摄时，我们沿途看见了干净天然的菜田，浇灌的肥料都是阿姨带着义工们发酵的，从不施农药。我们边拍边跟着去田里摘小黄瓜，看见一旁长得特别好的杏树，我耐不住嘴馋，好奇地问："这个现在可以吃吗？"得到肯定的答案后，大伙现场摘了几颗，稍微清洗就吃了起来，偶尔看到小虫子，阿姨也就随手弹走拂去，一切都保持最安全、最自然的状态。

那天，我也在基地车间里，亲手体验了制作小批量的鲜粮。从准备食材，到搅碎、烘烤、分装，能感受到在这一切烦琐的工序下，隐藏的是一颗对生命热爱的心。每次听到谁家的宝贝，吃了鲜粮体质状况有所改善，就是张阿姨最开心的时候。她时常跟我说，她越来越觉得这是件"对的事情"，希望能降低毛孩子们生病就被放弃的概率，只要主人愿意，她可以随时毫无保留地教他们如何去做。

然而，就算张阿姨和基地所有工作人员的力量加起来，还是有限的。

在这里，像叶子和毛团这样被领养进入家庭的很少，每天被以各种理由送来基地，或者丢弃在基地门口的孩子们却数不胜数。我偶尔会听到工作人员无奈地叹气，可叹完气还是会继续努力，因为他们没办法放弃任何一个眼前活生生的小生命，就像基地里的标语所说的"生命没有排序"。

我想，应该让更多的人知道它们的故事，关注到流浪动物这个集体，这也是我们一直在努力的事儿。

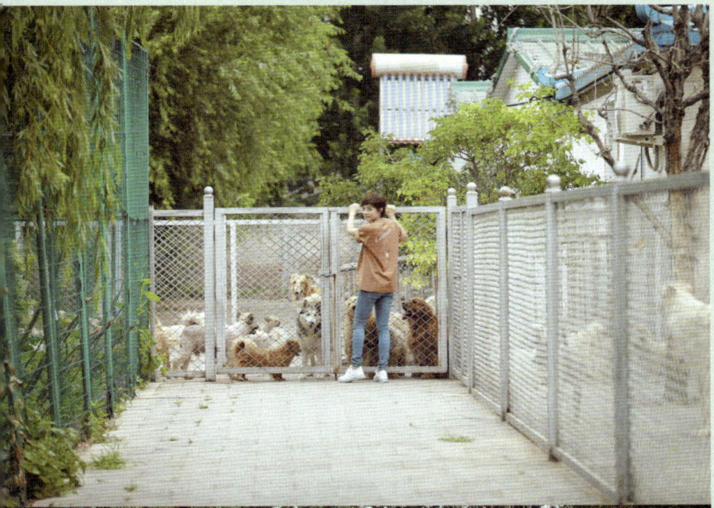

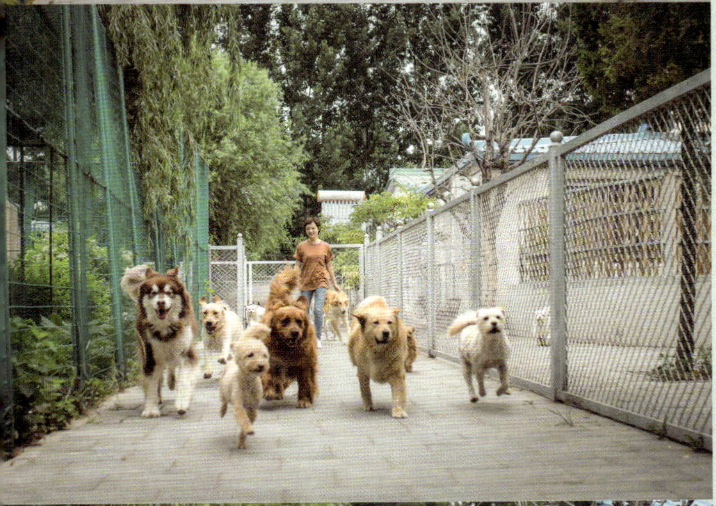

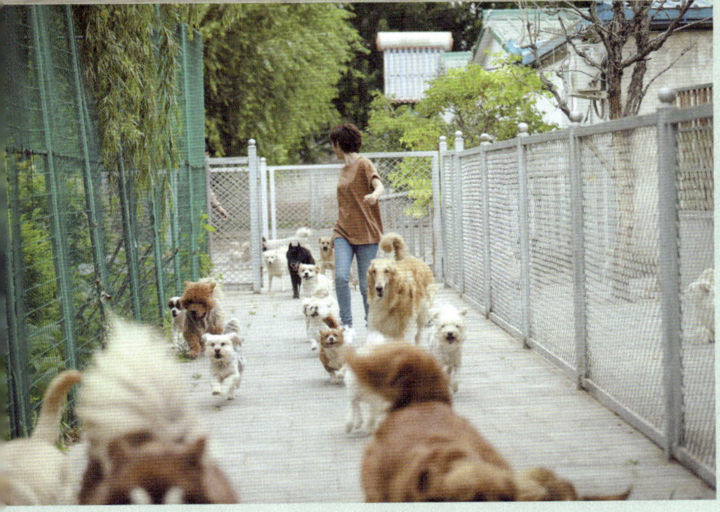

↑　Dollar 与我
↓　十年前 Dollar（中）与我

3#

如 风 少 年
Dollar

十年过去，当我想起《带我回家》里的毛孩子们，难免还是有些伤感，因为它们大多数都已经回到了自己的星球，如今健在的不过寥寥几只。

这次来，我又见到了当年还是翩翩少年的Dollar，一开始我还不大敢与它"相认"。毕竟"狗有相似"，没想到眼前这个换算成人类年龄将近七十岁的"小老哥"，竟然就是当年那个小家伙。

如果不提，大家应该无法想象照片上这只身形矫健、步伐优美的灵缇犬也曾经被狗贩子用铁丝勒着脖子拴在车上，皮开肉绽、奄奄一息。

Dollar刚被送来基地的时候，还是小宝宝。基地里有一块敞亮宽阔的空地，那是Dollar最爱的地方，每天一到活动时间，拥有一双超模般大长腿的Dollar，总是以风一般的速度，率先飞奔而至，将其他狗狗远远抛在身后。每当它迈开腿奔跑如风的时候，我都能真切地感受到它的快乐和活力，那是一种充满自由、阳光与力量的气息。

这样惬意的生活，一直持续到 Dollar 五六岁的时候。一个来自加拿大的三口之家，领养了 Dollar。当时我们以为它终于找到了属于自己的家。

他们在上海有自己的房子，可以给 Dollar 一个安定的家，更难得的是家里还有一个很大的草坪，可以满足 Dollar 向往自由的心。Dollar 看上去非常喜欢它的新家，跟这家主人和孩子的关系非常亲密，几乎可以用"形影不离"来形容。

但是生活总是让人措手不及。

当大家都为 Dollar 开启新的幸福生活而感到高兴的时候，它却被送回了基地。那天，Dollar 的主人带着孩子，以及给它买的窝和所有玩具回到了基地。面对分别的那一刻，小男孩抱着 Dollar 泪流不止，嘴里一直反复叮嘱 Dollar 要好好生活，一旁的女主人也哭成了泪人儿。

退养的缘由，我们已经无法再去细究，也许对 Dollar 而言，基地就是它最好的归宿。

现在的 Dollar 已经十几岁了，俨然是个精瘦的小老头。因为四肢纤细，所以它一年四季都需要在厚厚的垫子上休息，才能最大限度地缓解骨骼衰老带来的不适感。即使如此，这么多年过去了，在我眼里，它依旧是那个行如风，一蹦三尺高的孩子。

这次见到 Dollar 就像和老朋友见面一样。当它在我身边的时候总喜欢用屁股、肚子，或是身体的任一部分紧紧地挨着我，娇滴滴的样子特别黏人，一点都没有大型犬的样子，更像是吉娃娃，有颗少女心。

愿这颗纯粹真挚的心，能这么一直幸福地生活下去。

4#

每一个生命
都应该被尊重

像 Dollar 这样有外国血统的品种狗狗，在基地里数不胜数。它们有些是因为流行风潮过了，就被失去新鲜感的主人遗弃在了路边；有些是因为近亲繁殖而导致疾病缠身被主人抛弃。遗弃的原因有很多，却都注定了它们不幸的一生。

因为天生的血统和外貌，让看似高贵的它们从出生的那一刻起，就被迫不断地进行交配和生育，直到再也挤不出一丝商业价值。此时已然耗尽气血的它们，结局不是被送去安乐死，就是被扔进垃圾桶里，在无尽的病痛和饥饿中离开这个世界。

它们用自己的一生，付出全然的爱和等待，只想陪伴我们走过人生中的一段。这里的每一个生命都应该被尊重，都值得被疼爱。它们不是货物，也不是账户上冷冰冰的数字，由衷地希望能通过以下它们的故事,让更多人理解"没有买卖,就没有伤害"的道理。

斑点狗亚摩斯和苏俄猎狼米莉亚

亚摩斯和米莉亚是同时从繁殖场来到基地的两只狗狗。

斑点和猎狼都不是我们本土常见的品种,也正因为物以稀为贵,它们在很多人眼里都被认为是"来自远方的贵族"。

但是这高贵的出身,却造就了它们悲惨的命运。在来到基地之前,它们的生存空间就是繁殖场里的一方牢笼,它们生活的重心就是不断循环往复地交配和生育。等到年纪大了,再也生不动了,就只能面临被"扫地出门"的命运,但就算如此,商人们仍然不肯放过它们仅余的最后一点价值。

于是,义工们在网上看到了这样毫无感情的信息:"还能生,谁要谁拿走。"我们都不敢想,如果没有人去把它们救回来,会有怎样绝情的命运在等待它们。幸好,它们被带到了这里,一个拥有许多同伴的落脚地,展开了新的生活和希望。

这两位可怜的"老妪"刚来的时候,胆子非常小,一有风吹草动都会吓得直哆嗦,特别是亚摩斯,因为常年蜷在铁笼中睡觉的关系,腿脚长期得不到舒展,导致骨骼变形,走起路来尤其别扭,细瘦羸弱变了形的四肢来回抖动,有时候腿下无力脚一软就瘫在了地上。这个样子,让义工们无比心疼,大家为它准备了一个厚实柔软的大窝,希望能让它好好睡一觉。当亚摩斯第一次睡在大窝上的时候,它发自内心地流露出了踏实、享受的表情,浑身放松的肌肉仿佛在告诉大家,真的好舒服啊!

← 左，亚摩斯

← 米莉亚

此后，这个大窝就成了亚摩斯的最佳拍档，不管它走到哪里，都要拖着自己的大窝，每天花时间最多的就是雷打不动地睡在上面，人叫不听，狗邀不理，眼里、心里都只有它的大窝。但是，亚摩斯的状态必须有适当的运动才能够好转，于是义工们想出了个办法，每天抱着大窝在它面前跑，亚摩斯不得已只好也紧跟着跑起来，生怕大窝被人抢去。

米莉亚长了一副大个头儿，却像小公主一样特别爱撒娇，我一摸它它就会翻肚子，是个标准的"老"甜妞。

现在的亚摩斯和米莉亚在性格上都比刚到基地时开朗了许多，米莉亚非常活泼，放风时间总能看到它和 Dollar 一起双双奔驰在草地上，奶咖色的长毛在空中起伏飘逸，就像是童话故事里的公主和王子。

亚摩斯的走路姿势，比一开始好太多了，尽管还是有些扭曲，但已趋于正常。它还是一直跟自己的大窝腻歪在一起，偶尔发发小疯，嘴叼着窝甩来甩去，这就是它给自己找的乐子，挺好的。

坦白地说，像亚摩斯和米莉亚的情况，走进家庭的可能几乎微乎其微，因为能符合条件的人真的太少了。但是不管以哪一种方式落脚，只要有爱的地方，就是家，希望在这个充满温暖的地方，它们能度过一个幸福的晚年。

西施犬西施

西施犬的名字就叫西施，因为它真的太漂亮了，白色的长毛柔顺地盖在它的背上，就像是一位古代容貌出众的绝色美女，让人一眼难忘。

如同朝着历史故事既定发展的轨迹般，这种美貌终究还是为它引来了伤害。西施是基地里最令人心疼的狗狗之一，它的故事，几乎让人没办法平静地听完。它那小小的身体，承载了一次又一次病痛的折磨。

在西施十个月大的时候，主人发现它走路无法成一条直线，老是歪歪扭扭，一不留神就会掉进沟里。起初，主人以为是它眼睛不好，就去医院给它配了眼药水，可是情况并没有如预期般获得改善。后来有一次，西施不小心从桌子上掉了下来，重重地摔在了地上，落下了瘫痪。

它的主人很负责，没有就此放弃，带它去医院做了全面检查。可是它不仅没有被检查出来问题，反而还因为这次检查差点丢了性命。为了让它乖乖接受检查，医生需要给西施注射麻醉药，没想到西施对麻醉药的反应特别大。醒来后，它的体温越来越低，濒临死亡的边缘，最后靠抢救才捡回了性命。

那时候的西施已经很瘦了，连流食都无法吞咽。医生建议主人带它再去做个核磁共振确认病情，西施哪里还经得起第二次的麻醉，几近绝望的主人最后找到了基地，她拉着义工的袖子一下子就哭了，就算已经不抱任何希望，她只求在西施生命的最后，能够帮它减少痛苦。

到基地的第一天晚上，西施就用实际行动告诉大家，它想活下去。义工给它喂了羊奶，把自制的鲜粮捏成小片，方便它进食。西施的舌头很不利索，边吃边不停地流口水，可以看得出来，它很努力地吞咽，也很努力地想要活下去。那天晚上，坚强的小西施感动了一屋子的人。

后来，义工开始给它做针灸和按摩，西施非常配合，不吵不闹。慢慢地，情况竟然有了些许好转，它除了不再像之前口水不受控地流满地，身子也略微胖了些，至少，如今的它有了可以活下去的希望了。

西施究竟为什么会一病不可收拾呢？这是大家一直百思不得其解的问题。后来，义工们请教了农大兽医专业的教授，经过详细询问西施的病情后，教授证实了是先天基因的问题，痊愈的可能性不大，只能靠用药来舒缓症状。

繁殖背后，都是血泪。很多流行的品种动物都会面临同样的问题，贵宾的髌骨、金毛的髋关节、吉娃娃的气管窄小病、折耳猫的骨骼、英短的心脏病等问题，比比皆是。这些往往都是为了追求品种和外貌，不经过筛选，让近亲交配，导致很多遗传病和基因问题的产生，然后传播给一代又一代，甚至越传越严重。

于是，已经被病痛折磨的它们，可能还要面临被抛弃的命运，即使像这只小西施一样，遇到一个爱它的主人，也只能苟延残喘地活着。

少一次购买，就少一次伤害，希望在它们纯净的眼睛里，只看到这个世界的美好。

迷你贵宾丝丝

贵宾犬应该是这两年最流行的狗狗了，同时也是近几年流浪动物中的主力军。

基地里的这只迷你贵宾犬，叫丝丝。虽然是迷你贵宾，但是实际上，丝丝在贵宾犬中算是中型犬，比我们最常见的玩具贵宾大一点，又比正常的贵宾小一点。放在市场上来看，怕是最不值钱的那种。

第一眼见到丝丝的时候，我就被它特别无辜可爱的眼神给吸引住了。丝丝身上棕色的毛卷卷的，性格十分亲人，只要看见我蹲在那里，喂食其他的狗狗，

↑ 左，丝丝

丝丝就会忘情地跑过来晃两圈，再一下冲进我怀里，让人忍不住一把抱起它，好好调戏一番。

丝丝原来所待的狗场因为违建，要拆了，所以狗场老板就把丝丝和其他好几只得了皮肤病的贵宾狗给了基地。义工去接它们的时候，它和现在的模样完全"判若两狗"。当时丝丝被放在羊圈里，跟好几只羊住在一起，睡在泥土和粪便混合的地上。它的毛很长，像杂草般杂乱无章，又脏又乱又臭，还打着结，根本分不清是羊是狗。

等到抱回了基地，好好洗完澡之后，丝丝瞬间就光彩夺人了。这样的小狗都被义工称为"出土珍宝"，只要拂去污秽泥土，就会发现眼前的小生命是多么纯洁可爱、惹人心疼。

像丝丝这样的小狗，基地太多了。通常等流行风潮一过，就像是滞销的货物一般，被随意处理。它们的命运，瞬间从天堂坠入地狱，从掌上明珠跌到满身泥土。

每个被遗弃的小生命，都在仰望、等待一个可以让它守护一生的家。

5#

流 浪 动 物
需 要 一 个 家

在流浪动物的群体里,被主人遗弃的毛孩子们占了很大比例,它们风餐露宿流落在外,生命安全没有任何保障。在城市里,它们很难找到足以果腹的食物,不只没有一块干净卫生的地方可以休息,还要时时躲避各种恶意的伤害。它们多数营养不足,一旦生病,如果没有被人及时发现和救助,往往只有等待死亡这一种结果。

无论去基地还是这次去探访领养家庭,我们一次又一次惊叹于这些毛孩子的懂事和乖巧。也许是它们在外受过的苦太多了,所以才特别懂得珍惜。

德国牧羊犬虎妞

虎妞是一只德国牧羊犬,也是俗称的黑背,最常作为警犬,耳朵总是直挺挺地竖着,威风八面地站在警察叔叔跟前,所以很多人的第一印象会觉得它们很凶悍,直觉上感到有点害怕。

实际上,黑背是一种非常温柔懂事又性格坚强的狗狗。我在部队的时候,休息时间

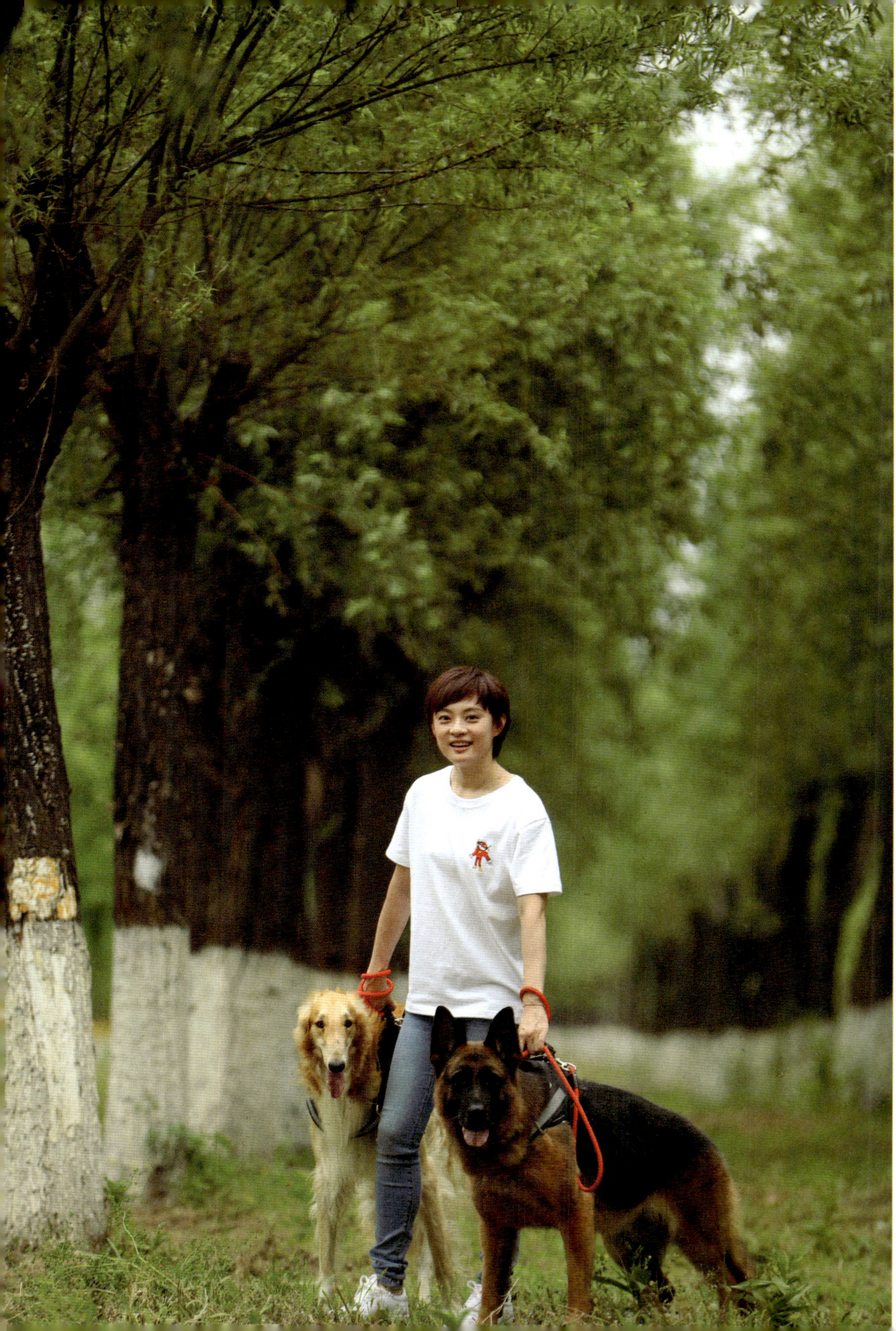

经常看见黑背们跟自己的教官主人玩闹，就跟普通的狗狗一样，调皮可爱，等到执行任务时，它们又是一派勇者无惧、英勇迎敌的样子。

虎妞也是这样。

虎妞被送来基地的时候只有一岁左右。

一个夏天的傍晚，义工阿姨在小区门口的围栏边发现了被铁丝拴着的它。邻居说它已经在那儿待了好几天，看样子又是一只被主人遗弃的小可怜。它趴在地上，非常虚弱，经过兽医诊断，子宫蓄脓，需要手术。

虎妞在医院待了一个多月，原本以为它会逐渐痊愈，谁知它的磨难这才刚刚开始。没过多久，虎妞的伤口附近开始鼓出一个又一个的肉瘤，并且开始流脓，仔细检查才发现虎妞的腹腔内有严重的感染。可怜的虎妞在那之后又经历了两次手术，才勉强化解了这次危机。这边手术刚过，那边虎妞的侧腰和爪子上又鼓出了好几个脓包，就这样反反复复，虎妞吃尽了苦头。

虎妞身上布满了许许多多的脓包，基地的义工们每天都要给它上药。有些脓包甚至已经烂进肉里，别说上药，就算碰一下都会很痛，很多时候尽管它已经疼到身体不自觉地抽搐，可是这个乖孩子依然坚强地忍着痛，从不狂叫，更不会咬人，实在疼极了，忍受不住就嗷一声，着实懂事得让人心疼。

虎妞是因为体质差才引发的这些病症。这些被遗弃的小动物，因为营养不良再加上生活环境卫生不佳，免疫力低下，非常容易患上不同程度的疾病。所幸，这些不幸的遭遇都是可逆的，只要能拥有丰富的营养和一个卫生的环境，得到妥善的照顾，就像虎妞在基地里那样，它们还是可以变回一个健康强壮的毛孩子的。

现在的虎妞比原先精壮了很多，身上不再流脓，尽管偶尔还会长出一两个小包，但也不影响它的正常生活。

不过，别看它在面对病痛的时候，像个"汉子"般坚强，实际上它特别会卖萌。我总爱喊着它的名字玩，因为一听到自己的名字，虎妞就会很可爱地把头一歪，眼睛湿润润地深情回望，我想这就是属于我们之间的秘密暗号吧。

小猫霸道和初生

小猫霸道和初生来到基地的时候，都还是小奶猫，它俩在嗷嗷待哺的时候，就不得不面对被人遗弃的命运。也不知道这两个小家伙是不是知道自己的身世相同，所以特别惺惺相惜，成了彼此最好的朋友。

霸道比初生先来基地几天。它被发现的时候，有严重的骨折，一条腿大面积损伤。大半夜的，发现它的人带着它兜兜转转找不到医院，最后找到了基地。为了避免伤口并发的败血症危及生命，基地的医生只好为小猫霸道做了截肢的决定。

被截肢后的霸道，好像还不知道在自己身上发生了什么，每天就是可怜巴巴地缩在自己独居的那个大笼子里，它还没习惯少了一条腿的生活。

不久，初生成了基地的一员，被安排和霸道住在一起，成为室友。刚开始见面两个小家伙都很紧张，互相喵啊喵地叫，一言不合还要扭打在一起，你扑我，我挠你的。没想到，三天之后，义工们就发现这两个小肉团感情已经好到要抱在一起睡觉，让人又好气又好笑。

它们白天在固定的活动空间里，晚上等大门锁上了，就把它俩放出来在房间里溜达，这对小伙伴一直齐头并肩地左右逛悠，相当有默契地探索未知的

← 霸道

↑ 清华

遇见你，陪伴你　　　　　　　　　　　PART - 3　每一个灵魂都应该被尊重

世界。

也许是从来没有体会过家的感觉，尽管从一出生就面临坎坷，可这对小猫的性格还是相当天真，不谙世事，在基地每天不愁吃喝，过着无忧无虑的日子，也许生活在它们眼里本就是这个样子。

田园犬清华

很多人一听"清华"这个名字，第一时间都会打趣说，这小狗是不是特别聪明？这时候，义工总会告诉他们，我们这儿还有北外、人文、农大、二外，以及北电的呢，德、智、体、美、劳都全乎了！

玩笑归玩笑，清华的故事背后却有一个我们不能忽视的问题：校园里的流浪动物。

清华算是这个群体的一个代表。它在一岁多的时候，被救助人送到了基地。这位救助人是校内的学生，她最初在校园里发现了这只被人遗弃的小狗。起初，她悄悄地把小狗带回宿舍养着，可没过多久就被宿管发现了。

宿管阿姨看到小狗的时候很惊讶，她告诉那个学生，前两天她就是在另一间宿舍里发现了这只小狗，警告后小狗就不见了，她还以为他们是把小狗送走了，没想到，还是把它放在校园里了。

而后，无处可去的清华就来到了基地。当年的小奶狗现在已经是花甲的年纪，要找领养家庭已经很困难了，义工提到它都会说，就让它在这儿吧！在基地安度终老就好。

6#

一旦选择，
请终身负责

除了收容流浪动物，基地每天还会接受很多身体有残缺的毛孩子。这些孩子的伤痛，很多都是因为人为的过失导致的。只要我们多一点关怀与注意，或许就能帮这些孩子躲过一场致命的伤害和终身的残疾。

英国短毛猫弟弟

在我的印象里，弟弟非常活泼好动，常跟其他的小猫玩耍打闹，没事的时候，就一个劲地追逐自己的尾巴，玩得不亦乐乎。如果不仔细看，弟弟就是一只再正常不过的可爱小猫了。

然而，它的一只眼睛是没有眼球的。

四个月大的时候，调皮的弟弟在玩耍的时候伤到了眼睛，引

↑ 抱着的白猫为弟弟

发了眼内的溃疡。粗心的主人没有及时发现，等到眼睛红肿流脓，主人才意识到问题严重，赶紧带着弟弟去了医院。当时医生想都没想，或许是基于长年累积的经验，或许是机械式的判断，果断地给弟弟摘除了眼球。

聊到这里，张阿姨有些惋惜，弟弟在还没有尝试过其他的治疗方式前，就失去了它的眼球。类似这种情况，一般可以先通过物理给药进行保守治疗，尽管视力可能无法恢复如初，但至少有机会保住小猫的眼睛。

后来，被摘除了眼球的弟弟在主人的眼里不再可爱了，他想要医院给它安乐死，因为在他眼里，它不再美好，残缺不全的外貌，让它失去了往日被宠爱的生活。这一幕正好被带狗狗去打疫苗的义工阿姨看到了，阿姨有心救猫，主人也就如释重负地走了，看着小猫委屈的样子，阿姨小心翼翼地抱着它回到了基地。

尽管缺少一只眼睛，弟弟一副"身残志不缺"的模样，看起来非常正常，视力的缺损并没有影响到它的生活和性格，它还是那么活泼，也会淘气，也会撒娇发呆。

虽然弟弟已然拥有一种简单而又平静的生活，但我们还是希望弟弟有一天可以碰到自己的那个有缘人，不嫌弃它的外表，能看透它纯净无瑕的心，读懂它独一无二的可爱。

贵宾狗奋斗

奋斗的一生，只能用"悲惨"这两个字来形容。想起它的故事，除了心痛，还是心痛。

七八年前，基地的义工去看望自家住院的小狗。在医院的一个小房间里，无意间发现了一只没了前腿的狗狗，在角落的地板上，靠着后腿吃力地在地上拖拽自己的身体。

这只小可怜，由于之前做美容的时候从桌子上跳了下来，双腿骨折，在另一家医院上了夹板。不知道是粗心还是疏于照料，等到主人带它再去拆除夹板的时候，发现两条腿已经全部坏死了，必须截肢。无法接受的主人当下就决定对它进行安乐死。医生知道后不忍心，就把它留下藏在了医院的房间里，但这不是长久之计，所以希望义工能帮忙安顿它。

就这样，小狗来到了基地，当时它的眼睛经常吧嗒吧嗒，感觉随时都要掉下泪来。义工为它取了一个名字"奋斗"，希望从那一刻开始，它可以像国外那只前肢缺失却学会直立行走的狗狗一样，坚强起来，为自己努力奋斗，好好活下去。

没了前肢的奋斗，在生活中终究是不便的。

它的活动区域仅限于室内，义工每天悉心地喂它吃饭，陪它玩耍，那是奋斗最开心的时光。因为无法像其他狗狗一样四处奔跑，它多数时间只能在小窝里休息，要么睡觉，要么就是一动不动地趴着，眼神呆呆地望着远处。

除此之外，基地的医生发现，奋斗在骨折之前还做过声带半切除手术，所以它再也无法用声音表达喜怒哀乐，只能从喉咙里发出呼呼的气声。

这样的奋斗，终其一生都必须承受人为疏失带来的巨大伤害，甚至连呐喊宣泄命运不公的资格也没有。它的故事，是基地每个人心头上的一根刺，一碰就是满满的酸痛。

一旦选择，请终身负责，由衷地希望这个坎坷悲伤的故事，最终能迎来一个幸福的结局。

拉布拉多巴克

巴克是一只黑色的拉布拉多，原本生活在一个温暖而有爱的家，直到一场车祸的发生，让它顿时失去了所有。

↑ 右，后臀受伤的巴克

车祸前的巴克，每天都会陪着奶奶在小区里散步。

老人家认为只是在自家小区走走，所以忽视了牵绳的重要性。就在悲剧降临的那天，小区里驶进了一辆装修的大卡车，就在那个时候，好动的巴克追着球冲到了卡车面前，在奶奶还没有反应过来时，巴克的身影就被卡车卷到了车底。

奶奶吓傻了，不知道该怎么面对发生在眼前的一切，等儿子赶到的时候，看到的已是奄奄一息、满身是血的巴克。它的背上有三分之二的皮肤被整个掀起，深可见骨，鲜血淋漓。儿子赶紧找来毛巾把巴克裹上，开着车满大街地找医院。巴克的伤口实在太瘆人了，一不小心，就很有可能因为败血症而有生命危险，所以很多医院都把他们拒之门外。好不容易找到了一家医院肯收治巴克，几经治疗却不见好转，巴克的状态越来越差。

义工提及巴克最终被送来基地的状况时说，他这辈子永远忘不掉当时的画面。它被掀开的皮肤就这样被盖在背上，边缘已经开始腐烂，流着脓水。等到上了手术台上才发现，那家医院并没有为巴克做彻底的清创，在那块皮肤下面，满是碎石子、毛发，甚至还有小树枝等，和巴克的血肉混合在一起，到处都是感染。那天，巴克在基地的第一台手术，从白天到黑夜，整整四个小时，这单单只是清创伤口。

为了救巴克，基地请来了一个义工阿姨，是北京著名的烧伤科主任。她看了巴克的情况后，提出了很多治疗方案和建议，包括自体皮肤拉伸等。那段时间，巴克几乎每一周都要被推上手术台，而它的主人，也一直自责地陪在它的身边。

在往后三个月的时间里，巴克经历了无数次的手术。每天在义工的帮助下，坐在残疾车上慢慢运动复健，恢复机体功能；基地的营养师也为它定制了促进皮肤再生的餐食，希望借由补充营养和体力双管齐下，能让巴克早一点恢复健康。

皇天不负苦心人，巴克一天天地好了起来，而曾经爱它的主人探望它的频率却渐渐减少，从每天来一次到一周一次，到现在已经一年多没有出现在基地里了。

也许是看不到主人的身影，让巴克看起来有些忧郁，它的眼睛时常低垂着，很少再闪现拉布拉多那种特有的兴奋和好奇。可即便如此，工作人员给它上药的时候，它还是很乖很乖，从没有发过脾气，有时候疼极了，也只是哼哼两声，坚强得让人心疼，敷药的手总是不自觉地放轻些。

现在的巴克，已经恢复了正常的行动能力，只是它的后臀上还有块裸露的肌肉，看起来依旧有些触目惊心。下个月，它还要再次接受新的手术，希望可以让这块外掀的肌肉完全愈合。

等到那个时候，巴克又会变回那个可爱漂亮的巴克。

等到那个时候，希望巴克也可以变回那个快乐的巴克。

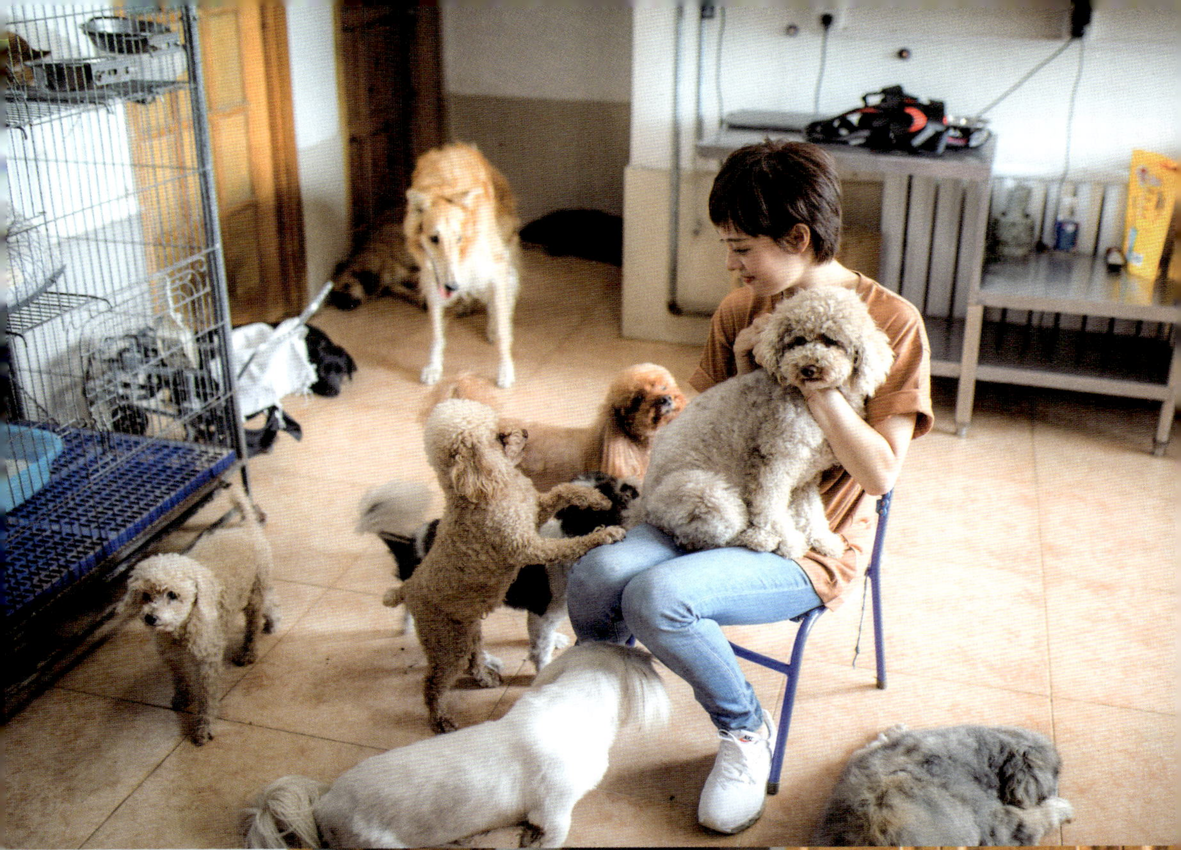

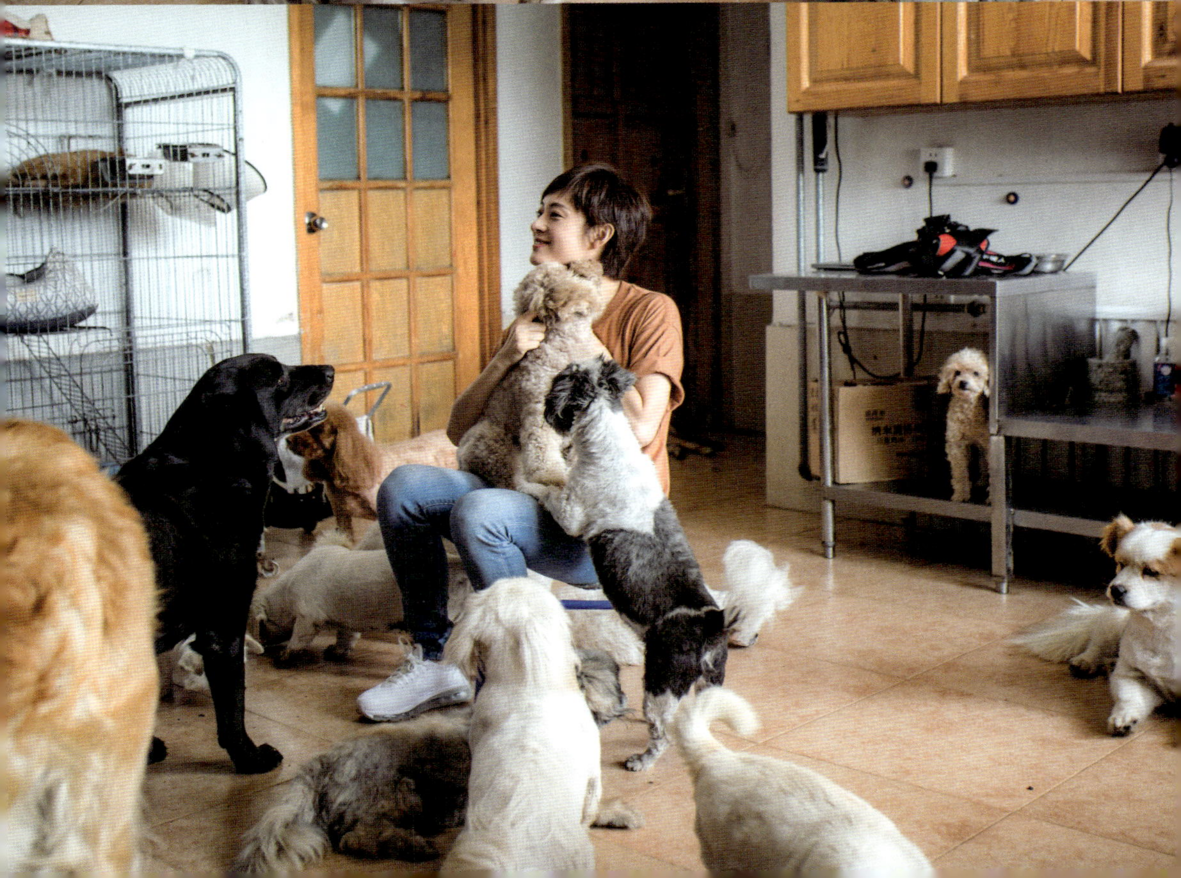

↑ 喂食刚出生 20 天的小猫咪小喜

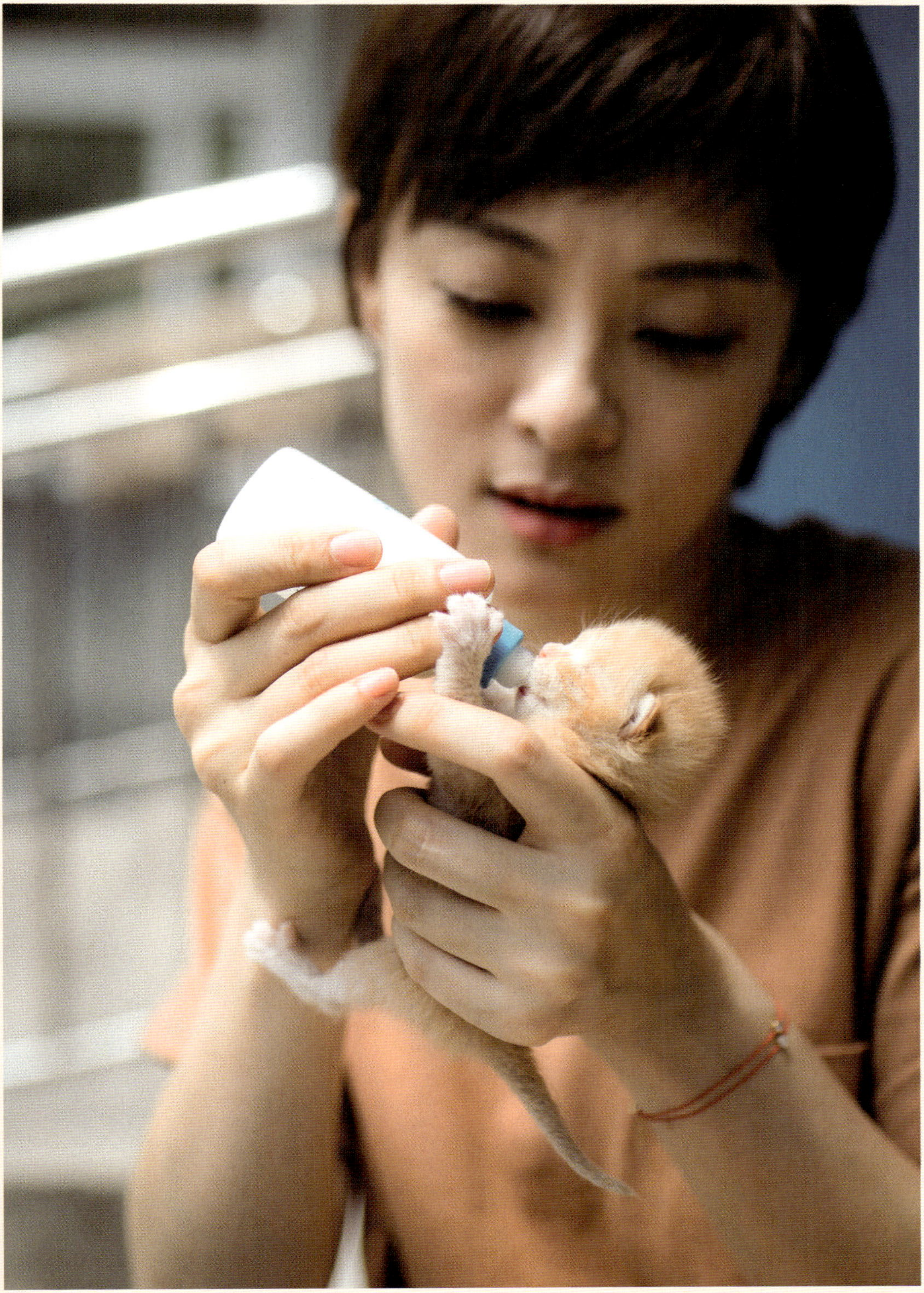

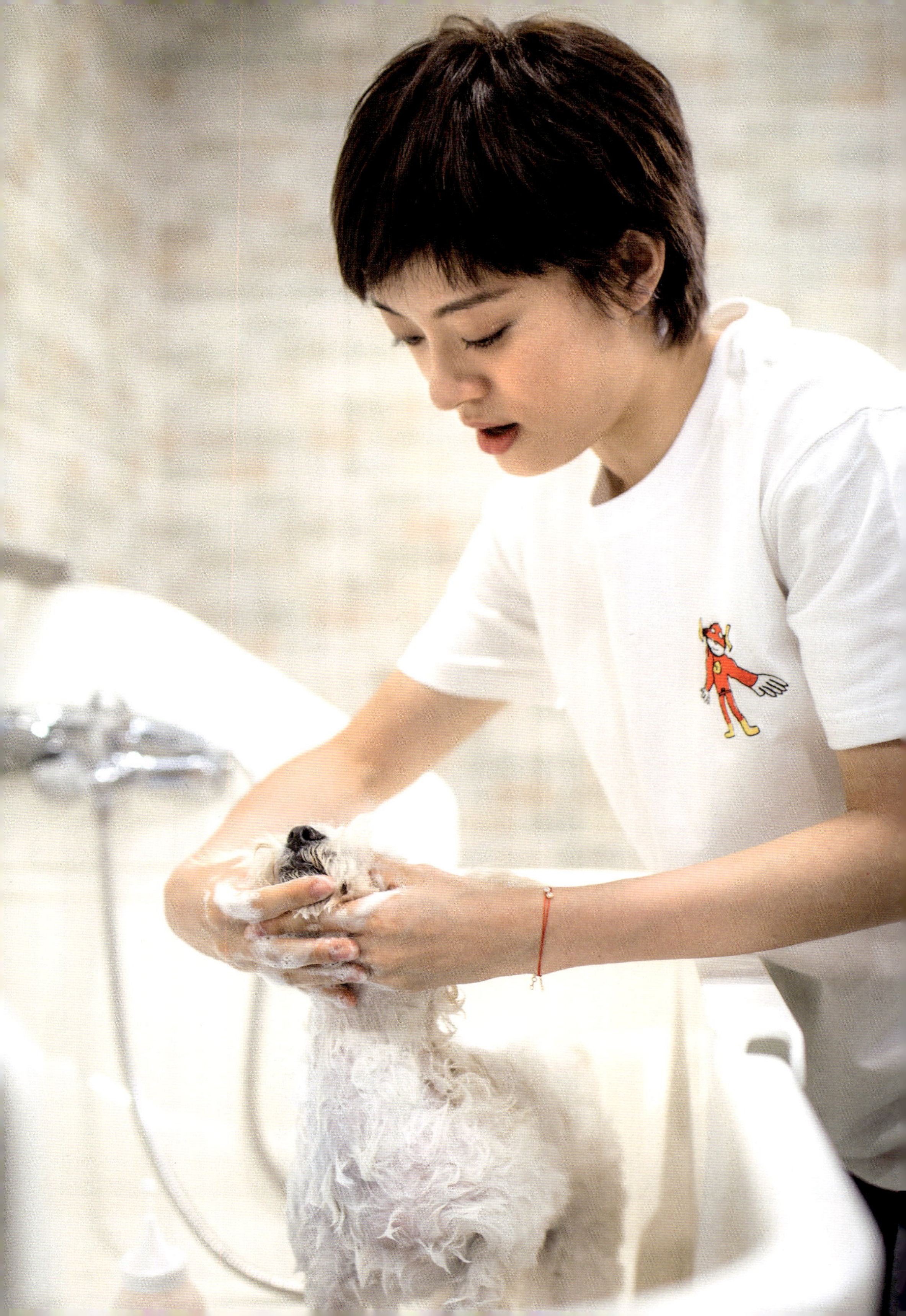

↑ 替乖巧的乐乐洗澡、吹干小毛发

↑ 一起动手为狗狗、猫咪做鲜粮

↑ 这里是猫咪们的小窝哟

遇见你，陪伴你　　　　　　　　　　　　　　　　PART - 3　每一个灵魂都应该被尊重

↑ 带着米莉亚与虎妞，走进一个美丽而宁静的林间深处

附录 - 1
APPENDIX

中国同日领养日：
关注牵绳的重要性

Adoption Day on The Same Day:
Pay Attention
to
The Importance
of
Keeping on A Leash

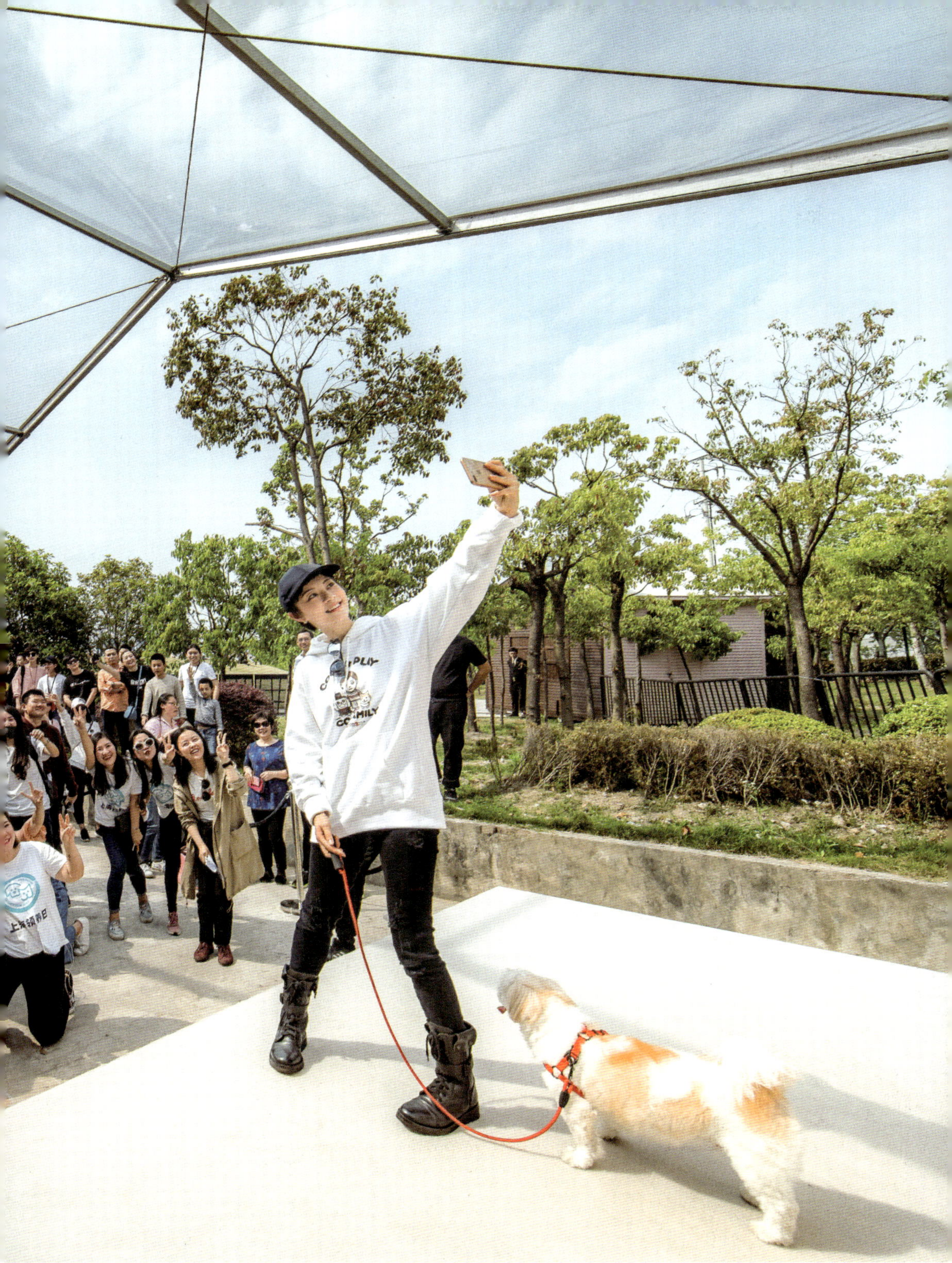
上海领养日

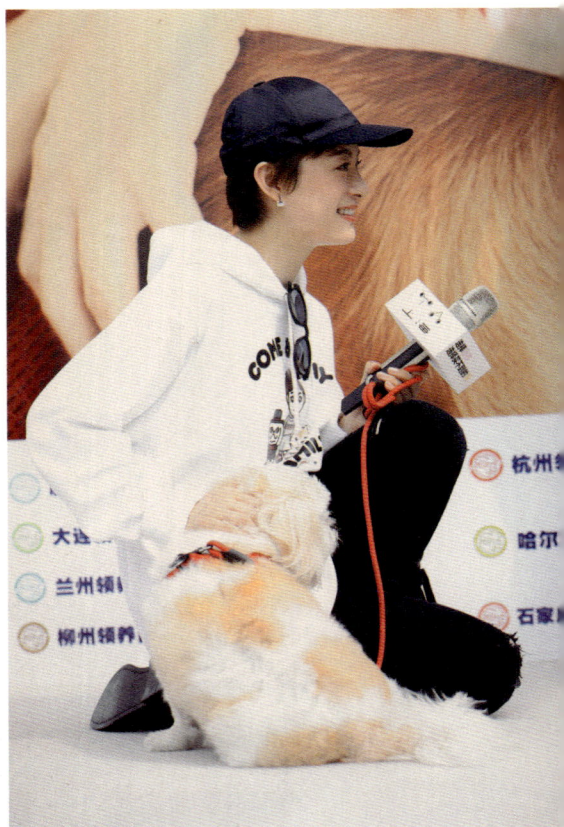

遇见你，陪伴你　　　　　　　　　　　　　　附录-1　中国同日领养日：关注牵绳的重要性

"中国同日领养日"，顾名思义就是在一年的某一天，与全国几十座城市，同时进行为流浪动物寻找领养的活动。这几年来，我见证了参与的城市从最初的几座城市发展到现在的四十四座城市，相信未来还会持续增加。这是一件很振奋人心的事情，意味着越来越多的人接受了领养代替购买的理念，也代表着有更多的流浪动物可以找到自己的新家。

但是随着活动时间的临近，上海那一周阴雨绵延不断，连着两周的天气预报都显示活动当天注定是大雨，这可急坏了义工跟工作人员，大家担心为毛孩子们寻找新家的效果不佳。或许是上天对这群流浪的小家伙也心存怜悯，本该是倾盆大雨的天气，那天迎接我们的却是四月以来难得的晴空万里。太阳照在绿油油的草地上，散发出一丝生机盎然的春天气息。

活动当天吸引了许多人，他们带着自己救助的狗狗、猫咪、兔子等过来，希望为它们找到合适的领养家庭。有的想帮身边的孩子领养一个小伙伴，还有数百个家庭牵着自家的毛孩子来共襄盛举，小小的场地瞬间被这些满满的爱心与热情填满。

当天除了领养活动以外，更重要的是希望大家关注到牵绳的重要性。这些年，大多狗狗走丢或是发生意外的原因，十有八九都是没有牵绳。这些走丢的小家伙有些幸运地被主人找回，但更多的是沦落为流浪动物，不只挨饿受冻，甚至惨遭虐待。

其实，有许多人对牵绳有着会限制狗狗自由的误解，却没有认知到牵绳才能最大限度地避免这些毛孩子受到不必要的伤害。每次看到主人不牵绳子就带着狗狗过马路的画面，我总会为那些在车水马龙中穿梭的毛孩子捏一把冷汗，因为小小身板的它们，很难被驾车的司机注意到，一不小心就可能导致悲剧的发生。

我记得当天有一只狗狗叫坚强，被主人牵上台的时候一副非常胆小的模样，坐在主人身边指定的位置一动不动，怔怔地看着台下的观众。就连毛团跑去跟它示好，它也没什么反应，最后毛团只好一脸自讨没趣般地回到我身边。

经过主人的分享，我们才知道坚强是一只脑子曾进了水的狗，所以一直傻乎乎的，命运多舛的它，曾被人殴打并遗弃在垃圾桶里，每次看到垃圾桶就会特别害怕地逃跑。为了避免坚强有时突如其来的"失控"，所以她每次散步一定会用牵绳，否则一溜烟的工夫，这只傻乎乎的小家伙就会跑没影了，说不定还会被人欺负。

主人的幽默逗笑了现场所有人，在那天领养日的活动上，坚强遇到了许久

未见的第一救助人,这时候,它冲到救助人面前又是摇尾巴,又是舔手,像是看到家人般亲昵。显然,它很清楚地记得他的救命之恩。

坚强真的傻吗?我觉得它一点都不傻。

后来,宠物行为训练师Icy也分享了一些日常遛狗牵绳的技巧和注意事项,有些内容也让我受益良多,比如使用项圈挂着绳子借此牵住狗狗的传统做法,一不小心可能会弄伤狗狗的气管。尤其是很多年轻的狗狗,特别活泼,看到猫咪或者其他小伙伴都爱拼命往外冲,当主人没有及时反应跟上,或者急着要往回拽住绳子阻止它们的时候,就可能会对它们造成伤害。所以建议使用背带式

遇见你，陪伴你　　　　　　　　　　　　　附录 - 1　中国同日领养日：关注牵绳的重要性

的绳子会较为安全。

除了狗狗，室内的场地里还整齐地摆着十几个猫箱，那些等待领养的猫咪舒服地睡在里面，享受这份阴凉。看见有人前来，这些可爱的猫咪就会走过来，隔着透气的网格布蹭蹭你的手，或是一脸无辜地望着你，努力为自己争取一个家。在猫箱的旁边，有一个用围栏隔开的区域，我看到了上次在领养集市里见到的小灰兔，它还是一脸呆萌地蹲在地上，嘴里不停地咀嚼着兔子吃的草叶，沉浸在自己的世界里，全然不顾周遭喧嚣。

除此以外，现场还有一只非常幸运的小黑猫。在活动开始前，有工作人员注意到它在屋檐上一个劲地朝着大家喵喵地叫，模样很是瘦弱，应该是在这附近徘徊的流浪猫。听到大家呼唤它的声音，这只小猫就趴在屋檐边上，居高临下地看着大家，一只爪子试探性地向前，好像想要跳下来。

幸好，现场有很多经验丰富的救助高手，马上借来了扶梯，小心翼翼地上去把猫咪抱了下来。据说，那只小猫咪完全没有一点想要逃跑的意思，出乎意料地顺从，我想它大概知道眼前的这群人，是上天派来帮助它脱离流浪命运的吧。现在，这只猫咪在宠物医院接受领养前的治疗和疫苗接种，我相信等到下次领养日，它一定也会找到属于它的家。

那天活动结束后，很多人都在围着宠物行为训练师请教更多的经验。烈日当头，阳光照得大家都睁不开眼睛，可他们脸上的神情都格外认真，甚至忙着拿出随身小本子，用心记录着。他们身边的狗狗吐着舌头，时不时仰头看一眼主人，眼神充满依赖，我想这就是所谓的"确认过眼神，我遇到了对的人"吧。

附录 APPENDIX - 2

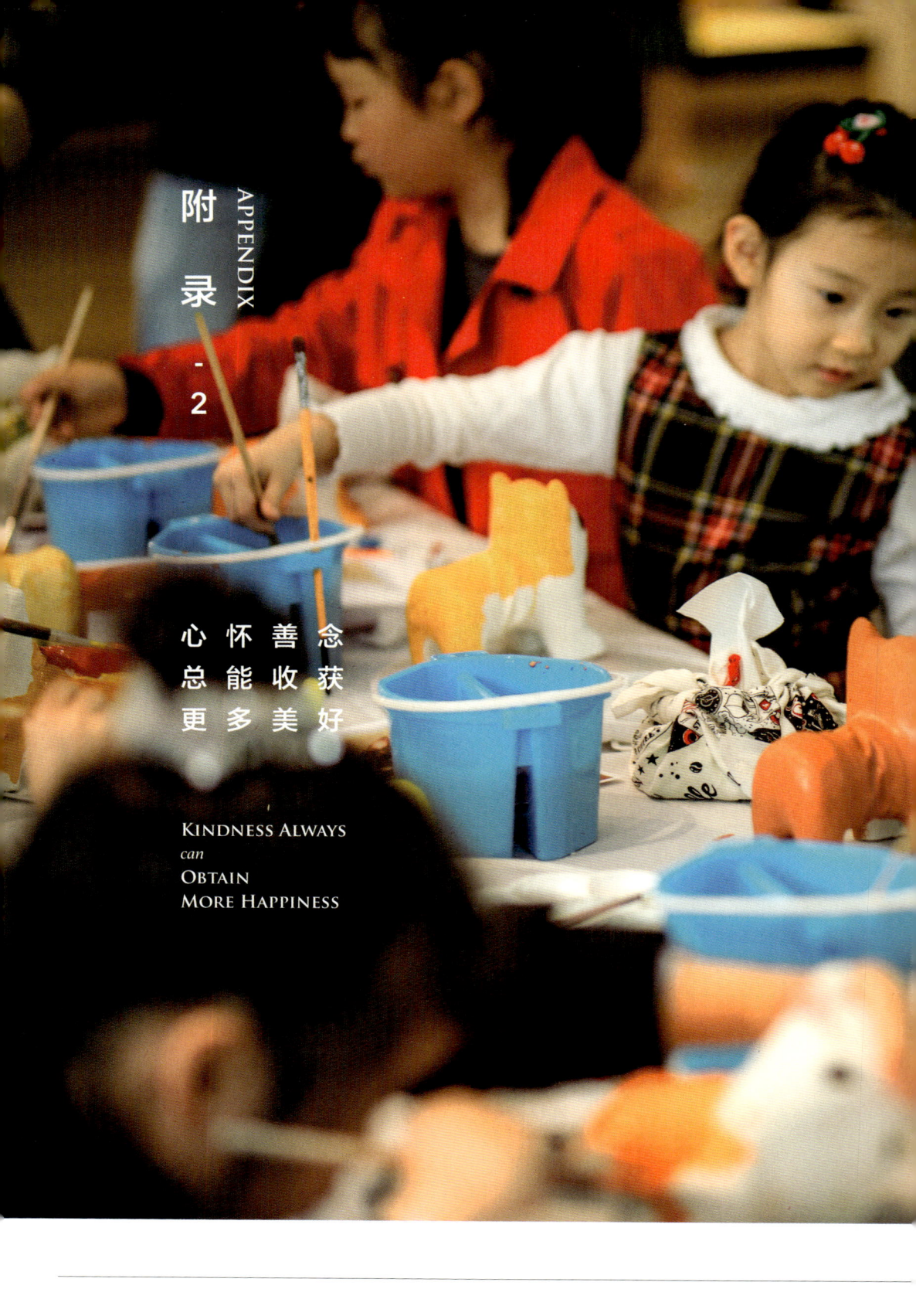

心怀善念
总能收获
更多美好

KINDNESS ALWAYS
can
OBTAIN
MORE HAPPINESS

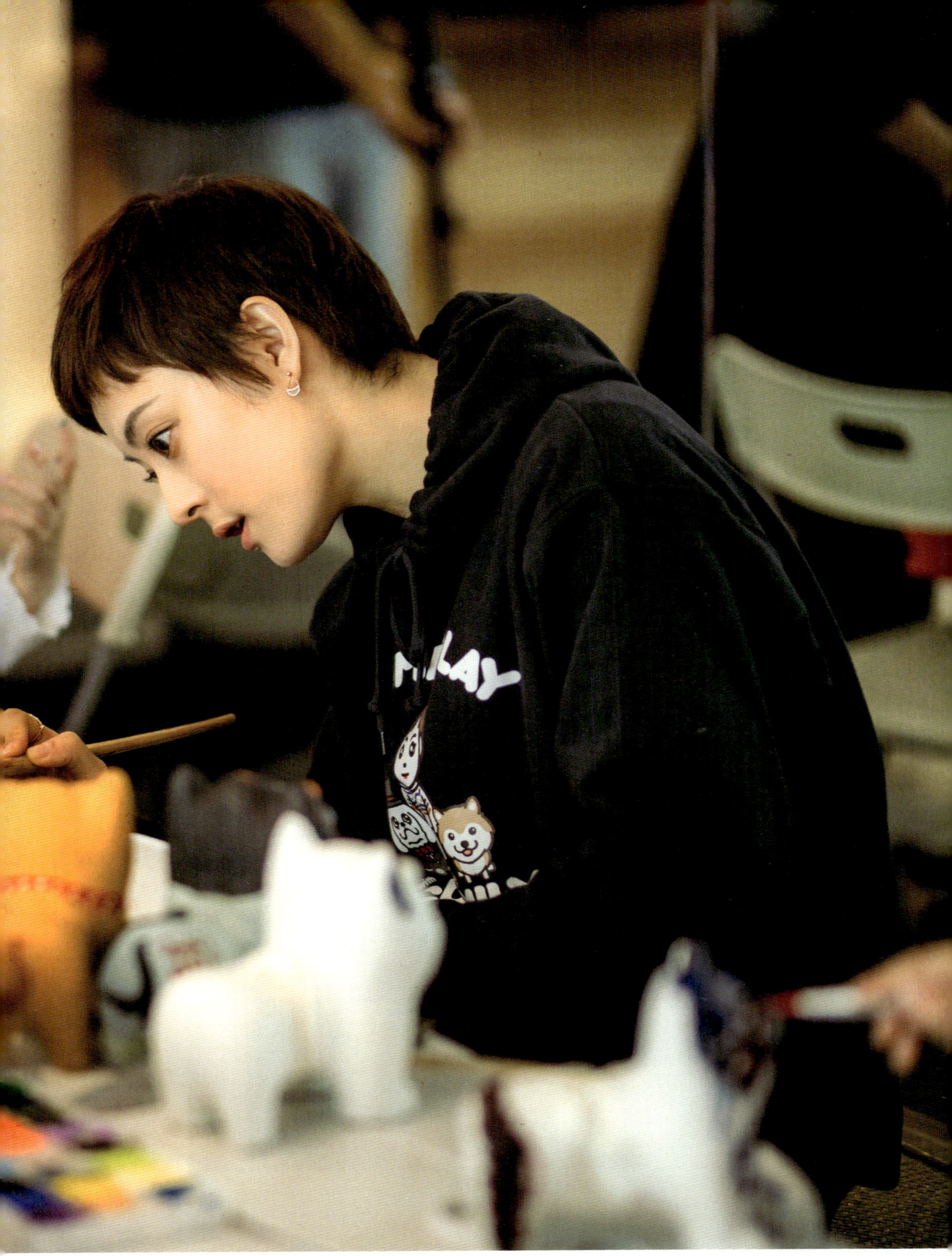

遇见你，陪伴你 附录 - 2 心怀善念总能收获更多美好

我喜欢一切和生活有关的东西,比如画画,不仅能陶冶情操,更是一种享受和复刻记忆的过程,那些生活中某一瞬间的美好:等等认真的表情、妹妹懵懂的样子、奶牛抬头望向我时的呆萌,都能通过绘画被定格。

可能是受到家里氛围的影响,等等和小花跟我一样,特别爱画画,他们和家里的小动物们相处得也十分融洽,在街头偶遇流浪动物,总是比谁都开心,马上就能和它们"聊"到一块儿去。

小动物已经成为两个孩子生活里的一部分,画画老师说等等笔下小动物的神态,总是捕捉得特别传神精准。所以,当开始筹备这本书的时候,刚好上海领养组织发起了一场萌宠写生,以及领养集市的活动,我想这场活动既可以让孩子们挥洒画笔,又能接触到可爱的小动物们，画出他们心中小萌宠的活动，应该会是一件很有趣的事。

那天天气特别好，阳光温暖地洒在林荫间的马路上，让人觉得格外幸福温暖。活动在一间简约大方的咖啡厅里举行，咖啡厅带着大大的院子，义工们在院子里忙着和想要寻找领养的家庭交流，等待新主人的小家伙们有的慵懒地趴在地上，有的抑制不住兴奋地闻来闻去。

我们当天的任务，是和小朋友们一起发挥自己的想象与创意，给眼前这只白色的陶胶小狗上色。伴随现场随意晃来晃去的那些毛孩子，画画老师也提供了许多狗狗的照片供大家参考。小朋友们围坐在一张长桌的旁边，你一言我一语地讨论起眼前的陶胶公仔，有的认为是狗狗，有的说是喵星人，还有小男孩很有想象力地说这是只老虎，有个小女孩特别天真地举起手里的陶像，用清脆童真的嗓音说"它和我的小狗狗长得一样"。

每个孩子都拿着画笔专注地描绘着心中的那只狗狗，一点一点温柔地为它们精心挑选不一样的颜色，头是红色，身体是蓝色，尾巴是黄色……有时候颜料里没有自己想要的颜色，这些聪明的宝贝还会把几种颜色调和到一起。有个小男孩因为多加了红色，没有调出心里想要的颜色而嘟起了小嘴，跟自己较真儿的模样特别可爱。

每个孩子笔下的狗狗，都有着鲜明独特的色彩。无一例外的是，这群小天使都替狗狗们画上了一张笑得乐呵呵的嘴。这些五彩缤纷的狗狗，被孩子们捧在手里，虽然有些看不清五官，但都是特别快乐的样子。

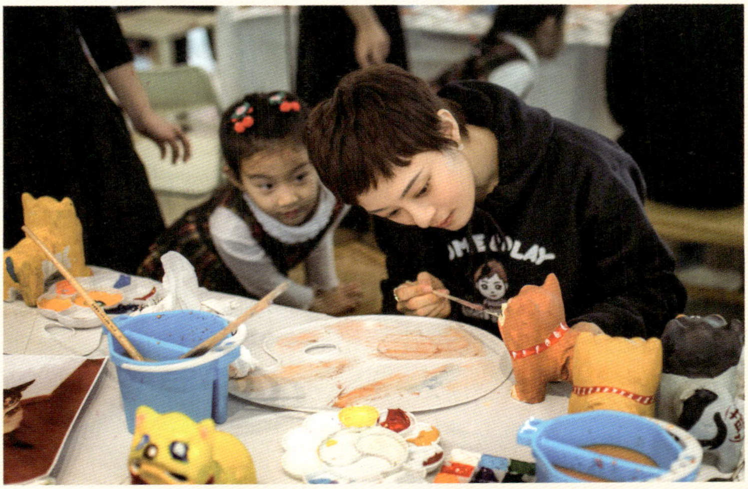

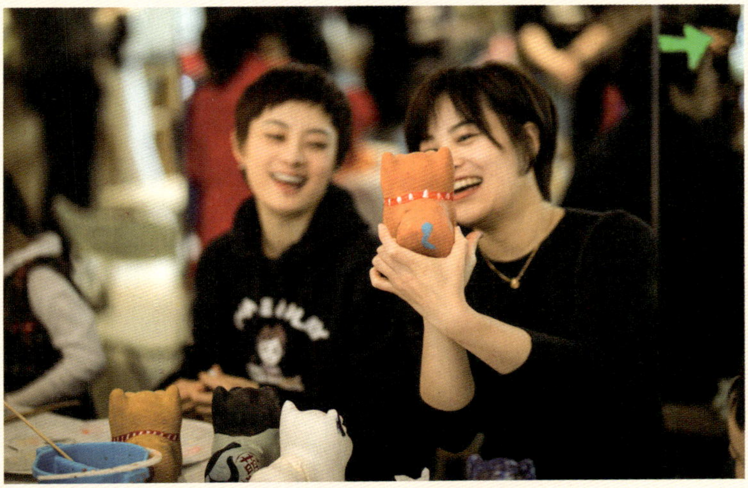

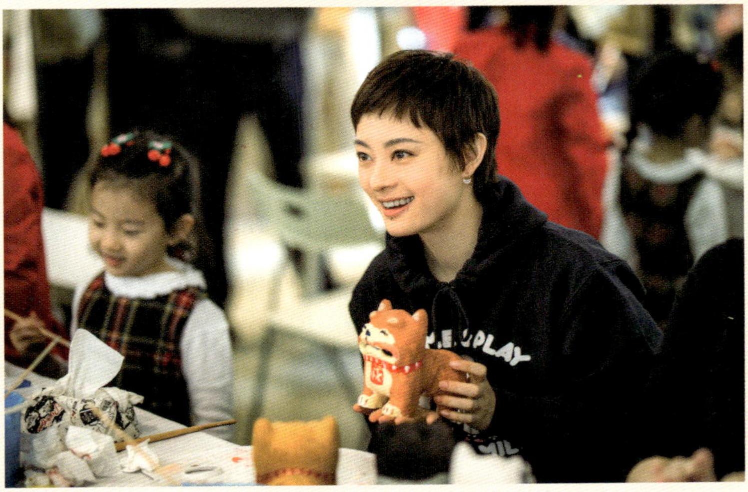

老师说:"你们的狗狗都很开心呀!"

一个直率的小男孩抢着回答:"那当然啦!不开心就不对了!"

在他们纯真的世界里,所有的生命都应该拥有"开心",他们的生活很快乐,所以狗狗的生活也应该是快乐的。

之后,老师让大家一一介绍自己的作品。

印象最深的是一个扎着两个小辫子的小女孩,她为狗狗身上选的色系,是像泥浆般的土色,随意地刷了几笔黑色线条,看上去脏脏的,霎时好像和可爱有点挂不上钩。小女孩一脸认真地和我们分享,这是她外婆救的流浪狗,刚到家里的时候就是长这样的,但是它现在很可爱、很漂亮,准确地说,它本来就很可爱。从小女孩干净的眼神中,我们读出了她对小动物发自内心的喜爱。

画画活动结束后,孩子们都抱着自己的作品兴冲冲地跑回爸爸妈妈的身边,在院子里与待领养的狗狗们玩耍,一脸专注地听着它们的故事。

午后阳光透过院子旁的树叶洒在狗狗蓬松漂亮的毛发上,它们走起路来一抖一抖的,特别可爱。就像那个小女孩说的,它们本来就很可爱。这时候，我一抬眼正好看到先前那个直率的小男孩，他正伸出小小的手指向一只橘黄色的田园犬宝宝，跟他妈妈奶声奶气地说："妈妈你看！这就是我画的小狗，一模一样，都超级可爱！"那只小黄狗像是懂得回应般，十分友好地站了起来，想要小男孩抱抱。我不知道最后小男孩是否领养了这只小狗，但我相信至少在那一刻，小狗狗能感受到孩子们对它满满的善意。

除了可爱的孩子和狗狗，我还邂逅了几只呆萌的兔子。它们静静地待在笼子里，完全不知道周围发生了什么，我忍不住把其中一只抱上来，它就四脚朝天地窝在我的怀里，长长的毛发快把我的脸都挡住了，只剩下一张三瓣的嘴还在翕动。一旁的孩子们也隔着笼子饶有兴趣地看着它们，嘴里不停地喊着"小兔子、小兔子，快吃草"！一副恨不得把所有的爱都给它们的样子。

那天下午，在那个小小的院子里，有花、有草、有动物、有童真，那一幅幅和谐美好的画面，到现在我都记忆犹新。那份被爱环绕的氛围，让人再也无法抑制上扬的嘴角，万物有灵，希望这些内心纯净的孩子，可以一生如一日地用纯真的善意，去对待所有纯真的小生命。

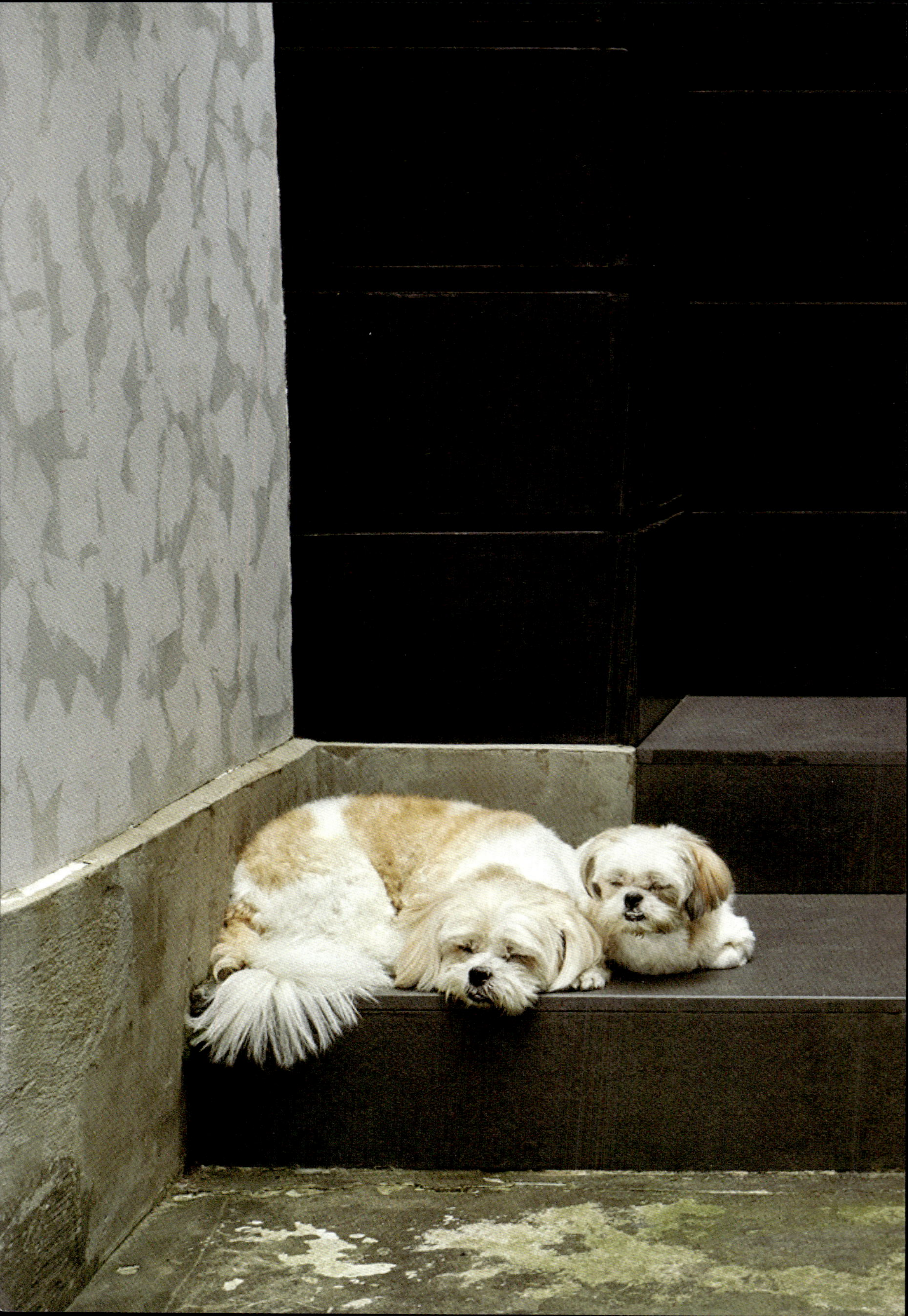

图书在版编目（CIP）数据

遇见你，陪伴你 / 孙俪著 . — 北京：北京联合出版公司，2018.10
ISBN 978-7-5596-2645-5

Ⅰ . ①遇… Ⅱ . ①孙… Ⅲ . ①随笔—作品集—中国—当代 Ⅳ . ① I267.1

中国版本图书馆 CIP 数据核字（2018）第 218871 号

遇见你，陪伴你

作　　者：孙俪
责任编辑：龚将　夏应鹏
特约策划：青辰　代琳琳
特约编辑：张梦

北京联合出版公司出版
（北京市西城区德外大街 83 号楼 9 层　100088）
北京盛通印刷股份有限公司印刷　新华书店经销
字数：153 千字　　700mm×980mm　1/16　印张：19
2018 年 10 月第 1 版　　2018 年 10 月第 1 次印刷
ISBN 978-7-5596-2645-5
定价：68.00 元

未经许可，不得以任何方式复制或抄袭本书部分或全部内容
版权所有，侵权必究
如发现图书质量问题，可联系调换。质量投诉电话：010-82069336

出版策划： 孙俪工作室　北京磨铁图书有限公司
出版监制： 郭思思
特约监制： 潘良　青辰

责任编辑： 龚将　夏应鹏
特约编辑： 张梦
产品经理： 代琳琳

宣传统筹： 陈盈君
营销支持： 金颖　黄筱萌
工作团队： 赵宇超　冯君　李小雅　王辰旭　范茜　陈卓然

视觉设计： 叁囍
封面摄影： 梅远贵（含部分内页）
探访摄影： 徐宇峰　许宁馨
妆发： 田洪禹　楼壮志（按笔画排列）

特别鸣谢：
城市流浪动物福利组织「TA 上海」
北京人与动物环保科普中心
松白国际艺术教育
福 1015
囍时光、张吕萍、李刚、舒雄飞、许楷羚、孔祥琬、原骏、洪元杰、杨源丰、余思慧、张敏、张娜、罗寿珠、朱小雅、Walter Zahner、王姜维医师、张自聪医师、辛琪、黄文婕、赵兰娟、张英明